君天 ——————— 著

未知罪案调查科：
外星重案组

北京联合出版公司
Beijing United Publishing Co.,Ltd

一未文化　　非同凡响

北京一未文化传媒有限公司
www.bjyiwei.com
出品

地球对于银河系而言，远比你想象的重要

目录

contents

二十世纪六十年代初，国际刑警组织为了解决"后二战时期"的异能者犯罪，成立了未知罪案调查科。到了八十年代，该部门的精英在伦敦成立了异现场调查科，独立负责异能者犯罪。一场阴谋彻底摧毁异现场调查科后，国际刑警不再负责异能者犯罪，但未知罪案调查科仍被保留了下来，这是因为一个特殊部门——"外星文明部"。

　　世人皆知，国际刑警组织拥有红、蓝、绿、黄、黑五种颜色的通缉令，却不知他们还有第六种颜色——"银色"通缉令。银色代表银河，属于独一无二的"外星重案组"。

　　现在是 2018 年，银河移民历第 18 年，但其实外星人在地球上已经很久很久了。

楔 子

夜色下的巴黎，埃菲尔铁塔灯火通明，仿佛一根金色的火柱，矗立在战神广场。

塔下的凯斯·格林抬腕看了看表，然后手指按了下眼镜腿，镜片闪过一层蓝光。他再看向四周，在铁塔的四个基座处分别出现了一道金色的光束，光束沿着基座直线向上，在铁塔的最高处汇成一股。那金色的光束与夜空相融，没入浩瀚的星辰，不知通向何处。

距离九点十九分还有最后二十秒，格林深吸了一口气默默倒计时。完成这次任务，很多事就可以结束了。

轰隆！天际响起沉闷的雷声，过往的游客纷纷抬头，但谁也没有看到什么。

右下方的基座处出现了一个灰色的箱子，格林扫了眼周围，疾步跑去将箱子捡起。箱子到他手里时，忽然变了个颜色，格林怔了怔，迅速跑向塞纳河。当他登上河边快艇，再回首埃菲尔铁塔时，不论他是否戴着眼镜，塔顶的光束皆已消失不见。

格林沿着河道经过卢浮宫，然后前往玻璃金字塔。

玻璃金字塔南面的喷泉处，一个黑衣男子早就等在那里，见到他上前一步，说道："你晚了两分钟。"

格林笑道："你那么挑剔，怎么不自己去取？"

"交易吧。"黑衣人递出一个黑色皮箱。

"不验货吗？"格林问。

黑衣人没有说话，两人互换箱子，但格林没有松手。

"卢克，方便的话，让我见一次老板。你之前答应我的。"格林说。

"老板没兴趣见你。放手，你清楚规矩的。"黑衣人说。

格林松开手。箱子到黑衣人手里，再次变了个颜色。黑衣人迅速向北走。

格林在联络器里轻声地道："目标按计划朝金字塔走。一号位请注意。一号位？"

联络器另一端无人回话，格林皱起眉头，伸手拨乱了发型，脱下上衣反穿回去。他快速改扮成另一个人，也跑向玻璃金字塔。周围有三三两两的游客走过，手表上显示他距离追踪的目标只有三十米，但是那个光点改变了方向，移动极为迅速。

"二号位，二号位，目标朝你的方向去了。"格林继续使用联络器，但仍旧无人应答。

格林深吸口气，跑过玻璃金字塔边的两个喷泉时，发现表面上的光点不见了。四周的光线在一瞬间似乎更黑暗了。

风名市，西城警局大楼边上有一栋五层楼的蓝色建筑，这里是国际刑警组织未知罪案调查科的基地。

"这是尸体的全貌，这一处是刀伤。我连夜加班工作，才能把尸检报告第一时间交给你。"视频电话里，一位中年法医沉声说，"你看得清吗？死者被刺中后心，一刀毙命。另两个探员也是一样，虽然刀伤的位置不同，但是用的同一款刀。"

"会有更详细的报告吗，卡特先生？"电脑这边一身黑色职业装的金发女子问。

法医卡特说："还会有一些药物测试，大约需要一整天的时间，但我认为不会有其他线索了。有一个死者是本地人，亲属希望尽快尸检，所以，除非你想亲自查看尸体，不然我会加快进度。"

"我明白，你看着办吧。"女人挂断了视频。

安妮·斯库利看着笔记本电脑，懊恼地抓了抓漂亮的金发。一贯支持她工作的格林莫名其妙地死在玻璃金字塔，一个晚上损失三个探员，这是近年整个未知罪案调查科都少有的失败，而她才上任三个月而已。

"怎么会这样！"斯库利用力拍了拍桌子，她眼睛有些发红，"我们说好任务结束要谈一谈的。格林，怎么会这样？"

这时手机响起，斯库利接听后，轻声道："我明白，是的，我知道的。我会……不！"她提高了嗓门，"我们会一查到底，不需要外人帮忙。是的，我已经找到接替格林的人。是的，我一定会办好这个案子。我保证会有一个交代。"

挂断通话，斯库利把手机直接丢在房门上，轻薄的手机立时四分五裂。女人深深吸了口气，才算是稳定住情绪。失去了那么多人，上头却想把案子从她手里夺走，她可不会同意。

"凭什么拿走？这本来就是重案组的案子。"她嘟囔说。

不过上头毕竟说对了一件事——失去了凯斯·格林，就失去了重案组的组长。接下来该怎么办？她自己轻易是不出外勤的。

国际刑警组织旗下有两个神秘部门：外星文明部是负责和外星文明打交道的部门，而未知罪案调查科则负责处理各类神秘事件。

隶属于未知罪案调查科的"外星重案组"主要负责涉及外星文明的重大犯罪，为了对外保持低调，一般使用"重案组"这个名称。

这次出事的格林就是"外星重案组"的组长，是有独当一面能力的优秀警官。

斯库利皱着眉头，点开工作邮件。这是之前老朋友赵东临推荐的一个探员备选名单。说实话，因为赵东临在国际刑警组织里并不受欢迎，所以她本不想用对方推荐的人，但现在已没时间做其他选择。

这份名单里有二十一个候选人，之前斯库利看过一遍，基本没有入她眼的。不过这次她重新看文档时，才蓦然发现一个先前忽略了的名字。

唐飞，二十八岁，前异现场调查科探员，如今就职于风名市西城警局，现在的职位是……行政文书。

照片上的男子她曾经见过，七年前国际刑警与上海异现场调查科做学术交流，她和这个人打过交道，是很开朗干练的一个探员。

斯库利没料到那人会去做行政，不过她也不觉得特别奇怪。五年前的"波士顿事件"后，统管世界异能案件的异现场调查科停止了运作，其前职员分散在世界各地自谋出路，这个唐飞自然也不例外。

点开唐飞的档案，上面记录着他的从业信息：2006 年加入异现场调查科新加坡分部；2007 年调入上海分部，在上海 E 科服务八年；2013 年参与波士顿行动。最近一次能力评估等级为 C 级。

才第三级吗？斯库利皱起眉头。她继续查看对方的资料，发现唐飞在 2013 年受过重伤。唐飞受伤前的能力评估为 B 级，只是在波士顿事件的档案里，并未提及此人名字。

斯库利关掉唐飞的档案，翻看其他人的资料。赵东临推荐了不少人才，其中不乏军情六处和 FBI 的一级探员。斯库利在全部看了两遍后，重新打开唐飞的档案。

他受伤的位置在右臂，这份档案之前为何一点印象也没有？

她看着对方性格栏里"精神属性 B 级，服从命令 C 级，格斗能力 C 级"的评估，皱起了眉头。这人如果真的那么差，赵东临又怎么会推荐他呢？如果不谈能力评估，这个人的履历倒是很适合。斯库利想了想，按下桌上的快捷拨号键："我要面试一个人。"

风名市，西城警局大楼。

唐飞的办公桌上文书堆积如山，他近乎麻木地在电脑上填着表格。

边上有女人又搬来一大摞文书，一面亲切地叫着他老唐，一面交给他更多工作。整个下午这种事源源不断，偶尔有殷勤的，会弄来一杯咖啡，而他早就习以为常。

所谓行政部，其实就是杂务部，唐飞已经在这里工作了三年。

这个部门大多数职员是女性，因为西城警局极缺人手，所以很少有男人会在这个部门做满半年。唐飞前后被调走三次，却因为各种事故受伤，又回到行政部。姑娘们对他的称呼也从小唐变成了老唐，外勤部门的人更给他取了绰号"软糖"。

唐飞在键盘上敲字如飞，用一小时处理了别人三小时才能完成的文书，然后开始按部门挨个打电话，协调明后天的大扫除问题。尽管事情琐碎，但他耐心而有礼貌，所以原本极为困难的事，居然被他在下班前推进完毕。

眼看着快到下班时间，电脑屏幕上忽然连续出现六七条邮件提醒。唐飞看了看远端捧着文件过来的美女文员，点开了最下面的那封邮件。

这是一封面试通知，来自"国际刑警组织未知罪案调查科"。

唐飞不动声色地关闭邮件，又用一小时操作完所有工作，才淡定地前往隔壁的未知罪案调查科大楼。走过林荫道时，他的影子在夕阳下拖得长长的。

"唐飞先生，这么重要的面试，你居然迟到了半个小时！你不想要这个工作吗？"斯库利冷着脸道。

面前的男子一身西城警局的文员制服，短发，相貌端正，鼻子略带鹰钩。他眼角有一些皱纹，看上去比实际年纪大一些，和几年前见过的样子差距不小。

"我还不知具体是什么职位，有什么想要不想要的？"唐飞笑了笑，从容道，"斯库利女士，好久不见。我来这里只是因为好奇。"

"你记得我？"斯库利问。

"当然，我对美女的记性向来不错。"唐飞微笑着说。

斯库利眼波流转，说道："我代表国际刑警组织未知罪案调查科的外星重案组招人。"

"外星重案组？"唐飞慢慢重复了一遍，才道，"原来真有这个部门！你觉得我合适吗？我可没有对付外星人的经验。"

斯库利笑道："你觉得自己适合吗？你在异现场调查科八年期间，对付过超能罪犯，对付过妖魔，对付过各种难缠的敌人，想来星际罪犯对你来说也不是问题。"

唐飞沉默了一下，耸耸肩："也许吧。"

"我会向西城警局申请，把你调来我们未知罪案调查科。"斯库利欣然道。

唐飞笑了笑："我想你搞错了一件事。你确实有邀请的资格，但是我也有拒绝的权利。"

斯库利皱起眉头，慢慢道："你拒绝？"

"我在几年前受过伤，如今已不想再冒险。要不然你以为我为什么做文职？"唐飞挑眉，"你看过电影《异形》吗？和外星生物打交道太危险了……"

斯库利这才舒展了眉头，转而为笑："你也说了，那是电影。我在未知罪案调查科五年，从没见过电影里那种东西。"

唐飞不打算继续跟她闲扯，决定还是把拒绝的意思表达得清楚一点："你如果看了我的档案，会明白我说的。最近几年我在西城警局其他部门出过外勤，可惜结果都不怎么好。这人哪，心态坏了，就什么也做不好啦。"

"你是真害怕了，还是想要谈待遇条件？"斯库利打量着对方问。

唐飞摸了摸下巴上的胡楂儿，反问："不能怕吗？"

斯库利认真道："以我对你的了解，以及你的老朋友赵东临先生对你的推荐，我不相信你会怕。"

"赵东临？"唐飞在心里轻轻叹了口气，"他可不是我的朋友。"

斯库利搓着白皙的手指，微笑道："如果你想谈条件，只要要求不过分，我会尽量满足。未知罪案调查科的待遇比西城警局好，而且作为职业平台是更大的提升。你三十岁还没到，现在等退休早了点吧。"

"你很有自信。"唐飞眼中闪过一丝狡黠，"你确定能满足我所有条件？"

斯库利看着对方的眼神，隐约觉得自己踏入了什么陷阱，但仍旧自信道："当然。"

唐飞挠挠头，笑道："可是我也开不出什么条件。"

要我？斯库利板着脸说："我不明白你出了什么问题，但你和几年前不一样了。"

"当然不一样了。"唐飞眼中闪过些许落寞。

"你不想回到从前的生活吗？"斯库利理了下鬓角，带着几分妩媚说，"那种虽然冒险，但能够主持正义，能够一面燃烧自己一面变强的生活。"

"不可能回去了。"唐飞转过身，走向大门。

"赵东临说，你要的东西他给你准备好了。"斯库利忽然说。

唐飞停下脚步，目光一沉。

"那个盒子在我的保险柜里。你破了这个案子，我就交给你。"斯库利把案件档案向前推了推。

"赵家老爷子真是爱管闲事啊！"唐飞抓了抓头发，慢慢转回身，"给我讲讲你的案子吧。"

斯库利笑了笑，别有几分风情。在决定邀请唐飞后，她给赵东临打了电话，对方给她备了这么一手，果然有效。

"唐飞不是从前的唐飞了，但我希望他能回归我们的世界。不然，就太可惜了。"赵东临如此说。

第一章

巴 黎 调 查

小组组员并不多，但那天的行动她没有参与，这是巧合吗？

夜晚十点，游客渐少，唐飞来到玻璃金字塔，与未知罪案调查科的人会合。在飞往法国的班机上他看了案子的简报，那次行动是针对格林负责了一整年的星际走私案。

所谓星际走私，是说有人从外星带了未经申报的物品到地球，越过地球上的星际中心，私下交给地球的买家。

这次走私的物品来自埃菲尔铁塔上的太空桥，格林以星际摆渡人的身份，与星际走私团伙"银牛角"做交易。他的目标是这个走私团伙的幕后老板。

"银牛角"的幕后黑手是地球上最危险的星际走私犯，据说他们拥有强大的星际背景。重案组掌握了对方三个出货点，但是距离抓获幕后黑手仍有一定距离。

格林并不清楚这次交易的物品是什么，只知道事关星际恐怖分子。而他在巴黎的接头人卢克，是银牛角内围的头目。

联络人还没有到，唐飞看着玻璃金字塔，脑海中浮现了许多往事。从前在异现场调查科时，为了追查一件卢浮宫的藏品，他和伙伴一起来过巴黎。那时候，他以为自己会和同伴在一起一辈子，但是世事难料……

唐飞轻轻吸了口气，转而面向不远处一路小跑过来的东方面孔的女子。

"纳努纳努！我来晚了。"那女子笑着打招呼。

纳努什么？那人是斯库利说的联络人，唐飞认出对方后，点头致意。

女子热情地和他握手，自顾地解释道："'纳努纳努'就是银河语'你好'的意思。抱歉，我来晚了。我是重案组的米歇尔，中文名字叫秦桦。初次见面，不亦乐乎。"

"没关系，叫我唐飞就好。"唐飞眯着眼睛打量对方。这是个中性打扮、身材高挑、眉目温润细腻的东方美女。但是，"不亦乐乎"是什么鬼？

"这里是格林组长与对方接头的地点。"秦桦看着四周道，"办案人都喜欢亲自勘查现场，不过距离案发时间已经过去两天了，你真能看出新内容吗？"

"也许可以。很久以前有人教我，经手的案子要亲力亲为。"唐飞指着五十多米外案发现场的喷泉水池，低声道，"格林是在那里出事的吧？"

"你……你难道未卜先知？"秦桦微微惊讶地瞪圆了眼睛。对方应该还没有详细的现场资料，怎么会知道出事的具体位置？

唐飞咂舌，"未卜先知"用在这里，是不是有点奇怪？他无奈地笑了笑，转而扫视四周，指着灯光的暗影，正色道："简报上说这边是接头地点。接头地点是敌人选的，敌人交接后是向金字塔退走。"

"是的。"秦桦点头。

"敌人选择向玻璃金字塔退走，说明他对周围状况掌握得很清楚。你看附近的灯光，这片区域是灯光最暗的位置。"唐飞走到格林被杀的地方，让秦桦站在他确定的位置，然后指着靠近玻璃金字塔的阴影区域道，"一般人走到这个位置会担心敌人躲在那边，但其实还有另一个盲点。"

唐飞忽然后退两步，躲入喷水池边的暗影里。秦桦左右转头都没看到他。

唐飞再度掠到秦桦侧后方，手指点在女人后心："凶手在盲点处出手，除非格林的身手高过凶手很多，不然他是逃不过这一击的。"他轻轻一推，秦桦就向水池倒去，但他顺手一拉就帮对方站稳。

秦桦吃惊地看着他，不知说什么才好。

"怎么？"唐飞问。

"如果是在你那个位置，他会被探头拍到。"秦桦小声说。

唐飞指着远端那个探头道："你是说那里？你看看角度。"

秦桦走到探头下，皱眉道："可是我上次检查时……"

唐飞笑道："我在你来之前动过探头了，想来那天的杀手也会这么做，而且不会留下指纹。现在带我看一下其他人遇害的位置。"

秦桦赶紧带他去另两个同事遇袭的地方走了一圈。最后他们又回到格林与对方交接的地点。

秦桦小声问道："你怎么看？"

唐飞面色略微凝重了一些，问道："简报说在短短三分钟里面，凶手袭击了三个人，其中包括战斗力不一般的格林。三个人分散在距离玻璃金字塔一百五十米左右的不同位置，所以我认为凶手不止一个人。"

"尸检报告说，是同一款匕首。"秦桦轻声道，"当然，不确定是不是同一把。"

唐飞道："一百五十米的范围，三分钟杀三个人，并且没有目击者，换我是做不到的。你们说这案子涉及走私团伙，那从有组织犯罪的角度看，应该不止一人出手。"

秦桦点头道："我们考虑过这个可能。不过格林组长在事发前发回了最后一段音频，音频可以证明他和走私犯交易顺利，并未被发现。"

"那段音频我也听过了，"唐飞慢慢道，"事情发生得很突然，敌人显然早就做了准备。现在，带我去看看太空桥。"

他一面走着，一面在脑海中浮现关于秦桦的介绍。此人是格林小组的成员，小组组员并不多，但那天的行动她没有参与，这是巧合吗？

秦桦在手机上说了几句话，唐飞瞥了眼，发现那是一个"未知罪案调查科"的聊天群。

"说什么呢？"唐飞皱眉。

秦桦说："几个同事问你的情况，我说你很厉害，但没人信。"说着她拿手机给唐飞拍了张照片。唐飞赶紧用手遮住脸，但没有挡住。

"哈，他们说你看起来就像是张没有整理好的床铺。"秦桦笑道。

"你们……认真工作好吗？"唐飞摸着乱乱的头发和扎人的胡楂儿，不知说什么才好。

秦桦带他搭快艇，前往埃菲尔铁塔，一面在路上介绍："说到太空桥，要明确太空桥是地球和银河里其他星球联接的通道。太空桥在地球上分为官方太空桥和临时太空桥两种。外星中转站把各种货物通过官方太空桥发到地球，在官方太空桥上我们设立有星际海关，但科技所限，我们仍对许多星际货物的功能不确定。"

"埃菲尔铁塔的太空桥是官方的还是临时的？"唐飞问。

远端埃菲尔铁塔的顶端星光点点，塔尖好像一把钥匙立在星空中。

秦桦说："这里是官方的五座太空桥之一，运输的货物辐射整个西欧。但这次的案发日并不是官方太空桥开启时间。简单说，埃菲尔铁塔因为位置的特殊性，平时并不用来传输民用货物。"

唐飞点点头，转而道："关于外星人，我有许多问题。"

秦桦笑道："你尽管问，小女子知无不言，言无不尽。"

"你不是中国人吧？华裔吗？"唐飞好笑道。

"我的中文……难道不好吗？"秦桦皱眉，"我可是做足了功课的。知之为知之，不知为不知。"

唐飞好笑道："世上大多数语言都会分书面语和口语。正常情况下，有些书面语我们是不会用作口语的。还有一些话，也不是这么用的。"

"好吧……"秦桦有些尴尬。

"别在意，这些不是问题。"唐飞一点也没有计较的意思，继续问道，"我先问和案子有关的，其他外星人的事，你可以慢慢给我介绍。这次他们走私的物品是什么，现在查出来了吗？"

秦桦点头："这个案子我之前并没跟进，只知道对方要求格林去取一个箱子。对方事先提供了货物会出现的位置，格林取货后用透视相机拍摄到这张照片。"

她把手机里的照片给唐飞看，那是一块半圆形的金属，直径大约三十厘米，类似英文字母"C"。

"目前还不清楚是什么，等科技部处理成三维的图像或许能猜一下。"秦桦苦笑道，"具体情况只有格林知道。"

唐飞看着前方的埃菲尔铁塔，问道："能详细说一下太空桥的运作流程吗？"

"这会有点复杂。"秦桦道，"太空桥不是单行道，而是双向的，理论上人和物都可以往返传输，不过我不知道具体怎么操作。已知的五座官方太空桥实际用来运输民用货物的只有两座。在太空桥上有地球外星文明部的监察站管理物品，管理员叫星际监察者。太空桥另一边的太空中转站虽然有地球人的参与，但其实并无话语权，最多只是保证外星人不能明目张胆地丢一些高危物品下来。"

这时，二人来到埃菲尔铁塔下面。

唐飞道："如果太空桥不启动，我就什么都看不出来，对吧？"

"就算启动了，你也看不出。"秦桦递给他一副特制眼镜，"需要戴着这种眼镜才能看到太空桥。"

唐飞戴上特制眼镜，和不戴并无区别。他想了想问道："埃菲尔铁塔这里的太空桥平时是封闭的，格林这次行动是怎么展开的？案情简报没有提及行动的详细情况。"

秦桦道："格林有一个很扎实的假身份——星际摆渡人。如果有人需要从外星走私什么东西下来，星际摆渡人会负责开通太空桥，替人摆渡货物。"

"这么做收费很高吧？"唐飞笑问。

"这的确是份油水很足的活儿。这个身份他经营了很久，最近才接近了银牛角。"秦桦道，"星际走私有许多手段，但收买星际摆渡人是最稳妥的一种。大约一年半前，格林除掉了银牛角常用的摆渡人，使自己能介入对方的生意。然后，在相互摸底了三次后，他得到了与银牛角高层打交道的机会。"

"格林潜伏了那么久，他为什么选在这个时间采取行动？"唐飞问道，"他想要接近的是幕后老板，但我看简报，这次银牛角的幕后黑手并没有来。"

"有线报说，这次的物品非常危险。格林不想让对方把物品带走，所以他试图跟踪对方找到幕后主使。"秦桦又拿出一份档案递给唐飞，"这是对方联络人卢克的资料。"

唐飞并不着急看档案，他看着塞纳河，又看看埃菲尔铁塔，说道："我觉得敌人并没信任格林的身份，而如果走私物品真的那么重要，那他们一定会从这边就开始布控……"

秦桦道："附近的摄像头什么收获也没有，我很确定当夜没有外星罪犯在塔下。"

唐飞笑问："地球上有多少外星人？"

秦桦道："外星人大大小小的也说不清具体有多少，登记在册的有五十多万。他们有聚居点，所以在外头的其实不多。"

"有记录的外星罪犯有多少？"唐飞又问。

秦桦皱眉道："不会很多……"

唐飞道："那就是说我们的调查陷入死胡同了？"

"我的确是这样想的。"秦桦叹了口气。

"有人和我说过，如果案发后的线索不够用，就去发掘案发前的线索。"唐飞笑了笑，看着对方道，"你一定看过格林的案件日志，有没有具体涉案的人？"

秦桦道："看过，他提到了几个名字。"

"找到那些人。"唐飞说。

尽管唐飞早就知道国际刑警组织的工作强度不大，但巴黎分部的未知罪案调查科还是让他有些失望。这里原属于格林这一组，除了三个普通文员，如今只剩下秦桦一个外勤人员。办公设备也没有看出什么高科技的迹象，这真是传说中的那个机构吗？

"最近的案件日志里提到了张凌、卢克、钩子、猫女四个人。除了张凌，别的人我都追查不到。"

"只有一个？"唐飞皱眉。

"凯斯的日志里只有张凌和卢克的照片，但是我查不到卢克。巴黎警方通过头像识别，已经发现张凌住在巴黎的第十三区。"秦桦把地址发在唐飞的手机上道，"这是地址，我们是不是去看看？"

"当然。但是只有你和我去吗？"唐飞问。

秦桦笑道："要不然呢？"

唐飞本想说，根据多年的经验，他认为秦桦并没有很强的外勤能力，但他换了个说法道："我是想说，既然是去对付罪犯，外围布控和协同作战的人在哪里？我们这个分部似乎没什么人手。"

"出于保密考虑，外星重案组的行动是没有外人参与的。"秦桦习以为常道，"作为分部只需要少量文员就行了。你跟我走，不用担心。"

不用担心吗？听着一点也不靠谱。唐飞被带到车库，眼前的车位什么也没有，他摊开手望向搭档。

秦桦笑着按了一下衣领，不仅自己换上了一套深色行动服，一部黑色的飞行器也同时悬空半米出现在车位上。飞行器的外形类似于普通跑车，但是轮子的位置是喷气推进器。

"还带隐形？高科技是吧？"唐飞嘟囔道，"炫耀！赤裸裸的炫耀！"

秦桦递给唐飞一枚银色的徽章，说道："戴在衣领上。"

唐飞戴上徽章，然后按了下按钮，一身深色的西服替换掉了他原本的衣服。

"这个……是未来战士？"他看着四周，眼前出现了一片立体屏幕，仿佛科幻电影里的机器人视角。周围的事物在屏幕右下方会有注释出现，而对于生物则有简单的体征描述。

"可以关闭智能视角。"秦桦提醒道，"等你有空可以熟悉一下徽章的功能，挑自己用得着的放在常用界面就好。开启智能视角，它会记录你日常的工作环境和身体状况，对强化你的身体和办事效率都是有帮助的。不过，在执行高危卧底任务时最好不要开，因为外星罪犯往往拥有我们不了解的科技，使用这个视角容易暴露自己。目前，智能视角主要用来校验证据和收集线索。"

唐飞寻找了一下，才找到操作界面，将视线恢复成正常人类的样子。

"这枚徽章是用纳米芯片技术制作的。作为外星重案组的制式装备，它提供了海量的数据支持，以及一套信息通信装备。这身工作制服由光影纤维合成，拥有强大的修复力和单兵防御力，是来自银河警察联盟的标准科技。"秦桦指着徽章上的按钮，介绍道，"我们行动时，会需要及时联络。万一我们失联，你可以直接联系总部。说起来，外勤探员需要特殊培训才能正式工作，但上头说你比较特殊，不用遵循惯例。好在这些是基础设备，操作并不复杂，你慢慢摸索，一定没问题的。"

"枪也没有？"唐飞皱眉。

秦桦指了指腰间的黑色警棍，答道："武力装备晚些配给你，不过我觉得枪什么的你不需要啊。"

唐飞苦笑道："我觉得出于安全考虑，有把枪会比较好。"

秦桦说："外星罪犯的体质非常特殊，地球的火力武器不一定对他们有用。所以，有枪未必让你更安全。"

两人登上飞翔车，秦桦指着仪表盘上的按钮道："请系上安全带。这部车子主要是声控的，你目前没有权限。备选的手动操作台，需要声控调出。"女人停了一下，微笑道，"调到手动控制，"操作台上出现几排不同颜色的按钮，"第一排蓝色的是通讯，第二排红色的是火力，第三排只有一个按钮，不要碰，我也没空多解释。其他的基本就和外面的车子是一样的。"她定下坐标，选择了自动驾驶，车子就隐形飞出了基地。

你早就可以解释了！唐飞心里叹了口气。可是女司机这车速有点快啊。

秦桦看到唐飞表情比之前严肃了些，笑道："所有人第一次坐这个车都会紧张，慢慢就适应了。"她点开仪表盘边的屏幕，上面出现了十三区的画面。

唐飞手指轻按领口的徽章，身上换成了一套法国军服。他又按了一下，变成了休闲沙滩装，然后是法国大厨装……高高的厨师帽顶歪了。

秦桦赶紧将徽章调试好，并帮他打开操作手册，说道："预存了十套伪装方案，方便你伪装身份。不过，现在不要乱用。"

唐飞看了一下操作手册，没好气道："全世界的说明书都是一样难懂。"

"这本操作手册不是地球人写的。"秦桦说。

唐飞道："那只能说全银河的说明书，都一样难懂了。"

秦桦好笑道："新进人员本来是有培训课的，大约有一个月左右的集训，但你暂时是没空参加了。徽章里的资料库提供了关于未知罪案调查科和外星文明的基础信息，你有时间就熟悉一下吧。"

车载画面从俯视的视角，逐渐变成近景视角，显示出唐人街一座叫"飞云居"的酒楼。

"你们有那么厉害的设备，怎么案发当天没有监控小组行动？"唐飞问。

"出事前被屏蔽了，所以只有凯斯发回的那段音频。"

唐飞道："就是他要求见对方老板，却被拒绝的那段。"

"是的。之前应该是有约定，不然凯斯不会提出这种要求。之后所有的监控被屏蔽，你要知道如果敌人是外星人，一般就会出现科技压制的局面。"秦桦回答。

唐飞想着凯斯的办案日志，不由得产生些许疑惑。这么高科技的装备在手，竟然没有多少银牛角的图像线索，这很不合理。

秦桦说："秃鹫是这饭馆的小老板，现在就在饭店里。地图在这里了，你有什么抓捕建议？"

唐飞看着飞云居周围的街道，沉声道："我们只有两人，没有什么复杂的计划。我从前门进去找人，你在车里监控，万一他跑出来，你负责拦截。"

"好主意。"秦桦笑道。

唐飞拉开车门，也不等对方说什么，直接跃出飞翔车。这凌空三米的高度，完全不在他的眼中。

"你……"秦桦在联络频道里飞快地说，"我们的工作不能让外人拍到，现在手机那么多，万一发到推特上会很麻烦。你以后要小心。"

"好的。"唐飞也不多啰唆，直接朝饭店走去，并顺手在路边捡了几枚石子装进口袋。

饭店正在准备早上开市，店里没有客人，几个店员在大堂打扫，一身黑衣的唐飞站在店门口很惹眼。

唐飞打开智能视角，带上笑容走向大堂经理，拿出张凌的照片询问张凌的行踪。

大堂主管皱着眉指向后厨，一个抱着瓶红酒的中年人正望向他们这里。那中年人看到这边立即警觉地丢下红酒，转身就跑。

智能视角的面部识别表示，逃跑的就是目标嫌犯。

"张凌跑向后楼，就是照片上的人！"唐飞在联络器里叫道，然后疾步追向楼梯。

但奇怪的是张凌没有朝楼下跑，而是奔向饭店的楼顶。

"秦桦，他在往楼上逃。"唐飞继续道。

"我去楼顶等他。"秦桦回复。

那张凌跑得极快，唐飞转过两个弯也没拉近距离。他手腕翻起一枚石子打偏楼道的摄像头，紧接着凌空飞掠了一层楼梯。张凌吓了一跳，赶紧回身就是一枪。

唐飞身体一侧，子弹贴着头发飞过。他弹出第二枚石子，没有命中对方的大腿，而是射中了屁股，因为智能视角影响了他的视觉。

张凌身子一麻，强忍着痛苦撞开门，冲到天台上。

"站住，你跑不了的。"唐飞紧跟到天台，冲对方叫道。

张凌摸着屁股，皱眉道："你不是警察，你是谁？"

天台上堆放着一些杂物，还有一辆老旧的自行车。但是智能视角下方提示，自行车是飞行器。

唐飞道："我是国际刑警，你涉嫌一起走私案，请跟我回去协助调查。"

"国际刑警？"张凌怒道，"国际刑警找我做什么？不管你是谁，我都不会跟你走。"

他举起手枪，但唐飞不动声色地一扬手腕，手枪被石子打飞。

张凌恼羞成怒地冲向唐飞，手做刀状奋力劈下。唐飞单掌抓住对方手腕，一翻腕就把对方按在地上。但那家伙突然贴地斜飞，侧身踢出六七脚。

唐飞仍旧是左手轻摆，用不快的速度挡下对方所有攻击，侧身回转一脚踢在对方胸口，张凌跌出三米远。

忽然，前方那辆自行车响起诡异的声响。张凌迅速爬起，骑上车冲过护栏跃出天台。自行车的车轮在半空极速转动，居然腾空飞起……

唐飞疾步掠起，两人五米的间隔瞬间被拉近。自行车加速向前，后车座却被唐飞抓住，顿时失去平衡左右摇晃起来……

飞云居大约是二十米左右的高度，张凌奋力向后击打唐飞，却反被唐飞一脚踢下车子。自行车犹自在空中前进，两人则飞快下坠。

忽然，秦桦的飞行器打开舱门停在他们下落的路线上。砰！唐飞和张凌落入车中。

唐飞急道："快闪开！"

秦桦刚把飞行器拉到方才的高度，自行车就失去平衡冲撞过来。

"见鬼！"秦桦激活车载能量盾。

自行车撞在飞翔车上碰得支离破碎，飞翔车也剧烈晃动了一下。

唐飞按着撞疼的肩膀，心有余悸地看了看地上的残骸。

"对不起，我反应不过来……"秦桦稳住车子，苦笑着说。

唐飞摆了摆手，对张凌道："车子不错嘛。你再跑试试看啊？"

张凌看着唐飞，满眼的郁闷。

唐飞铐好犯人，关闭了智能视角，才对秦桦道："我开着智能视角追捕逃犯，还是有些影响的。你用了多久才适应这个装备？"

"一般人经过培训期的强化就能适应。但到目前为止，这东西还有些副作用。"秦桦笑道，"比如视觉反应迟钝，以及物品提示错误等，所以探员在实战里使用率不高，格林就不爱用这个。对了，你刚才的抓捕，有被外人看到吗？"

"没有，天台上没人。"唐飞回答。

秦桦松了口气，说道："那就好，不然记忆整理小组就有的忙了。"

"居然还有记忆整理组，类似电影《黑衣人》里那种？"唐飞问。

秦桦道："没电影里那么简单。我们一消除就是24小时的记忆，会有很大的副作用，所以最好是不要引起大的乱子。"

唐飞笑道："记忆整理组的人不太好说话，是吧？但这种工作难道不是我们现场操作更快，更直接吗？"

"我说了，这不是电影里的那么简单。"秦桦比画道，"现在通信工具那么发达，目击者可能会在第一时间通过电话或简讯将消息传给别人，也可能会直接把画面发布到互联网上。虽然我们在互联网上建立了成熟的屏蔽系统，但难免会有遗漏。而目击者若只是内部传播，即便影响不大，但记忆消除的难度就大了。你能想象一只蚂蚁通过它们的语言，通知另一只蚂蚁吗？"

唐飞头也大了，举手道："我明白了。我们是执法者，也是破坏者，而记忆整理组是清洁工，所以我们外勤探员不做这些工作。"

"你了解就好，他们的工作可不是你想象的那么容易。"秦桦说。

张凌坐在审讯室里，不明就里地等了一个小时。他的确在见到警察时，做出了逃跑的举动，但他并不知对方来的目的。心里把近期做过的事理了一遍，张凌仍旧一头雾水，他觉得自己应该没有惹什么事啊。

这时，唐飞进入了审讯室，他把一份材料丢在桌上，问道："这个人你认识？"

张凌看着格林的照片，皱起眉头道："不认识。"

"我有你们在一起的照片。"唐飞冷笑说。

"哦，他是我朋友的朋友，很久没联系了，一时没想起来。"张凌解释说。

唐飞道："他是银牛角的摆渡人。"

张凌双手微微一紧，唐飞继续说："是你介绍他介入的银牛角。两天前，他帮银牛角送了一批很危险的东西到巴黎。"

"银牛角……"张凌慢慢说。

"你不用装糊涂，银牛角是一个星际走私组织，"唐飞把重案组的徽章放在桌子上，"我要你帮我们找到他们。"

张凌道："真是疯了！且不说我找不到他们，即便我知道，那只要我说了银牛角的秘密也就死定了啊。"

唐飞道："既然进来了，由不得你不说。"

"我又没做什么，很快就会有人保我出去。"张凌不屑道。

"谁知道你在这里？"唐飞反问。

张凌面色微微一变，但在他记忆里外星重案组并不是什么穷凶极恶的组织，便又强自镇定下来。

唐飞慢慢道："你只是外围人物，但是你要明白，涉及星际犯罪的人和普通人不同，是没有权利找律师的。"

张凌板着脸道："你吓唬我……"

唐飞笑道："你就当我吓唬你吧。一会儿我就把你留在这里，再对外放出消息，说你交代了一切，成了保护证人。"

张凌面色阴晴不定。

唐飞压低声音道："但你如果偷偷告诉我一些有价值的消息，说实话，谁知道是你说的呢？人嘛，难关总得一个个过，你是不是应该先过了我们这关，再考虑日后的事？"

张凌沉声道："银牛角的人不好找，不过，我有摆渡人的电话。"他写下格林的电话递给唐飞。

唐飞摇头道："这个电话我有，摆渡人已经死了，我要银牛角的接头方式。"

"他死了？"张凌怔了一下，脑海中灵光一闪，苦笑道，"那家伙是警察？"

唐飞并不回答，仍旧道："我要找银牛角。"

"若那家伙是警察，银牛角一定会迁怒于我。"张凌抹去额头的汗水，认真道，"我会把我知道的都告诉你，不过你一定要保护我。"

根据张凌的交代，在1999年星际难民潮开始前，星际走私就有了。银牛角是银河系里资历最老、力量最强的一个走私团。张凌表示自己并非该组织的内部成员，他只是认识里面一个叫钩子的打手。他在十年前机缘巧合下救了钩子的命，接触得久了，对方才对他公开了身份。当然，在很长一段时间里，他也不知钩子是不是银牛角的正式成员。两年前老K找他帮忙寻找进入银牛角的门路，张凌就把钩子介绍给了老K。

老K是格林的化名，这些细节都被记录在案件日志里，所以唐飞知道对方没有说谎。

"钩子叫什么名字？怎么找他？"唐飞问。

张凌道："他本名叫什么我也不知道，他早就不在巴黎了。最后一次见面时，听说他要去一个叫风名市的地方，好像在亚洲。那辆自行车就是他的临别礼物。关于外星人什么的，我所了解的都是他告诉我的。在那之前，我一直以为外星人是科幻片里的事。"

风名市？唐飞看了看审讯室的玻璃，另一边的秦桦也皱着眉。

"你有他的照片吗？"唐飞问。

"有……应该是有，有一次喝多了，我们一起自拍过，在我手机里。这个朋友比较特殊，我一直留着照片。"

唐飞取来对方的手机，找到了钩子和张凌的合影。他微微松了口气，这就是期待的突破口了！

唐飞走出审讯室，对秦桦道："看来我们要回风名岛了，我早就听说西城有很多外星人，到底有多少？"

"你不如自己去看。"女人看着钩子的照片，低声回答。

唐飞舒展了一下身子，刚才受伤的背脊仍旧隐隐作痛。他有些觉得，斯库利选择自己的一大原因是风名的工作背景。

第二章

风 名 走 私

男子冷笑，夺路就走。突然他左腿一抽，整个人直挺挺地摔倒，就摔在尸体边上，
两人的面孔浸泡在血水里，仿佛彼此相望。

位于中国东海的风名市，古称风名城，是一座隐藏于世界角落的神秘城市。

这座城市被傲来河一分为二，各有特色，东城是东方古典文化，西城是西方现代科技。西城维护公共安全的是西城警局，这几年西城人口不知为何剧增，从原来是东城的三分之一到基本持平，西城的警力也就显得严重不足。

自从 2010 年，风名市开辟了外星难民定居点，这里的生活便因为外星文明发生了潜移默化的变化。

唐飞对西城警局的系统驾轻就熟，很快从警局的数据库调出了黑名单里"钩子"的资料。这个人名叫"石青川"，两年前到风名市，在风名西码头开了家外贸公司，实际是该区域的走私庄家。当然，数据库里的石青川并不叫"钩子"，但对照数据库里的身份资料以及两人的行为特征，可以确认其"钩子"的身份。

很可惜，风名警局系统里没有查到卢克的信息。

"我看了一遍未知罪案调查科的手册，必须对方先攻击，我们才能击毙罪

犯？"唐飞笑问。

斯库利侧头道："嗯，难道异现场调查科不是？"

唐飞摸摸略鹰钩的鼻子，笑道："反正我大多数时候不是。"

"你在第一现场，可以酌情把握，"斯库利有意无意地说道，"不过分就好。我听说你抓捕张凌的时候，用的是普通石子。"

"是的，石子比较好用。巴黎路边的小石子大小很规则。"唐飞回答。

斯库利笑道："我知道你是中国唐门的人，为什么不用飞刀什么的？"

"因为我已经不准了。"唐飞说。

"不准？"斯库利皱眉。

"是的。"唐飞撸起袖子，露出右小臂上一条二十厘米左右的伤疤，"影响了神经系统，五米以外的目标，我就会打偏。"

"那在距离近的时候仍旧很准吧？"斯库利沉默了一下，递上一条皮革的暗器带，低声道，"我听说唐门的人擅长用这个。"

带子上是一组二十枚的钢针、一把飞刀、三颗铁弹子。

"谢谢你，但我已经不适合用这些了。"唐飞放下袖管。

斯库利说："我不希望你们出事，既然会用就带上。五米之内有效也是好的。"

唐飞莫名地扫了对方一眼，发现自己根本没法和这女人交流。他曾经可是能用飞刀在三十米的距离一刀封喉的人，而五米以内的距离，对于格斗家而言，可以靠双手解决，还要用暗器做什么？

"出发吗？那家伙今天没有去码头。"秦桦提着装备包问。

"那就要快些了，对方可能听到风声了。"唐飞一按衣领，换成了简单的黑色制服，顺手拿走了暗器带。

斯库利看着两人出发的身影，叹道："到底谁是资深探员啊……"

唐飞抢着驾驶飞翔车，一路上虽然几经颠簸，倒也有惊无险。一点寒芒在他指间闪动，唐飞在心里默然叹了口气。

"你擅长用这个？"秦桦问。

"从前擅长。"唐飞回答。

"如果比枪更适合你，我建议你带着。"秦桦说。

唐飞耸了耸肩，这些人根本不理解他的感受。

"真的，我也想见识一下中华武术。"秦桦微笑说。

石青川没有准时去码头，这让唐飞生出了警惕。他们的飞翔车迅速来到石桥边的民居，据情报显示，石青川住在桥边第一栋楼的二层。

二人把车停在大楼上空，一起进入大楼，刚到二楼就闻到一股血腥味。唐飞一脚端开房门，就见客厅倒着一具正在血泊中抽搐的躯体。唐飞翻过这人的身子，确认是绰号"钩子"的石青川。此人被一刀封喉，死定了。

秦桦目光扫过屋子，发现有一组通往主卧室的脚印。若对方听到大门被破开，客厅不能直通阳台，那么就只能选其他房间。她小心地越过一地血水，推开房门。

唐飞放下尸体，看了另一个房间一眼。秦桦进入卧室，凌厉的刀光扑面而来，她左护臂拦下刀锋，面前是个短头发黑衣男子，五官端正，一眼看去没有什么明显的特征。

男子另一手一翻，又砍出一刀，被秦桦挡住，但秦桦力气小，被撞在房门上。

黑衣男子趁势把女人朝外推，秦桦侧身灵动地一脚翻踢对方面门。

男子贴着墙壁掠起，冲向屋子大门。唐飞从斜刺里同样一脚扬起，两人在空中一碰，唐飞落地一个趔趄，而黑衣男子向后撞在承重墙上，把挂壁电视机也震了下来。

黑衣男子手里匕首一左一右掷出，一刀飞向秦桦，一刀飞向唐飞。

秦桦奋力一让，唐飞则不紧不慢地站直身子。"叮"的一声，飞向秦桦的匕首诡异地落地，飞向唐飞的匕首则被他徒手接下。

"你今天肯定走不了。"唐飞微笑道。

男子冷笑，夺路就走。突然他左腿一抽，整个人直挺挺地摔倒，就摔在尸体边上，两人的面孔浸泡在血水里，仿佛彼此相望。

秦桦上前一步想要把对方锁住，男子飞快爬起，浓重的血腥气让他身上浮现出一层紫色的光影。只见他双臂合拢，一道刺眼的光芒便从袖口射出。

唐飞绕过沙发拦向光束，他的肩头发出被灼烧过的气味。来不及开第二枪，黑衣人被唐飞一脚踢在喉咙。

那男子的脖子忽然一拐，脑袋诡异地绕了一圈，然后安然无恙地踩着血水滑向窗口。

这是什么鬼？唐飞瞪着眼睛，追向窗口。对方凌空掠出，又射过来一枪，这次激光将整个阳台击毁，一时间尘土飞扬，弥漫了整个屋子。唐飞冲出尘埃，落回地面时，敌人已经消失不见。

唐飞回到屋子，秦桦正开启"智能视角"分析案发现场。

"激光分析显示，确认刚才是野马星激光枪。"女人说。

唐飞看了眼沙发和墙壁，沙发被激光一劈为二，墙壁也同样如此。

"你要紧吗？"秦桦看着唐飞肩头的伤口道。

"包扎一下就好。我以为这身制服是防弹的。"唐飞说。

"只对地球的子弹有避弹效果。"秦桦说。

唐飞嘟囔道："工伤啊，这是工伤……"

秦桦抿嘴一笑，有点没心没肺。

"刚才那个杀手，有点诡异……"唐飞说。

"我也看见了，那家伙的脑袋会扭过去。"秦桦说。

唐飞自己试了试，断定这是绝对不可能转到的位置。

凶手没有在现场留下指纹和 DNA 等可以追查的线索，唯一可查的是那把野马星手枪。秦桦表示，尽管风名城野马星人不多，但这种手枪要追查起来可不容易，所以追查重点就又回到钩子的身上。只是他人已经死了，还能查什么呢？

好在凶手走得匆忙，还没对钩子家的电脑和手机进行处理，这些东西就成了调查的重点。

秦桦通过追查电脑的使用记录，发现钩子在半年前频繁前往海外一个叫"绿野岛"的地方。

唐飞见秦桦慢慢皱起眉头，问她："不能用手机查到他去的具体地址吗？"

"事实上，我找到了具体地址。"秦桦指着屏幕说，"绿野岛东云山庄，那是大老板络绎的产业。"

"络绎？"唐飞问。

斯库利道："络绎是风名市排名前五的富豪，以前主要生活在东城，五年前王家血案后，他搬到了西城，并且长期隐匿行踪。"

唐飞笑道："我在风名的日子不短，这些当然知道。"

斯库利道："东云山庄，并不直属于他名下。若非我们的系统知道得比较多，还真查不到他身上。替他管这处产业的，是他的助理韦橙。"

秦桦调出络绎和韦橙的照片。

络绎是西城星云集团的当家人，照片上看是个留着大胡子的黑胖子。韦橙则是个身材窈窕、面目姣好的短发女子，女人微笑起来两眼眯成一条缝，好像一只慵懒的白猫。

"她会不会是猫女？"唐飞问。

斯库利皱眉道："不排除可能性，但是也没有证据。"

"也不能算没有证据。"秦桦的电脑屏幕上忽然跳出一个搜索界面，"这是钩子手机里的隐藏通讯录，里面有很多风名市地下人物的电话，包括韦橙。"

"有通话记录吗？"唐飞问。

"有的，不算很频繁，大约每个月两次。"秦桦说。

唐飞道："每个月两次已经算很多了，毕竟钩子这样的小角色，应该巴结不上韦橙这样的老板。"

秦桦看了看系统消息，低声道："韦橙今天正好在风名。"

"用钩子的手机发消息给韦橙，告诉她，我们知道是她杀了钩子。"唐飞端着咖啡，笑道，"最好是在我们能监控到她的位置发，那样就能看到她的第一反应。"

"你的要求不难。"斯库利手指在三维大屏幕上点了几下，吩咐道，"找到目标人物，确认目标人物。"

屏幕上显示，韦橙正在西城华盛顿广场边的星云中心里面。

"近距离观察吧。"唐飞放下咖啡就走，"出发了，秦桦！"

秦桦急匆匆跟在他后面，这次连斯库利也叫道："我也去！"

星云集团是风名市赫赫有名的大企业，他们的商业事务涉及地产、金融、医药、军工等几乎所有可以赚大钱的项目。

韦橙开完例会，准备离开星云中心。她走在长长的阶梯上，手机忽然的振动让她停下了脚步。她伸手将垂在耳畔的发丝往后捋过去，低头去看手机，那是一张照片和一条留言。照片里是钩子的尸体，留言却是"我知道是你杀了他"。

韦橙嘴角浮现一丝冷笑，飞快删除了信息。

她的表情在飞翔车的屏幕上被定格。

"你说这算有嫌疑吗？"秦桦问。

斯库利道："可以抓捕。"

"但我们没有直接证据，逮捕令也没有那么快。"秦桦说。

斯库利冷笑道："等我们有逮捕令，她早已得到风声，现在却是好机会。"

唐飞第一时间下车，快步走向韦橙，亮出证件道："韦橙，我是国际刑警未知罪案调查科的唐飞，你涉嫌一起谋杀案，请和我回去协助调查。"

韦橙转身看着唐飞，寒着俏脸道："有事请和我的律师说。你没有拘捕令，我不可能和你走。"

另一边的秦桦看了眼斯库利，金发女人表情坚定，于是秦桦上前一步取出手铐。

突然，一旁出现一个黑衣人，手掌扣在秦桦的肩头。秦桦反手还击，对方灵动地闪到另一侧，一个背摔把她丢下台阶。唐飞手腕一抖，一枚钢针射向那人面门，钢针诡异地穿透对方面门落在远处。

这个黑衣人正是出现在钩子家的凶手。他拉着韦橙就走，唐飞飞掠而起，抢过十来级台阶，拦在二人之前。黑衣人左脚扫向唐飞脑袋，唐飞抬手去挡，那人动作飞快变化，右腿从另一个方向踢出。

唐飞双手守住门户，连续挡下十多腿。黑衣人表情冷漠，攻击招数极为简洁。韦橙趁机奔下台阶。唐飞发出一枚钢针，刺向韦橙大腿，但是由于距离较远，这一下打偏了。

黑衣人一个滑步拦在唐飞身前，唐飞一掌劈在对方肩膀，黑衣人身子一扭，居然从另一个角度把他手腕锁死。

唐飞奋力挣脱，胸口中了对方一脚。

"你到底是什么东西？"唐飞从腰间拔出未知罪案调查科的警棍，半米长的短棍仿佛短剑般向对方刺去。

两人快速交换二十多招，警棍一下砸在黑衣人头上，黑衣人的脑袋被砸得凹陷变形，但他只是后退几步，就又恢复了原来的样子。

"唐飞，那是晶体人！"斯库利叫道。

台阶下，斯库利和秦桦同时出手，总算把韦橙拘捕。

周围有西城警局的警察见到此地骚动，纷纷围拢过来。斯库利亮出证件交涉，而唐飞和那黑衣人仍在交战。

黑衣人多次受伤，都不可思议地迅速复原。唐飞身上也多了几条伤口，但他不具备敌人的恢复力，所以动作变得有些迟缓，连中数脚后跌下台阶。

黑衣人不再缠斗，转而冲向韦橙这边。警察和斯库利同时拔枪开火，但子弹的冲击力只能减缓对方速度，并不能对其构成伤害。

砰！秦桦手里出现一支蓝色手枪，一枚冰冻弹在黑衣人身上砸开，黑衣人被冻成冰人。几乎同时，其他子弹也打在他身上，黑衣人变成了碎块。

"用罐子把碎片分开装，分车带走。"斯库利吩咐道。

秦桦立即招呼警员把碎块收拾起来。

斯库利看着审讯室里的韦橙，心里琢磨着要如何审问对方。她正高兴着几天来的努力总算有了突破口，却看到唐飞阴沉着脸走过来。

"怎么？"她问。

"黑衣人跑了。"唐飞说。

"跑了？我们分了四个罐子，两辆车分开押送……"

唐飞道："但还是跑了。那个晶体人到底是什么怪物？"

"你可以去总部的数据库查询晶体人是什么，不过我们的事情得一件件做。"斯库利拿起文件，提起精神走入审讯室。

钩子、黑衣人、张凌的照片都放在面前，韦橙沉默不语。

"别说你都不认识？"斯库利笑道。

"难道我该认识？律师不来，我什么也不会说。"韦橙回答。

斯库利笑了笑："你进来的时候，我们提取了你的 DNA 样本，你是半人马座阿尔法，法兰星的法兰人。外星生物不受地球法律保护，你无权请律师。"

韦橙微微扬眉，慢慢道："血统上说我是法兰人，但是我出生在地球，根据银河星际法，我有权在地球上请律师。"

"地球还没加入星际法，只适用星际移民临时条例。"斯库利笑道，"你懂的，我说你无权，你就无权，所以你必须配合。要不然，我会遣送你回法兰星。"

"你……"韦橙愤怒地看向斯库利满面笑意的脸，最终还是叹口气，将视线转回那四张照片上。她下巴朝着其中一张抬了抬，说道："我只认识他，卢克。"

"卢克？"斯库利手指点在黑衣人的照片上。

韦橙道："他是我们公司的客户，我见过一次。"

斯库利笑道："今天他的表现，可不像是普通客户那么简单。"

韦橙皱眉道："我不知他为什么要那么做。"

"张凌，法国走私商，和钩子是好友。钩子是银牛角集团的外围头目，在风名码头有运输公司，是银牛角和外部社会的联系人。他今天死在自己的居所，而杀死他的是卢克，我们有两名探员目击了他行凶。钩子死后，有人用他手机给你发送了消息。你收到该信息时，已在我们的监控下。卢克，银牛角集团的内围人员，他在你被拘捕时，对你进行了保护，之后受伤被捕。"斯库利说到这里，微微一顿道，"你们的联系已经建立，你还是老实交代比较好。"

"你是想说，我是星际走私集团银牛角的成员？疯了你们！"韦橙瞪大美目道，"我是星云集团的董事会秘书，我需要走私赚钱？"

"你说你和这些人没有关系，卢克是你们的客户，他是谁的客户？你如果和钩子没有关系，你又为何接到那条消息不报警，却第一时间删除？"斯库利冷静地慢慢道，"猫女小姐，我们知道的比你想象的多。"

听到猫女这个名字，韦橙第一次变了脸色，她皱眉看着对方道："我不清楚你们到底知道什么，但我不是银牛角成员。卢克是我们总裁的客户，我只见过一次。他做了什么、做过什么都和我没有关系。"

"总裁络绎？"斯库利隐约觉得钓到了大鱼。

"不错。但我们总裁更不可能和银牛角扯上关系了。"韦橙生气地争辩道，"至于收到的那条垃圾短信，我以为是恶作剧，不删除还能干什么？"

"猫女小姐，你这个表情，可不是遇到恶作剧的表情。"斯库利把对方收到信息时的照片放到桌子上，"我们查过你的手机，你的确和钩子定期有通话。我们还申请了搜查令搜查你所有的电子用品，目前的证据已经足够把你和银牛角联系上了。"

韦橙沉默不语。

斯库利道："如果你没有自证清白的事可以交代，这个案子就要你来背。我再问一次，卢克、你、络绎，到底是什么关系？"

韦橙道："络绎老板和卢克有商务往来，我替老板招待过卢克。我们星云集团不可能做走私，但我可以提供给你们公司和卢克的业务往来信息。"

"很好！我们一步步来。"斯库利说。

唐飞在镜子另一边看完整个审讯，对斯库利刮目相看起来。斯库利的审讯着实严谨而有压迫性。遗憾的是除了把不多的线索建立了联系，并没有新的突破，也没有找到直接证据。不过，之前格林查了那么久案子都没有留下图像记录，而这次他们一盯上韦橙，就抓到了她的图像，这有点耐人寻味啊。唐飞按着身上之前搏斗时产生的瘀青，眯起眼睛扫视四周。

"秦桦，你听好，这是星云的内部密码，马上提取络绎和卢克的交易往来。"斯库利打电话说，然后在审讯室外坐定，问唐飞，"你怎么看？她有说实话吗？"

唐飞道："我有种直觉，这次的事和络绎有关。"

"这也算直觉？"斯库利好笑道。

唐飞道："我是说，有人故意把星云集团扯进来。我们的线索原本扯不上络绎，现在却联系上了。这样是不是太容易？"

"你的直觉有点怪异。你之前认识络绎吗？"斯库利问。

唐飞道："不认识，但我知道他是个生活散漫的富豪。这样的有钱人，需要靠星际走私赚钱？"

斯库利思索了一下，说道："会不会有点先入为主呢？现在他的亲信卷入了案子，我们总得查一下。"

"是的，必须查络绎。我们现在不清楚的事比较多，一是格林运送的东西是什么，另一个就是络绎到底是不是银牛角的人。"唐飞看着审讯室里并不慌乱的韦橙，"不过络绎可不容易查。"

络绎家是风名的第一代拓荒者，经过大约十代人的努力，到了他爷爷那一代，星云企业成为了西城的豪门财阀。轮到络绎当家后，公司完成了现代模式的转型，他就很少出现在公众面前，所以关于他这个人，也是众说纷纭。

有人说，络绎是嗜赌如命的败家子，星云集团若不是有一群元老当家，早就被他败光了。也有人说，他是一个商业奇才，眼光奇准，能在风云变幻的国际资本市场呼风唤雨。还有人说，他是个同性恋，长期窝在风名东城只是为了和情人消磨时光。但不管传说多么离谱，从没谁说他是星际走私犯。

在星云集团的机密档案里，有许多卢克和络绎的往来记录，虽然账目含混不清，但他们显然不是普通的合作关系。未知罪案调查科想要找络绎问话，却发现没人知道他在哪里。他最后一次出现在风名，是两个月前在西城第九区十三大街的宅子里。

秦桦和唐飞看着那充满了哥特风格的古老大楼，再想想那古怪的门牌"十三大街十三号"，一起皱起了眉头。

屋内空荡荡的，除了些风格古旧的家具，连日常用品也没有，而家具上的灰尘表明这里很久没有人住了。

唐飞打开"智能视角"，并没有收集到有用的线索。

秦桦从背包里拿出一根金属支架，上下拉开后大约一米半长，一束紫色光芒从架子上冒出，照亮整个房间。

"这又有什么说法？"唐飞问。

秦桦说："这是外星生命探测器，如果有外星生命就会有紫光附着。"

唐飞看着淡淡的紫芒落在屋子每个角落，再看看秦桦眼里的紫色光辉，摊手道："那现在这算什么情况？"

"说明这里到处都是外星生命体。"秦桦对着四周高声道，"各位朋友，我们是外星重案组，我们需要知道络绎的下落，并不想打扰你们的生活。"

唐飞隐约觉得四周的光点凝滞了一会儿，然后在玻璃窗上慢慢凝聚变形，浮现出一张漠然的面孔。那张面孔四周不停汇聚光点，然后像河水一样流淌到地上，慢慢从地上站起一个模糊的身影。

智能视角提示，该生物来自半神星球。

"晶体人？"唐飞问。

那人嘴角上扬，回答道："我们是来自半神星的生命体，和你们人类不同，也不能算什么晶体人。我们并不知道络绎在哪里，不过可以告诉你，几个月前他离开过风名，但我很确定他最近回来了。"

"你那么确定？"唐飞问。

"那家伙视财如命，他这个月回来，给我们发了催要房租的亲笔信。"半神星人说道，"这家伙虽然是大富翁，可是对小钱看得很紧。这栋楼是他私人的，和公司没有关系，他都是自己收租。"

唐飞笑道："你欠了很多吗？"

"才半个地球年没给……用我们星球的时间算，并没有几天啊。"

"有个叫卢克的晶体人，你认识吗？"唐飞拿出照片问。

"不认识，晶体人在银河系多个星球上生活，他和我们不同。"半神星人不屑道，"对付那种东西很容易，只需要冷冻就行了，冷冻对我们则无用。"

"我要他那封亲笔信。"秦桦道。

一串光点从钢琴处聚拢，仿佛无数个音符摇摆站起，聚成了个古怪的"音符人"，他递出一封信笺。

唐飞则望着四周闪烁的紫色光点，盘算着这栋房子里到底有多少外星生命体。

秦桦接过络绎的亲笔信，对唐飞道："跟我走。"

两人离开"十三大街十三号"，前往风名东城。

唐飞问道："关于半神星球你知道些什么？"

秦桦道："半神星球是半人马阿尔法的星球，该星球百分之八十九覆盖的是液体。比较特别的是，那里有一小部分生物并不是炭基生物。"

"不是炭基，会是什么？"唐飞好奇地说。

秦桦答非所问："半神星球是一个高度文明的星球，他们的科技领先我们这里一大截。"

"那这些半神星球的人，为什么来我们这里住？"唐飞问。

"每个星球都会有一些伤心人。"秦桦想了想，"这个星球的家伙是出了名的不容易打交道。"

在通过东西城分界线时，他们必须放弃飞翔车，改换马车前往目的地，络绎亲笔信的签发点在东城的石狮子大街。

"未知罪案调查科在东城没有执法权，我们要低调。"秦桦叮嘱道。

"放心，我又不是第一次来这边。"唐飞笑了笑。

"这是他私人的一家店铺，关了很久了。"秦桦指着那家大门紧闭的文身店说。

唐飞皱眉看着店招牌"玄舞"上的灰尘，低声道："我不看好他仍在这里。"

"还是得查一下。"秦桦打开店门走了进去。

二人一前一后进入店铺，这铺子外头门面不大，里头却很宽敞。但是正如唐飞所言，这里空无一人。店外有人探头探脑地张望，他们把街坊叫来，却又问不出什么。

"最近有打扫过。"秦桦说。

"我觉得是有人在不久前先搜查过了。"唐飞看了眼休息室，点头道，"这里的确住过人。但络绎很谨慎，好像在躲避着什么。我们这样追踪不到他，尤其在东城。"

"那你说怎么办？这里的线索又断了。"秦桦问。

唐飞想了想，笑道："这就要斯库利来解决了。"

第三章

哥 舒 信

唐飞是真的想要帮手捉拿络绎，还是另有所图？这件事难道是蓄谋已久的？

斯库利看着桌上的纸条，皱眉道："这个人我听说过，你是想？"

唐飞道："这家伙和络绎是旧相识，几年前的王家血案后，这风名市和络绎算朋友的已不多。若要找络绎，有此人相助会比较好。"

斯库利皱眉看着那个名字，她很清楚这个名字是非常敏感的。几年前，惊动全城的王家灭门案，就是此人所为。

"他可是个危险人物，你怎么确定他会帮到你？"女人问。

"他和我很久以前就认识，我需要帮手。"唐飞平静地道，"我不会强人所难，我明白要请到这个人并不容易。但之前的行动你也看到了，我需要一些强悍武力的支援，他可以解决这个问题。"

"我明白你的意思。"斯库利出门打了个电话，大约五分钟后，她回到房间道，"可以试试看。眼下只争取到一个探视的机会。"

"这么说他的确还在风名？"唐飞问。

斯库利看着对方的眼睛，认真道："说实话，我从没想过请这个人，但是你的提议并不是没道理。若是我能请到这个人，对我们重案组来说，能有他的帮忙肯定更容易找到络绎。但是这个人身负重罪，我不敢说一定能令西城的高层同意他参与办案。"

唐飞笑道："先让我见他一面，问几个问题。"

斯库利看着对方，心里忽然闪过一个念头，唐飞是真的想要帮手捉拿络绎，还是另有所图？这件事难道是蓄谋已久的？但她转念一想，万一真能把那个传说里的家伙收入未知罪案调查科，那可是大好事。

斯库利将一个地址写在纸条上，对唐飞道："明天一早去那边找他，他们答应不监控你们谈话。"

西城第一监狱，地下九层最高戒备。唐飞心里长出一口气，暗暗道："档案无记录，对外不联络。哥舒信，我终于能见到你了。"

哥舒信，青鸿学院骄子，东城昌龄营第五队副队，第四代刀魔传人。五年前，屠东城王家家主及王家宗族六人于相国寺内，被东城府衙悬赏通缉。哥舒信一路亡命，杀昌龄第五队队长耀东，杀异族联盟司徒平天，在血战十一日后，于西城失落者圣堂前被捕。

西城拒绝引渡哥舒信回东城，而西城没有死刑，因此将他就地囚禁。过去几年里，东城两次请求引渡未果后放弃了后续作为。

唐飞很清楚东城第二次请求引渡是发生在什么背景下。那是在西城"失落者"的大头领杨梦，也就是哥舒信名义上的监护人同样失去自由后。但谁也没想到，西城警局再次拒绝了对方的引渡要求。

五年的时间，没人再见过哥舒信，世上也没有再出现那柄杀人刀。

唐飞被配发了报警手环，他走过三十米长的长廊，站在空荡荡的房间里，默然看着前方那面墙壁。不多时，有人再次让他验明身份，脚下的地砖才缓缓下沉。

唐飞看着黑沉的空间，压抑的气氛让他心里一阵凄凉。

耳边响起典狱长的声音："他虽然被锁住，但仍旧危险，有事就按警铃。"

他下沉了很久，来到一座古旧的水牢。一个面目苍白的长发男子戴着沉重的镣铐，半跪在铁笼中。唐飞眉毛一扬，看向对方空荡荡的右臂。

"阿信，你没有了右手吗？"唐飞轻声道。

哥舒信抬起头，扫了唐飞一眼，沉默了片刻，慢慢道："没了很久了。没想到会在这里见到你，唐飞。"他干涩沙哑的声音中带着些许凄凉与桀骜。

唐飞道："我来是求你帮忙的，作为交换，你若有什么需要，也可对我说。"

"异现场调查科有什么需要我帮忙的？"哥舒信问。

"E科也没了很久了。"唐飞咬着牙说道。异现场调查科又称"犯罪E科"，就这么简单一句话，他虽然在心里说过无数遍，但真的说出口仍然莫名艰难。

"这么说……"哥舒信冷冷一笑，露出白森森的牙齿道，"你的心也死了很久了啊。"

唐飞振作精神，清了清嗓子："我现在隶属国际刑警未知罪案调查科，负责调查络绎的行踪。"

"那个胖子很难找吗？"

唐飞道："东城和西城之间隔了一道墙，若是他刻意躲就很难。"

哥舒信皱起眉头问："他做了什么？"

"他涉嫌星际走私，并且这次走私了极度危险的东西。"唐飞回答。

哥舒信晃了下身体，锁链"嘎吱"作响，他轻轻咳嗽了下："络绎涉嫌星际走私？开什么玩笑。他那么有钱，不至于干走私那种违法的事儿。"

唐飞简单向对方介绍了案情，然后道："情况就是这样，现在所有线索指向他，你得帮我。"

"你们掌握着大量的人力和科技，却来求我一个半死的人？"哥舒信冷笑。

唐飞靠近笼子，用一种只有对方能听到的声音说："我是想给你个机会。"然后他提高声音，"你可以提出要求，只要你能帮到我。"

"我能有什么要求？难道你还能让我出去？"哥舒信皱眉，"你刚才说的案子有点不对劲，你确定未知罪案调查科的人都靠得住？"

唐飞笑道："这谁知道呢？"

"女人最会骗人。"哥舒信慢慢道。

唐飞听得心里一凛，笑道："你是不是被出卖多了，所以看谁都可疑？"

"你没被你的女人骗过？"哥舒信说。

唐飞眼中闪过难言的哀伤，慢慢道："七七，她死了。"

哥舒信微微拧眉，不去看唐飞忽然暗淡的眼睛，随口问道："你说银牛角走私的东西是什么形状？"

唐飞在地面上画出那件物品的样子。

哥舒信慢慢道："这的确是络绎很久以前就在找的一件物品，确切说应该是一套物品。这套东西可以组成一套阵法，古老且危险。这样吧，我可以告诉你一个地址，若是络绎有什么重要的东西，他会把物件藏在那里，但是没有我，靠你们是进不了那个地宫的。"

"所以我们必须带着你去？"唐飞笑问。

"是的。如果运气好，说不定络绎也在那里。"哥舒信说。

"我明白了。那你能先把地址给我吗？"唐飞回答。

"当然不行。"哥舒信轻轻咳嗽了几下，"你们可以慢慢考虑，反正抓不抓得到那胖子，和我又没有关系。"

"好，我们会好好考虑你的要求。"唐飞慢慢转身离开地牢。

哥舒信看着对方消失于视线，猛然一阵烦躁。原本以为死了的心，居然又有了希望。只是……我即便出去了，能干什么呢？人在外头就有自由吗？如果能出去，我是不是该迅速离开风名？至于络绎……当年在刺青店遇到那家伙的场面，就好像是上辈子的事。我曾经为络绎出生入死，但那个胖子从来都不简单。

女人都会骗人吗……唐飞回到地面上，看着天空中刺眼的阳光，阳光里闪过苏七七的笑颜，仿佛在说我可没怎么骗过你。他深深叹了口气。若说过去几年自己受了苦，那么哥舒信呢？所谓的风名一代天骄，竟然落到如此地步！

"未知调查科"群：

"他们真的联系了警局高层，找到了哥舒信。"

"这么有难度的事居然完成了？"

"是的，那么络绎就在不远处了。"

"他必须要参与？这怎么可能？"斯库利拍着桌子道。

秦桦偷偷看了这边一眼，将聊天群关闭，然后连续关闭了多封邮件。

唐飞摇头道："我也不知该怎么做。但他让你去和弗雷德里希家族的人聊一下。"

斯库利心急火燎地打电话去了。

唐飞看了秦桦一眼，问道："你那么紧张做什么？"

秦桦苦笑，起身道："我们在第三区第八大街发现了络绎的下落。"

唐飞一扬眉，按动领口的徽章，转换成了战斗服模式。静默了许久的络绎突然出现，事出反常必有妖。

飞翔车来到东西城边界的楚汉楼，监控屏幕上显示，大商人络绎就在最高的三楼，在他桌前有一个长发人肃然而立。

"能听到他们说话吗？"唐飞问。

秦桦调试了一下设备，摇头道："对方设置了屏蔽，我们无法监控音频。要马上拘捕络绎吗？"

唐飞看了下距离，低声道："小心一点，先识别长发人是谁。"

"看着有点像……韦橙的律师，我不清楚他的名字。这是怎么回事？"秦桦挠头打开智能视角，低声道，"系统说他是星际恐怖分子，夏鸿恩？"

"韦橙的律师？她什么时候见的律师？"唐飞问。

秦桦道："就在审讯结束后，斯库利迫于星云集团的压力，让韦橙见了律师。"

"你终于肯交易了。"长发人将一枚圆球摆在桌上，"这是你的帝国星契。"

络绎笑道："我只说约你来，没说要交易。"

"你这是什么意思？若觉得价格低了你可以开价，银牛角都能满足你。"长发人皱眉道。

"地球人是讲感情的，即便是我这种商人，也有自己的道义。"络绎看着对方道，"你要的东西太危险，稍有闪失，这一方净土就没有了，所以我不会给你。"

"明人不说暗话，我知道你也在收集它们，你的目的又是什么？"长发人冷笑反问。

络绎苦笑道:"很久以前,家父告诉我,必须有人管好此物。家父遗命而已。"

"不要说谎,你是什么人我很清楚。"长发人冷笑道,说着他掌上爆发出磅礴的力量抓向对方。

络绎微微一笑,忽然将一只怀表拍在桌上,四周的一切顿时静止。他握着怀表向后飞退,转身落入身后的傲来河里。他落入水中的瞬间,水波也随之一分为二。

远处唐飞看到这一幕,立即飞掠出车子跃向水中。当他落入水里,周围水波立刻形成一堵水墙拦在前方。他奋力破开水波,但距离对方越来越远,回头看另一边,那长发人只是站在楼边看着水里景象,并没有更多动作。

"不,不是水墙……是凝固……"唐飞心里思忖着,忽然大声地道,"络绎,我会带阿信来找你!"

络绎的动作一停,回转身看着唐飞片刻,手心爆发出一个星阵。片刻工夫,唐飞感觉自己和络绎进入了一个独立的空间。

"长话短说,你是异现场调查科的人?"络绎问,"这是我操控的一个封闭空间,不要妄图耍手段,那样你就回不去现实世界了。"

"不要误会,"唐飞道,"我现在属于未知罪案调查科,正调查一个与你有关的星际走私案。我们有证据显示,你和我们的探员格林的死有关。"

"星际走私?"

"是的,"唐飞道,"我们已经掌握了一些证据,你涉嫌星际走私,请和我回警局协助调查。"

"这不可能,"络绎停顿了一下道,"星际走私你们警方应该去找银牛角吧,和我有什么关系。至于那些可笑的证据,你不觉得是他们陷害我的吗?"

"风名市那么多人,为何要陷害你?"唐飞问。

"因为我手里有他们想要的东西。"络绎忽然眯起眼睛,冷声道。

"什么东西?"

"你想知道?可我凭什么告诉你?"络绎扯着嘴角一笑,他忽然走近了两步,看着唐飞，"但如果你和哥舒信一起来，那我至少可以考虑相信你。当然，到时候说与不说，全凭我的心情。不过，无论如何，今日我是不可能和你回警局的。"

络绎的态度极为坚决，唐飞看了眼四周忽然收缩的空间，知道此人不是那么容易就能带走的。他心里一横，淡然道："既然这样，如果你不是银牛角的黑手，那么你至少解释清楚你的助理韦橙是怎么回事儿？"

"她跟了我不少年，我是信任她的。"络绎想了想，又道，"关于格林的死，我听过一些风声。你不觉得，你们内部有问题吗？"

"内部问题，你认为是谁有问题？"

"这自然要靠你去查，不过我有一个建议。"络绎压低声说了一句话，而后消失不见。

随着他在前方的视线里消失，唐飞才觉得四周一松，周围环境恢复如常。他皱了下眉，不知道自己为什么从一开始就不认为络绎会是幕后黑手。也许是他早先就认识哥舒信，所以对哥舒信的朋友另眼相看，但这会不会影响自己对案情的判断呢？

飞翔车上，秦桦等了几分钟看到唐飞回到视线，在联络器里怒道："怎么就跳下去了？你不是一直胆小谨慎怕受伤的吗？刚才发生了什么？"

"没能追上络绎，我们要查一下刚才他来见什么人。"唐飞隐瞒了刚才的遭遇。

回到未知罪案调查科的办公室，秦桦检索出了长发人的详细资料。

夏鸿恩，半人马座阿尔法野马星人，1999年难民潮时来到地球，身负六件命案。他用的是星云集团律师的假身份，而且在他离开韦橙一小时后，韦橙就毒发身亡。

"他会不会是银牛角的人？"唐飞问。

"很难说，之前没证据显示他和走私案有关，但他是星际恐怖分子。先不说络绎手上是不是真的有杀伤性物品，单这个夏鸿恩就非常危险。"秦桦面色凝重地说道。

唐飞道："我明白什么是地球的恐怖分子，但星际恐怖分子是做什么的？"

秦桦道："说穿了，恐怖分子就是试图用武力解决一切不符合他心意的事的家伙。星际恐怖分子，他们破坏的目标以种族和星球为单位。"

这时，斯库利仿佛一只骄傲的孔雀，气势十足地走到唐飞面前。

"我搞定了你要求的事。"她微笑道。

"你……"唐飞怔了怔。

斯库利道："他们允许哥舒信参与这个案子。"

唐飞吃惊道："你真的办成了？"

斯库利笑了笑："你运气好，明年是大选年，各方都想要金主。而你提到的弗雷德里希家族有的是钱。"

"多认识一点有钱人果然是好事。不过，这还要感谢风名的人容易忘记过去。"唐飞挠头说。

斯库利道："眼前被讨论得热火朝天的话题，两三年后就没几个人记得了。他的事已经过了五年，即便当时再轰动，人又能记得多少和自己无关的事？"

"是啊，五年的时间足够让当年万众瞩目的案件变得无人问津。"唐飞叹了口气道，"我有事和你说。"

斯库利让对方进了自己的独立办公室，皱眉道："那么大个好消息，你不开心？"

"不是，有哥舒信出来帮我，我当然高兴。不过东城……几年前的案子，哥舒信杀的是东城王家的人。不管他杀人的原因是什么，即便当时涉及的高层死得七七八八，总会有一些人恨其入骨。"

"东城王家的影响力不够阻拦我们的行动，而且现在他们还不知道。"斯库利狡猾地笑道。

唐飞道："我有件事要和你商量。"

"怎么？"

唐飞道："如果络绎不是银牛角的幕后黑手，那案情就会变得复杂。如果从头调查格林的死亡，我们部门里会有内鬼吗？"

"你为什么这么想？"斯库利问。

唐飞道："我调查案子不久，案情就有了突破，而同样的线索格林追查了几年，却并没有太大收获。格林是我们的得力探员，从这个方向去想，这件事情就不合理了。"

斯库利道："你不会是认为格林有问题吧？他人都死了……"

"不，我认为可能有人动了格林的案件记录，他原本调查的内容随着他死亡一起被销毁了，所以我们接手格林工作的时候，才会一没有图像资料，二缺乏追查银牛角的线索。要知道，格林是部门里的优秀探员，他调查银牛角多年，不可能只有眼前这点东西。"

斯库利道："你说得也有道理，但格林之前的确没有向我汇报过什么，这又如何解释？"

唐飞也露出疑惑的表情道："这也是我不明白的地方。"

斯库利道："总之，接下来我们一定能有所突破。抓紧时间，我们现在就把哥舒信接出大牢。"

"未知罪案调查科"群：

"杀人王哥舒信即将被释放。"

"斯库利的办事效率忽然提高了？"

"美女老板好像很有干劲。"

"说明人必须要有压力才能进步。"

……

"我说，你怎么不拉我进这个群？"唐飞问，然后补充了一句，"来自银河的小白鼠。"

这是秦桦的昵称。

"进群要发红包，你很有钱是吗？"秦桦笑盈盈地问。

唐飞摊了摊手。他刚才发现这些聊天用了很多符号，似乎是某种暗语。

戒备森严的地牢。

唐飞在哥舒信腿上绑上跟踪脚环后，将他身上的镣铐解开。当哥舒信走出他的牢笼时，连同斯库利和典狱长在内，所有人都下意识地后退了几步。

这是斯库利第一次亲眼见到哥舒信。传说中的杀人王，和她想的略有不同。

哥舒信锁着眉头，缓缓舒展开身子。他的身高超过了一米八零，长发向后散去，露出俊朗的面庞。笔挺的鼻梁以及那冷漠凛冽的眼睛让他只是简单地站在那里，就有一种难以言喻的桀骜。

"刀呢？"他问。

"你只是协助调查案件，不需要带刀。"典狱长说。

哥舒信看着对方，冰冷的目光仿若死神降临。

典狱长又后退了半步，苦笑道："你的刀不归我管，不在我这里。"

斯库利上前一步，拦在哥舒信和典狱长之间，劝道："哥舒先生，听说你是个恩怨分明的人。你落到这个地步和典狱长无关，典狱长这几年可没有折磨过你。"

"你是？"哥舒信问。

"斯库利，未知罪案调查科的科长。现在你和我回去，办了事再说。"斯库利柔声道，"哥舒先生，从今天开始，你的事就是我的事。"

哥舒信笑了笑，低声道："可惜。"

"可惜什么？"斯库利问。

哥舒信扭头对唐飞道："走吧。"

唐飞对斯库利耸耸肩，带着哥舒信朝外走。

斯库利则小声对典狱长道："你们定期给他注射的药物……"

"解药也不在我手里。"典狱长低声道，"但我觉得，他们给他注射的东西是不是真的有用可说不准。他刚才看我一眼，我就有马上要人头落地的感觉，这可是个妖魔啊。谢谢你刚才为我出头。"

斯库利眯着美目，望着哥舒信的背影皱起了眉。此人是妖魔吗？不知道是地球的妖魔厉害，还是宇宙中的鬼怪恐怖？

"我刚才也没有胡说，你确实没有过于为难他，一切都是上头的命令。"她微笑道，"难不成你和他有旧仇？"

"不……"典狱长并不解释，只是道，"以后这个烫手山芋就是你的了。"

第四章

暗 星 之 桥

"当我知道哥舒信会参与调查时，我给唐飞留了一句话。"络绎插嘴道。

"什么话？"斯库利和秦桦同时问。

"能打开星门的人……"络绎乐呵呵道，"就是敌人。"

走出监狱，哥舒信抬头望着满天星斗，默然握紧了左拳。他已经很久没有见过天空了，世间的一切并不因为他受的苦难而发生变化。

秦桦的飞翔车就停在那里，她看着出狱的哥舒信，只觉得对方全身上下写满了故事。

斯库利抱着胳臂，不紧不慢道："现在你已参与办案，告诉我们络绎的下落吧。"

"不急，"哥舒信道，"我好不容易出来透口气，不要着急。"

"你别耍花样。"斯库利道。

"我只是想念外面的美食，你们有没有好地方带我去？西城的就好。"哥舒信说。

唐飞挠了挠头，带对方前往一家自己熟悉的羊肉面馆。

"不会吧，这就是所谓的美食？"斯库利忍不住道。

"吃了就知道。"唐飞面不改色道。说完他看着周围的环境，默然想起很久以前和苏七七初次来这儿的情形。

那时候，一起的还有罗灵儿和端木笙。有三个美女围绕四周，让他吸引了无数眼球。即便时隔多年重来此地，老板娘依然记得他的名字，而他每次都会选那个位置。

哥舒信挥手要了招牌烩面，认认真真地等了五分钟。他端起面碗，闻着久违的面香，眼睛忽然一红。

斯库利想要问什么，唐飞摇了摇头。斯库利点起一支烟，忍不住走出面馆透透气，她是从不到这种路边小店吃饭的。

唐飞闲聊着风名城这几年的变化。在伙计拉面的"噼啪"声中，哥舒信连吃了热气腾腾的三大碗。

"这就是活过来的感觉。"他轻轻吸了口气。

"如何？我没介绍错吧？"唐飞说。

"这里的面在我记忆里可以排第三。"哥舒信说。

"不要脸，排第三你还吃三碗？你记忆里的店有那么好看的老板娘？"唐飞没好气地说。

哥舒信怔了怔，看着那一身朴素打扮，但身形极为婀娜的中年美妇，默然摇了摇头。

这时，斯库利回到店里，低声道："还要接着吃吗？"

哥舒信凝聚目光看了看对方，又摇了摇头。

"现在可以说了吗？"唐飞慢慢道，"既然你已经复活了。"

"你们知道西城之魂吗？"哥舒信问。

"西城的英雄墓园铁剑陵？"斯库利皱眉道，"那和络绎有什么关系？"

"那是络绎的老爹在五十年前捐献的土地，他们家会把秘密藏在那边的地宫里。"哥舒信低声道。

斯库利对半空招了招手，秦桦把飞翔车停过去，众人上车不多时就到了铁剑陵。

"对付晶体人的武器？"唐飞问秦桦。

秦桦递给他一支蓝色枪柄的冷冻枪。

"有没有家伙给我？"哥舒信问。

唐飞看了对方一眼，将腰间的黑色警棍交给对方。

"就这？"哥舒信看着手里的黑棍子，很不满意地皱起鼻子。他越过唐飞当先下车，嘴里冒出句："让你的女朋友们都跟上了。"

"你大爷的，她们是我上司。"唐飞骂道。

斯库利看着走远的两个身影，回头对秦桦小声道："络绎的东西一定要拿到手。"

秦桦点了点头，二人默默跟在后头。

陵园西区，穿过大花园，纪念广场上有一座高大的铜像。那是个短发中年人，提着一柄长刀傲然俯瞰下方。

所有人一起望向哥舒信，哥舒信冷冷地道："这是颜舜华，风名城的创始人之一，和我一点关系也没有。"

唐飞摸了摸鼻子，心里说："明明和你那么像……"

哥舒信上前按动铜像基座上的文字，基座发出沉闷的响声，露出一道暗门。

"会不会有埋伏？"秦桦问。

"我先进去，你跟着就好。"哥舒信拽着秦桦的衣服，把她拉到身后，自己当先一步，淡然地走在前头。

走了挺长一段路，暗道前方豁然开朗，大约三十平米左右的空间里有一堵黑沉的墙挡在道路前方。

"又是机关……"斯库利对佝偻着身子、沉默发呆的哥舒信道，"快打开吧！"

哥舒信上前几步，用力抹去黑墙左面的尘土。他左手按上墙面，露出一面镂刻着古图的画面，但当他停下手，周围一切并无变化。

"这里的机关变过了，我打不开。"哥舒信走到右面，这一边墙角的灯光亮起，墙上是一片凌乱的星图，"左面是奇门遁甲，右面是远古星图。从前只要激活一个就能开门，如今怕是被改过了，要两边全部激活了才行。"

046

"你那么久没来，也可能都激活了也打不开。"唐飞说。

哥舒信淡然道："谁说不是。这星图你们有人能激活吗？"

唐飞苦笑退到一边，对斯库利道："如果你们两个办不到，就只能叫人支援了。"

秦桦上前端详着星图，那上面标有一百二十九颗星辰，仿佛打乱的棋盘七零八落。秦桦不紧不慢地从边角挪起，用了大约二十分钟将星图摆出正确的样子。

斯库利小声说："是古埃及金字塔里记录的金兰星云，还有……高岩区域最重要的五大行星。我就知道络绎和高岩地区有关。"

被激活的星云，从星盘上流淌起来，整个空间的天顶化作星空，而奇门遁甲的阵法图则出现在众人的脚下。

在一声悠悠的叹息中，在场众人似乎被平移去了另一个空间，一个两鬓霜华的胖子出现在大家面前。

哥舒信和络绎的目光交汇，纷纷透出复杂的情绪。

"络绎先生，"秦桦高声道，"我们有案件需要你跟我们回去协助调查。"

"应该调查的怕不是我。"络绎笑道。

"该被调查的恐怕是你。"唐飞看着秦桦忽然道。

秦桦摊开手："现在可不是开玩笑的时候啊。"

唐飞低声道："我查了总部的电脑，巴黎案发当日，你原本的安排是和格林一起。后来有人改了日志，变成你被安排调查其他事。"

秦桦皱眉道："那只能说明日志出错了啊！跟我有什么关系？"

"日志是案发后改的，那时候你的组长已经死了。"唐飞摇了摇手指，"除非是斯库利改的，若是她改的，自然会留下权限记录，但系统里并没有记录。这条修改不是正常流程的修改，而是骇客的篡改。"

"尽管我们还不熟，但因为这么点事，你就怀疑我？"秦桦怒道。

唐飞道："最关键的是星图，刚才那张星图普通人不可能懂怎么摆。你不是普通人，你是外星人。"

"我是外星人也是罪？"秦桦反问，"未知罪案调查科里本就有外星人。"

斯库利点头表示秦桦没说错。

唐飞仍旧道："第一，巴黎案发日你应该在现场，但你并不在，而案件日志被篡改。第二，我们去抓钩子前，有人泄露了行动，杀手先去一步。第三，我们第一次去石狮子大街时，有人提前搜索了那里，可是知道那个地址的只有你和我。第四，猫女韦橙被毒杀前，除了那个所谓的律师，只有你去过一次拘留室。最后，你那个官方群，我发现你用的是银河语。那么多证据，至少够一个合理怀疑。"

"好一个合理怀疑。"秦桦调整了一下站姿，"你怎么可能懂银河语？"

唐飞笑道："你现在的姿态就有些攻击性了。我当然不懂，只是诈你一下罢了。"

"当我知道哥舒信会参与调查时，我给唐飞留了一句话。"络绎插嘴道。

"什么话？"斯库利和秦桦同时问。

"能打开星门的人……"络绎乐呵呵道，"就是敌人。"

秦桦的面色变得极为难看。

唐飞道："坦白吧。"

"坦白什么？你血口喷人。"秦桦怒道，"你相信嫌犯，污蔑同事。"

"嗨！银牛角的。"络绎亮出了身后的箱子，"你们要的东西就在这里。"

秦桦眼睛透出渴望，死死盯着箱子，仿佛可以看穿里面的东西。

"东西还是交给我比较好。"唐飞说着上前两步。

络绎对秦桦道："东西在这儿了，不过来拿吗？"

秦桦目光闪动，突然冲了过来，唐飞努力抢在她之前，而斯库利稳健地护住唐飞后背。

唐飞从络绎手中接过了箱子，斯库利却突然拔枪转身向他开火，同时拔枪的还有秦桦。唐飞半转身，一手提着箱子，一手舞动短剑。

叮！当！子弹一左一右被剑锋击落。几乎同时斯库利觉得自己右肩一塌，右半边身子被一棍砸垮。

看看诡异的身体，又看看一脸冷漠的哥舒信，斯库利露出同样诡异的笑容，说道："你什么时候发现我有问题的？"

"当你从面馆外抽烟回来时，你身上缺少了人类的气息，特别是少了香水味。"

哥舒信淡然说。

斯库利慢慢扭动身躯，晶体状的身子恢复人形，面容也缓慢变成了卢克的样子。

"就因为这个？"他问。

"我不需要看，就能闻出妖怪的味道。在我眼里，所谓外星人，不过是另一种妖怪罢了。"哥舒信说道。未知罪案调查科的警棍在他左手转动，仿佛人畜无害的玩具。

唐飞忽然举起冷冻枪，对卢克射击。但冷冻枪只是发出"咔哒"一声，并没有激发。

"果然，你们不会给我真家伙。"唐飞提着箱子和哥舒信并肩而立，"斯库利在哪里？"

卢克道："人类真的是很弱小啊！她进面馆前，被我干掉了。你们呢？谁先受死？"

"我们可不是她，你们人来得是不是少了点。野马星人呢？"唐飞问。

卢克冷笑道："要杀你们不需要太多人。"

"我看你再如何挡子弹，我这可是真家伙！"秦桦拔出一把激光枪。

"现在可不到五米。"唐飞微笑看着对方，指尖的钢针若隐若现，秦桦扣动扳机，钢针已经穿透枪管，激光枪炸裂！

秦桦立即触发徽章的光盾，爆裂的"激光"把她的右臂打碎，但总算护住了身子。

唐飞毫不迟疑地一脚踢在光盾上，秦桦被踢翻在地。她连滚带爬，突然眼珠变得深蓝，发射出寒冰般的强光。

唐飞间不容发躲过蓝芒，右手的皮箱被破开，屋子的天顶被穿透。皮箱里一个"L"型的物件掉落出来，唐飞立即扑了过去，蓝芒紧追着他而来。唐飞就地一滚夺下"L"，钢针灵动而出，画出绝妙的弧线绕过蓝芒，钉在秦桦的眉心。

唐飞握着那件外星物件，心中生出奇怪的感觉，这种金属的材质似乎哪里遇到过。难道……他悄悄调出"智能视角"，但是系统对该物品没有提示。

"你这么拿着很危险，最好还是放回箱子。"络绎忍不住说。

唐飞笑了笑把东西放回破箱子，转而望向哥舒信和卢克。

卢克已经出手三次，皆被对方一棍击退。和上次与唐飞的对战不同，面对哥舒信，他一点也占不到便宜。他在心里琢磨过无数种出手的方式，都被自己一一否决。最后挨的那一棍，几乎让他无法恢复，这叫卢克从心底生出了恐惧。原来风名杀人王的恐怖并非浪得虚名。

唐飞笑道："好像很可靠的样子啊。"

哥舒信冲卢克招了招手，沉声道："磨叽什么？"

卢克大叫一声，身子忽然化作无数光点，仿佛狂风暴雨般从四面八方涌向哥舒信。

哥舒信冷笑着抬起左手，警棍画了个圈，口中念道："八风不动。"

四面一切尽被封杀！凌厉的杀气遍布四周，暴雨般的光点被一棍击落。那些光点一点点地聚拢，最后重新汇成人形。卢克强自镇定地说道："我在地球十年了，从没见过你这么厉害的家伙。"

"那是因为强者都懒得理你。"哥舒信把警棍举在肩头，仿佛扛着一把大刀。

"不可能……"卢克愤恨地摇头，随后整个人化作一片稀疏的光点，接着每个光点都黯然失色。

"死了？"络绎小心靠近。

哥舒信看了对方一眼，咧开嘴角。络绎会心一笑，长臂打开，一个久违而短暂的拥抱重新让四周明亮起来。

"我以为幕后的人会来。"哥舒信恢复冷淡的表情，懒懒地道。

络绎扬眉道："那野马星人或许原本会来，但外头那么多警察，谁还能那么蠢？"

"很多警察？"哥舒信望向唐飞。

唐飞打完电话，回身道："斯库利没事，她的确是在面馆外被袭击，不过侥幸躲过一劫，外面的警察是她调来的。"

哥舒信靠近秦桦的尸体，他蹲下身，手指敲了敲对方的额头，那张青春的面孔突然像机器般打开，露出一个小东西。

唐飞和络绎走近了，也蹲下来。他们凑近去看，竟是一个苹果般大的小人。

哥舒信见二人神情严肃，一拳打在唐飞胸口，笑道："你这人运气就是好，一下就刺中这小人的胸口。这东西是死翘翘了，可惜了我们的大美女探员。"

"别闹！"唐飞揉着胸口，正了脸色，转向络绎，"络绎，银牛角是为了寻找你，而故意误导我们，暗示你是银牛角的幕后黑手，但这些外星人感兴趣的东西到底是什么？你和他们又是什么关系？"

络绎苦笑道："这个'L'是我家族的收藏，听说和某个星际传送阵有关。先父说这东西一旦启动会带来银河外的恐怖力量。这东西单个而言，也有着极大的破坏力，需要用特制的箱子来压制它的力量。"

唐飞道："银牛角得到的不是这个形状的东西。"

络绎思索道："这套组件一共六件，每一件都带有恐怖的破坏力，但只有组装到一起，才能启动星际传送阵。可惜我只有这一件，也不知道它完整的面貌究竟是什么。我听过一个传说，据说这个传送阵最好能放在异神之门的附近。"

"异神之门？"唐飞目光收缩。

"是啊，"络绎微笑道，"似乎你经手过相关的案子？其实见过异神之门的人不少，但进去过的就少之又少了。"

唐飞不动声色地换了话题："你似乎和银牛角打交道很久了，对付他们以后需要你多帮忙了。说来，韦橙到底是不是银牛角的人？"

"我也不清楚，按道理她跟了我那么多年，不会出卖我。"络绎叹了口气，"隐藏在水底的真相，正常人是无法想象的。鉴于她已经被银牛角杀死了，我宁愿相信她是我的朋友。"

唐飞道："他们误导我们说你是幕后黑手，这点子不错啊。"

哥舒信道："他手下那么多秘密财产，做人又鬼鬼祟祟，你说他是什么幕后黑手都不奇怪。"

络绎道："我哪有鬼鬼祟祟，这次是匹夫无罪怀璧其罪啊。"

"你这个超级大财主，算什么匹夫？"哥舒信没好气道。

络绎笑道："说得也是，但你我好歹算是老朋友，能不能多给我点尊重？"

"这件东西以后能否由我们未知罪案调查科保管呢？"唐飞拍了拍箱子。

络绎眼光落在箱体上，目光略微幽深了一些。他深吸了一口气，从唐飞手中拿回箱子，然后缓缓站起身。唐飞和哥舒信对视一眼，微微点头，一同跟着起身。

"这东西托付给你们，你们一定要负起责任来。也许，只有你们未知罪案调查科才能对付银牛角。"络绎双手捧着箱子，面容恭肃地将东西交出去。

未知罪案调查科大楼五楼。

一个银发老者接过装着"L"的盒子，眼中光芒闪动，递给斯库利一根雪茄。他是国际刑警组织分管异能犯罪的领导，也是风名西城警局的三大局长之一，堂·班达拉斯。

"我戒烟了。"斯库利说。

"什么时候……"老头一怔。

"就是今天。"斯库利笑了笑。

"好吧，尽管这是雪茄不是烟。"班达拉斯并不勉强，自己慢慢点上雪茄，继续道，"有惊无险吧？"

脸色依然惨白的斯库利道："若没有您给的长生木人偶，我怕是回不来了。"她手指挑起一枚形似钥匙圈挂件的小玩偶，赫然是个黑色的娃娃，"她果然可以在危机瞬间替主人挡灾呢……"

班达拉斯道："这次你做得不错。辛苦了。"

斯库利淡然道："让我们头疼的晶体人是被哥舒信轻松解决的，我有什么辛苦的？"

"哥舒信你准备留在身边？"老者问。

"是的。那个野马星的恐怖分子仍然在逃，他可能是银牛角的幕后黑手，况且现在外星重案组很缺人手。"斯库利回答。

"唐飞为什么要让哥舒信加入呢？"老者思索道。

斯库利道："唐飞的战斗力的确有所下降，连他原本百发百中的暗器，距离稍远也会不准，所以他需要一个帮手。"

"是吗？他的伤势要紧吗？"

斯库利道："我查了档案，他的右手半残，当时差点截肢。您在担心什么？"

班达拉斯淡然一笑没有回答，示意对方可以离去。斯库利走到门前时，老者忽然又道:"赵东临给唐飞的东西是什么?"

斯库利道:"一枚 ECIS 旧徽章,从编号看是唐飞的旧徽章。"

班达拉斯沉默了一下,低声道:"盯着每个异现场调查科的成员,我觉得他们会惹麻烦。"

斯库利笑道:"有用的人必会惹事,但我会看住他们的。"

"给他们讲一下未知罪案调查科的历史,要让同事们有归属感。还有,记得叫老鲨回来。"班达拉斯说。

"好的。"斯库利告辞。

不久之后,班达拉斯带着"L"的盒子,穿过许多房间和走道,来到地下深处的密室保险库。保险库里有着多个陈列架,其中一个上摆着形态各异的金属制品,"L"被归入架子,架子后的星图骤然闪烁了一下。

老者眯着眼睛,自语道:"暗星桥,只差一件了。"

哥舒信梳洗干净,戴上徽章,换上黑色制服,激活了右边袖口的按钮。他一条胳膊与一只袖子并举,右边袖子出现一层光影扫描了他的左手,然后从他断臂处衍生出了一只崭新的右手。哥舒信两手握紧互相用力,他闭着眼睛试了几次,随后失望地慢慢睁开。假的毕竟是假的,他在心里说。

唐飞看着他微微落寞的神色,过来说道:"多一只手总是好的。"

哥舒信瞥了他一眼,冷声道:"那让你多一只手吧,三只手发暗器会更厉害。"

"脾气那么大,对身体可不好。"唐飞笑道。

哥舒信慢慢道:"知不知道我的刀在哪里?"

唐飞道:"你被捕时身边只有半截断刀,那把断刀如今在东城珠光宝气阁。斯库利正和那边打交道,但估计不好弄。不过鉴于银牛角还有后续很多事,她要仰仗你的地方多着呢,就让她头疼去吧!"

"那把破刀居然被供在那边了啊。"哥舒信若有所思地看着天花板。

"听说原本是要毁了的,但那毕竟是风名城创始人颜舜华用过的兵器。"唐飞看着对方,低声道,"几年前到底发生了什么?我查了一下,你身边那些朋友,一个都不在了。"

"当然都不在了，"哥舒信眼睛发红，嘴角挂起冷漠的笑意，慢慢道，"那些家伙都死了啊。"

"要不要给你找个地方住，毕竟你今天刚出来。"唐飞换了话题道。

"不用了，"哥舒信回答，"我不是第一天来风名，会有地方住的，你不用担心。"

唐飞拍了拍对方肩膀，独自离开大楼。

回到西城的家中，唐飞将窗帘拉好，四周静得吓人。他默然看着有着明显血渍的徽章，小心地启动了银色字母下的芯片。一道红色的光线射入他的眉心，他脑海里瞬间多了许多记忆片段。

那黑暗中的生离死别，那灰蒙蒙天空中的凄凉雨丝，那些亲如家人的脸庞，慢慢在他脑海重现。最后则是告知他本次任务的具体情况。

原来是他们让我忘记了这些事，和哥舒信比，我这算幸运还是不幸？唐飞面颊上流下两行泪水，恨道："那老不死的……"

唐飞按动联络器，气势汹汹地道："那么多时间查不清楚的东西，原来都被你封锁了。当年你救我就救了，为何要动我的记忆？"

"因为我怕你控制不住自己，徒做牺牲。"联络器另一头一个苍老的声音说。

"那现在你认为我做好准备了？"唐飞冷笑着问。

"是的，你的怒火并未熄灭，但是盲目的冲动已经没有了，而且经过几年的安排，我觉得是时候了。"赵东临低声道，"你可以归队了。"

唐飞沉默了一会儿，低声道："我向谁归队？你又不是异现场调查科的人。"

"只要你活着，你就是异现场调查科。"赵东临说，"这是大羽说的。"

唐飞深吸口气，沉声道："异现场调查科清场人唐飞，归队。"

说完，他把联络器捏成了碎片。

哥舒信坐在一个昏暗的酒吧里，对面是胖胖的络绎。这个酒吧他从前来过，只不过那时候一起喝酒的人，只剩下眼前的胖子。

"我不相信韦橙会背叛你，"哥舒信皱眉喝着酒，"毕竟我见过她为你拼命的样子。"

"她应该是因为没有背叛我，所以才会被银牛角杀了吧。"络绎叹口气道，"银牛角这次的阴谋让人猝不及防，主要是因为他们告诉未知罪案调查科的线索大多数是真的。最接近真相的谎言才是最致命的。我的确从事星际走私，而且是银牛角的竞争对手。韦橙的代号也的确叫猫女，只是她是我的人，不是银牛角的。钩子是银牛角的外围，和我们也有业务往来，所以他有韦橙的联系方式。"

哥舒信沉默了一会儿，慢慢道："他们故意用一些真实的线索，混淆了调查者的视线。他们还有内应，自然很容易把矛头指向你。"

"是啊，高明说谎者，说的大多数都是真话。"络绎笑了笑，"不说这些了，聊聊别的。"

"喝酒。"哥舒信主动把杯中酒一饮而尽。

"有没有发现酒的味道不同了？"络绎在讲述了风名城这些年的变化后，看着远处舞池里的美女，慢悠悠地说。

"不同了吗？我从前就不爱喝酒，现在也说不上喜欢。"哥舒信说。

络绎道："是的，因为世界变化太快，连老板也换了。老板换了，酒的味道不变才怪。"

"你想说什么？"哥舒信问。

"你想不想离开风名？"络绎说。

"现在吗？唐飞才把我弄出来，你就想我跑路？"哥舒信把脚摆在桌子上，指着半透明的光影脚环说，"据说是外星科技，专门用来监控亡命徒。除非不想要这条腿了，不然我就必须留在银河警察的视线里。"

"你已经缺了一只手，不能再少一条腿。"络绎道。

"就是这个道理，暂时我不会走。"

络绎道："可惜了，我在外头有好多生意想要你帮忙。"

"哪种生意？正经生意，你是用不到我的。"哥舒信笑了笑，"我倒有个问题要问你。"

"你想知道唐飞为什么把你弄出来？"

哥舒信道："我又不笨，唐飞虽然自诩为英雄人物，但既然他的老东家被人掀翻了，一定也想着报仇。如果有我这种杀手作为助力，他的复仇之路当然会顺利一些，问题只在于他什么时候求我帮忙。我看他脸皮挺薄的，也许到死也开不了这个口。"

"你不用口口声声说自己是杀手。你在我眼里还是当年刚来风名的阿信。"络绎苦笑了一下，轻声道，"你要问什么？"

"我给未知罪案调查科做事会影响你吗？如果影响你，我可以不做。刚才你说了，星际走私这一块你也在做。"哥舒信认真道，"毕竟我的朋友很少，你算是一个。"

络绎皱了皱眉，犹豫了一下，慢慢道："不会。暂时不会。你做你的。"

哥舒信看着对方的眼睛，一双冰冷的眸子仿佛看入对方心底，嘴角绽起冷笑道："什么叫暂时不会？我如果重新做回警察，日后只能公事公办。我的脾气你明白，难不成你还以为我会做你的内线？"

"你有没有想过，自己朋友少是因为什么？"络绎笑问。

"因为老天没眼。"哥舒信道。

"真他妈的对极了。"络绎笑着喝了口酒，认真道，"那么我求你一件事吧。"

"说。"

络绎慢慢道："我不需要你做内线。作为朋友我也希望你做回警察，因为你很适合这一行。但是如果万一……万一有一天你要杀我，看在老交情的分儿上，你能不能放过我一回？"

哥舒信轻轻吸了口气，低声道："好，只一回。为了老交情。"

络绎开心地眯起眼睛，举杯道："喝酒喝酒。"

第五章

美 女 老 鲨

说到上一个案子，秦桦有个聊天群，那个群平时伪装成我们内部群。群里有四个人，如果一个是她，一个是野马星人，一个是卢克，那这第四个是谁？

　　唐飞拿着咖啡走在林荫道上，他刻意放慢脚步，是为了避开前头那几个热衷于帮他相亲的女警。说来，不知从何时开始，"相亲"成了一项不分年龄的社交活动。只要发现你有正当职业，而且身家清白，自然会有人排着队占满你的休息日。只不过满大街都是想脱单的男女，偏偏合适你的一个也没有。

　　最初的时候，唐飞为了融入集体参加过两次相亲联谊。后来他猛地意识到，这种活动是没完没了的，就坚决不再参与。

　　又朝前走了几步，唐飞隐约感到一些不对劲，他抬头看着透过树梢的阳光，努力想着是哪里出了错。紧接着他一拍脑袋，然后用力抓紧咖啡，大步朝着林荫道的另一边跑。

　　缺乏睡眠的影响果然很大。在经过了三天漫长的"工作交接"后，他忘记了自己已经不在西城警局上班的事实。

　　从今天开始，唐飞正式入职国际刑警组织的未知罪案调查科，担任外星重案组组长。这件事，赵东临已经背着他策划了十九个月，而他在西城警局工作那么久，也是在为进入未知罪案调查科做铺垫，其目的是找到当年在美国毁灭异现场调查科的元凶。

他知道的线索不多，但清楚一点：当年逆转第三次异能战争的恐怖武器来自风名岛，而将那恐怖武器运至美国的幕后黑手之一来自未知罪案调查科，或者说来自国际刑警组织的外星文明部。

唐飞经过扫描指纹的大楼安检，坐电梯来到三楼。未知罪案调查科的外星重案组成员很少，用科长斯库利的话说，就是合适的外勤人员实在太难找了。这个观点唐飞很同意，他简单地翻看了斯库利提供的大约二十份简历，没有一份能让他满意。

叮！刚合上的电梯门再次打开，走进来一个褐发美女。她剪着微卷的短发，有着性感宽厚的嘴唇、俏美的鼻梁、勾人心魄的细长眼睛，那一身未知罪案调查科的制服更衬托出其高挑婀娜的身段。

"早上好。"女人对唐飞点了点头。

唐飞也点头致意，但是两人同时一怔。

"老鲨……"

"唐飞？"

"你在未知罪案调查科工作？"唐飞问。

老鲨的真名叫邹平，是亚裔和俄罗斯的混血。很久以前他就认识这人，即便是在异能犯罪的圈子里，她也算是聪明人中的聪明人。老鲨拥有多个博士头衔，擅长信息战，能驾驶各种飞行器，同时还擅长近身格斗，在犯罪心理学领域是才华横溢的专家。唐飞已经很久没有见过她，甚至连消息也很久没听过了。

"是的，看来斯库利说从异现场调查科挖来的高手就是你。"老鲨笑眯眯地说。

"这真是没想到，"唐飞挠头道，"他们说今天会有人来做辅导，难道是你？"

老鲨道："原本是有个讲座，但临时有了案子，所以计划有变。"

电梯到了三楼，斯库利一早就等在电梯外，金发女人充满热情的给褐发美女一个拥抱。这种场面总是让男人感到世界的美好。

"看来你们已经认识了，"斯库利笑道，"是早就认识吗？"

"异能世界的圈子很小。"老鲨笑盈盈道。

唐飞没有说话，他看了眼办公室，正疑惑着哥舒信怎么还没有上班。

斯库利道："哥舒信会晚一点到，他刚出来有些不适应。不过唐飞啊，你好歹和他是老朋友，这几天不该多陪他一会儿吗？"

"什么叫多陪一会儿？"唐飞皱起眉头，"他是男人，而且对风名比我还熟嘞！"

"这么说我什么也不用担心？唐飞，你是重案组的组长。"斯库利严肃道。

唐飞笑道："人要靠自己，不管是孩子，还是成年人。"

"你们在说什么？"哥舒信无声无息地出现在办公室里，吓了所有人一跳。

"那个……"斯库利看着带着些许酒气，头发打着卷，衣服勉强算是合身的哥舒信皱了皱眉，转而指着老鲨道，"我来介绍一下，我们未知罪案调查科的特别顾问邹平——犯罪心理学、法医见证学的博士，外星文明专家。"又指着哥舒信对老鲨道，"这就是哥舒信。"

"久仰大名。叫我老鲨好了。"女博士微笑说。

哥舒信眯着眼睛，认真扫视了对方一遍，问道："沙子的沙？"

"鲨鱼的鲨。哪里有犯罪，哪里有血腥味，我就到哪里。"老鲨按动衣领的徽章，瞬间换了一身白色的医生装束，"现场法医也是我的专业。"

"鲨鱼……"哥舒信看着对方性感的嘴唇，想着就算被咬一口也没什么关系吧。

斯库利道："好了，大家认识了。这次老鲨去外星移民处开会，带了一些新信息回来。老鲨，你来说吧。"

"因为有新案子，所以我只能长话短说了。"老鲨变回职业装的打扮，"大家之前处理银牛角的案子，对方的头目野马星人夏鸿恩是我们银色通缉令的头号罪犯，但是，现在我们要更新一下关于银牛角的信息。"

"银牛角怎么了？"唐飞问。

"鉴于去往银河联盟总部的代表陆续发回消息，我们之前对银牛角的了解有一些偏差。先前我们以为，银牛角是银河难民潮之后，在地球上形成的外星走私集团。事实上，银牛角是一个有着很长一段历史的银河走私集团，它的规模和实力在整个银河系里可以列为前十，是一个跨星系的超级犯罪组织。"

"他们这个名字来自银河系里的通用货币——银河币。"说着老鲨抛出一枚硬币，大约比两英镑的硬币大一圈。她指着硬币上的纹理道："你们看，在银河币的这一面上画着一个银色的牛角。"旋即，她将硬币收回，又道，"那个野马星人的确是银牛角在地球上的大头目，但相对于他们组织来说，并不是什么太大的人物。"

唐飞和哥舒信面无表情地听着，虽然消息很劲爆，但他们之前并没有对摧毁这个组织投入太大的精力，因此并不是很震惊。

"我知道，在资料库里有介绍，但谁能简单跟我说一下外星难民潮是什么？"唐飞问道。

老鲨笑道："三言两语的确很难说清，就简单说吧。银河系主要有银河帝国和银河联盟两大势力，他们从前很少打仗，或者说，从前战争的规模很小。大约一百年前，银河系半人马座边缘的希亚星爆发了一场较大规模的战争，大约有近两百个文明星球先后卷入了其中。被战争蹂躏的星球产生了大量的难民，这些人大多数前往了帝国和联盟的内陆国土，但也有少部分前往其他地方，比如我们这里。地球原本没有那么多外星人，大约是 2000 年左右，才开始有正规的接纳难民的流程。"

唐飞道："战争是从希亚星开始的，怪不得那边的难民特别多。"

斯库利道："这事情从前是外星文明部和异现场调查科一起做的，现在是外星文明部单独在管。随着难民的增多，外星犯罪问题也就逐渐变得严重，其中一项就是星际走私。"

哥舒信问："额，我一直比较好奇，星际走私到底走私些什么？"

老鲨道："星际走私和我们日常说的走私并没有太大不同，主要涉及逃避星际关税的商品，以及逃避安全检查的危险品。比如某些星球的铁矿石比较少，另一个星球比较多，他们就走私铁矿石，原因无非是某些星球对这种矿石进行管制。再者，某个星球的星际关税比较高，来自外星的移民比较喜欢用家乡的东西，而他们的家乡比较远，官方供给不够用，所以银牛角在我们地球也走私日用品。"

"这种事是不是不管也无所谓？"唐飞说。

老鲨苦笑道："他们涉及的生意很大，有时候走私过来的危险品足够把地球毁灭。有时候他们还帮助星际武装力量完成偷渡，一支星际雇佣军如果装备齐全，就足够征服太阳系了。"

唐飞皱眉道："走私和凶杀、贩毒毕竟不同，我觉得外星重案组既然人手不足，那就应该管一些时效性更强、危害更严重的案子，对付日常走私应该成立一个银河缉私队。"

老鲨道："这个事几年前我就提出过，但是当时重案组的格林先生不太赞成。"

说到这里，老鲨的联络器响起，她认真听了几句，面带歉意道："化验结果出来了，纽约有一个案子被证实涉及外星人，我们要去处理。"

"这就是你说的新案子？"唐飞问。

老鲨笑道："是的，之前一直在等化验结果，我们只有在确认涉及外星生物时才出动。这样吧，哥舒信，你跟我走一趟。"

哥舒信懒散地点头，抓起背包。

"等等……这是我不去的意思吗？"唐飞说。

斯库利道："你需要去上海参加一个外星文明部的会议。"

"我们走。"老鲨带着哥舒信走出办公室，"没睡好？做噩梦？"她看着哥舒信的脸色，问道。

"不然呢？这次具体什么案子？"哥舒信淡然反问。

"纽约凌晨，著名流行乐制作人列洪死在彗星酒店。"老鲨带路前往传送室。

"死者是外星人？"哥舒信问。

"那可不一定。"老鲨笑了笑。

"我居然还要开官僚会？"目送那两人离开，唐飞问道。

斯库利皱眉道："什么叫官僚会，这次会议涉及日后对银牛角的抓捕，我们需要有落实计划的人到场。另一方面，我们需要专业的人评估一下哥舒信的情况。"

"如果评估他有问题呢？"唐飞问。

"那就要等他没问题才能出外勤了。"斯库利拍了拍唐飞的肩膀，说道，"纽约不是什么大案子，你正好趁这段时间研究一下应聘简历，我们重案组需要补充人手。"

"我不喜欢开会。"唐飞说。

"我答应过你，未知罪案调查科会给你一个更大的平台。"斯库利笑道，"领导对你上次的表现很满意，你好好加油。"

唐飞道："说到上一个案子，秦桦有个聊天群，那个群平时伪装成我们内部群。群里有四个人，如果一个是她，一个是野马星人，一个是卢克，那第四个是谁？"

斯库利说："你担心还有内鬼？互联网时代一个群里有四个人，他们可能在四个不同的地方，查起来难度非常大。"

"总归要查吧？"唐飞说，"上次的案子总觉得有些不清楚的地方。"

斯库利笑着确认说："查吧，但要小心。"

来到三楼的出发台，面前是几扇看上去并无区别的铁门，老鲨想了想选了一扇，穿过铁门后赫然是自由女神像。

"运气不错，我曾经走错过，一不小心就到了非洲。"她顺手在街边买了份热狗和咖啡。

"这倒挺方便，不过如果容易出错，门前不该做清楚的标识吗？"哥舒信扫视四周，周围并没有传送门的迹象。

"跨洲行动可以用传送门，事先说好去哪个城市即可，但只能送到大城市。"女医生解释道，"近距离的任务就得用飞行器了。至于标识，这种事是行政部的工作，轮不到我们插手。"

哥舒信看了眼案件提示，皱眉道："案发现场不近。"

"我已经接管了尸体，尸体临时摆在警局的停尸房。"老鲨走到僻静的街角，很快骑着一辆哈雷摩托回来。

"上来。"她说。

哥舒信挠了挠头，看着摩托的后座，好笑地拒绝道："坐女人的摩托？绝不！"

老鲨启动了摩托，哥舒信则仍看着远处的街道发呆，这里的阳光和行人似曾相识……自由的空气果然不一样。他小跑几步，去路边摊买了一只热狗。

看到后街停靠的哈雷摩托，哥舒信回味着热狗的味道，擦了擦手，不紧不慢地在大门前等着女医生。

"只要你没被人用手机拍到飞檐走壁，就尽管嚣张吧。我想上头很快会来找你谈的。"女人说。

"刚才那热狗真好吃，你该尝尝。"哥舒信顾左右而言他。

"你怎么那么馋？"老鲨皱眉。

哥舒信笑道："重获自由后，就该对自己好一点。"

"所谓好一点就是贪吃？你的要求还真不高。"老鲨白了他一眼说。

来到停尸间，两人很快找到阿兰·列洪的尸体。

"看着只是个普通老人。"哥舒信并没在尸体上找到解剖的痕迹。

老鲨把手套分给对方，说道："很多事不能看表面，如果你好好修饰一下，看着也只是个普通大学生。"

"是吗？那你是什么？班主任？"哥舒信小心翼翼地检查尸体，低声回答说，"这看着还真是普通人。"说着他抬手按向尸体……

"收起你的爪子。"老鲨皱眉说。

"什么话？我戴了手套的。"哥舒信扬眉。

"你不是法医，哥舒先生，你没有触碰尸体的资质。"老鲨按动衣领上的按钮，瞬间换了一身医生装戴起了口罩。

"好吧……"哥舒信挠挠头，认真道，"那既然你已经先来过了，请你告诉我死因，介绍案情吧。"

女子淡然扫了哥舒信一眼，拿起手边的验尸报告："死者叫阿兰·列洪，灵魂烈焰乐队的经理人，男，五十二岁，地球人。"

哥舒信怔道："地球人？五十二岁？"

"怎么？"老鲨问。

"没什么，你继续。"

女法医继续道："今天凌晨零点十分左右死于酒店自己的房间，他的房间在酒店东区十五楼。死因为一刀割喉，死者的左手被斩断，凶器并没有在现场找到。死者的乐队成员第一时间奔赴现场发现死者。"

"然后呢？"哥舒信继续问。

老鲨慢条斯理地从口袋里拿出一管金黄色液体："我发现死者体内的血液里面有些特殊物质，这是总部提炼出来的部分，是灵感药剂 S。"

"这看着像，尿……"哥舒信瞪着眼睛，作势要捂自己的鼻子。

"你！"老鲨被他这样一说，当即手上微微一抖，随后咬牙道，"这是银河里的一种禁忌药物，算是一种致幻剂。"

"毒品？"哥舒信问。

"不是可卡因那种毒品，并不能带给人快感。"女法医想了想解释道，"只有少部分人可以使用这种药剂，大多数人使用后都会直接死亡，像他这种少部分不死的也可能会被大幅度吞噬生机。"

哥舒信道："所以，你让我们来这里，不是因为死者是外星人，而是因为这种外星致幻剂？那你能证明他的死亡和药剂有关吗？"

"我什么也不能证明，证明是你们探员的工作。"老鲨回答。

哥舒信想了想道："这种药剂在纽约能搞到？"

"这里的星际黑市可能会有。"女法医道，"这是 A 级违禁品，案子可大可小，一定要谨慎对待。说实话，这玩意儿挺罕见的。"

哥舒信笑道："好的，那你慢慢研究，我去看看案发现场。"

"慢！"老鲨皱眉道，"你不知道条令规定，探员出外勤必须至少两人吗？"

"我可以单干，没有问题。"哥舒信说。

"没有人可以单干，哥舒先生。我和你一起去。"老鲨按动徽章，换上制服，"跟我走，我们先去案发现场，再去黑市。"

第六章

染 血 乐 谱

被他盯上的交接人，冷着脸道："我自问没有任何破绽，你凭什么觉得唱片没被那胖子带走？"

"因为我闻到了死亡的味道。"哥舒信露出白森森的牙齿。

彗星大酒店，十五层被警方封锁。

哥舒信他们调取了昨晚的酒店监控，和警察的初步调查一样，在七点到十二点之间只有列洪和助理在十一点用电梯回到房间。十五分钟后助理离开，老人甚至没有叫过客房服务，而七点前也是他和助理一起离开十五楼的。从时间上看列洪参加了乐队演唱会，然后提前回到酒店。

是凶手在很久之前就埋伏在房内，还是他另有进出的办法呢？老鲨看着落地窗边的哥舒信，犹疑地道："十五楼的阳台，正常人是无法侵入的。"

"但我们抓的素来不是正常人。"哥舒信回答，他启动徽章的"智能视角"，收集现场证据。看着潮湿的阳台角落，他问道："昨晚下过雨？"

"据说还挺大的，今晚仍旧要下雨。"老鲨看着手机上的天气提醒。

哥舒信把头探出阳台，打量周围的墙壁。"智能视角"显示在远端墙缝处有一片碎纸。他手搭栏杆一翻身，飘出了十五楼的阳台。

"你！"老鲨赶紧跑到栏杆边。

哥舒信落下两层楼的高度，一个旋转从阳台外掠了回来，手里多了一张残破的纸片，赫然是半张乐谱。

"疯子，这种惊世骇俗的事你最好少做！"老鲨说到这里，忽然停下来，眯起细长的眼睛，"这里的乐谱不全，昨晚案发时乐谱散落一地，很多飘出了阳台，纽约警察收集到的都摆在这里了。乐谱上的血是列洪的，但是案发后阳台的门是关着的。"

哥舒信笑道："没错，那说明凶手可能是从十五楼跳了下去。"

"只是可能，又或许他是从这里翻去了其他楼层。"老鲨抬头看看上头的十多层和下面的十多层，自语道，"这可不好查。"

乐队包下了酒店八到九楼的房间，另外乐队主唱们分别住在第十五、十六、十七层的贵宾套房，乐队的明星特劳斯就在十六楼。其他楼层住着各种旅客，很难排查所有人，二人便决定分头了解情况。

走廊上，老鲨找来酒店经理，来人哭丧着脸听老鲨讲完，才道："客人听说这里发生了凶杀案，许多人都选择了退房。"

"坏消息总是传得快，案子查清楚就好了。"老鲨安慰了一句，正色道，"我需要所有客人的名单。"

"没问题，希望你们尽快破案。"经理这才有了些精神头，快步离开去准备资料。

另一边的走廊，哥舒信则在询问乐队助理安迪："你和列洪为什么提前回酒店？"

安迪道："列洪有个习惯，每次演唱会上有新歌演唱，如果觉得不满意，就会先回酒店，第一时间把感受记录下来。"

"昨晚的新歌是？"哥舒信问。

"《倾诉随心》，是一首慢歌。"安迪回答。

哥舒信拿出乐谱道："就是这首？我看上头标注了很多，是要修改吗？"

安迪看了眼，确认道："没错，就是这首。不过……最后这一段，我走的时候还没有，字迹也不是列洪的。"

"你确定？"

"我在列洪身边工作三年了，我很确定。"安迪回答。

"列洪平时和谁有仇吗？"

"这说不清，他是个艺术家，理论上没有仇人。即便他有时会对别人的作品评头论足，那么多年也得罪了点人，但要说谁会因为这个杀他……我不这么认为。"安迪看着对方手里的乐谱，小心地问道，"这我能拿回来吗？他新做的修改，我们还没记录。"

"暂时不能。"哥舒信拒绝道，"他有没有疯狂粉丝？"

安迪摇头："娱乐圈的粉丝大多迷的是乐团。虽然作为王牌制作人，他也有粉丝，但粉丝有时效性。他这两年没有什么大作品，粉丝自然就少了，疯狂的粉丝就更谈不上。"

两人用了两个小时左右做询问。列洪曾经是一个高产的创作人，但这两年有些沉寂，性格也日渐偏激。"灵魂烈焰"乐团一度和他产生矛盾，但鉴于主要成员都是他发掘的，所以最后众人还是留了下来。这样，作为凶杀案，他们一个嫌疑人也没有找到。

"这是灵魂烈焰的歌单，如果你之前没有听过，下载一份听听。"老鲨说。

"对破案有用？"哥舒信看了眼手机，苦笑道，"乐谱上的新歌在排行榜上排第一了。"

美女医生笑道："眼球经济，这就是流行。眼下唯一的线索是乐谱啊。"

哥舒信道："你觉得要什么水平才能绕过所有监控杀人？"

"正面侵入当然不行，但从阳台走就有可能。你可以在晚上试试，思路会更清楚。不过，到时候别拉上我，这种事不是我擅长的。"老鲨走到酒店后街，抬头看了看十五楼，又看了看远端热闹的街口，"这个时间找地方喝下午茶是最好的了，可惜我们要办案。"

哥舒信大大咧咧地走到街口，看了看时间说："现在去星际黑市是不是有点早？"

"星际黑市又不是夜市……"老鲨看了眼电子记事本，"我们可以现在就去看看，那边即将有一场拍卖会。我找了黑市的联络人阿菜，他说拍卖会可能有我们感兴趣的东西。"

"外星黑市你也认识联络人？"哥舒信奇道。

"本来是不认识，但我有些交际广博的朋友。"美女嫣然一笑说。

"你这朋友真好，你男朋友不妒忌吗？"哥舒信说。

老鲨撇嘴道："在我男人心里，我早就死了。"

纽约曼哈顿，金顿大楼。

在 B 区十六层进行的拍卖会已经开始，进门需要特殊邀请函，还要扫描视网膜。

哥舒信道："我看了资料，黑市原本是在大都会博物馆边上，最近才搬过来的。我们具体是来做什么？这里的安保级别不低，我们亮出身份直接进去不太好吧？"

老鲨道："联络人说他会来找我们。"

不远处走来一个身材矮胖、蓄着小胡子的青年，一双小眼睛势力而热情地在二人身上打量着，一面道："邹小姐，欢迎欢迎。"

"你是熊先生？"老鲨问。

"是的是的。想必端木先生向你介绍过我了，我就是熊菜。"小胡子压低声音道，"关于这里，你可以随便问我。"

老鲨笑道："我们是在这里说？"

哥舒信听到端木两个字，不由认真地看了对方几眼，这让熊菜感到一股寒意。

熊菜搓了搓手，带路道："当然是进去说，这个拍卖会可能有你们感兴趣的东西。"

在他的带领下，不用身份验证，老鲨和哥舒信就通过了安检，这让他俩多了几分信心。

拍卖会的现场人并不多，大约三十多个人，举牌的速度也不快。那些人的样子都很普通，显然并不想引人注目。过了安检之后，哥舒信走到一旁观察环境，让老鲨和熊菜单独聊。

熊菜点了杯喝的，才慢条斯理道："你们要打听的东西，黑市上也少。我问了一下熟人，他们说若是有人付定金，一个月内可以到货。这东西和普通的银河迷幻药不同，需要去半神星球拿货。"

"半神星球?"老鲨问。

"那是个怪物说了算的星球,位于半人马座阿尔法,距离我们并不远。用银河天桥穿梭,大约一个月可以到。这种致幻剂在黑市叫梵高,一般是给艺术家提供灵感用的。"熊菜喝了口酒又道,"我听端木老大说过案子,原本如果只是介绍那个致幻剂的情况,几句话在电话里就能说完,但今天拍卖会有件特殊物品。"熊菜把拍卖会的宣传单递给老鲨,"第九件拍卖品———一张带血的老唱片。"

美女医生扫过物品介绍,上面说这是属于著名歌星艾琳·蕾娜的唱片。在录制完唱片不久,该歌手就被疯狂粉丝刺死,死的时候,身边就有这张头版的黑胶唱片。该唱片上的单曲曾经占据排行榜冠军九周。

"是不是有点像?艾琳·蕾娜和列洪今天的情况?"熊菜微笑道。

"这个……你是想说,列洪也是死在疯狂粉丝的手里?"老鲨问。

"不不,我是说他们都是刚弄出新歌就挂了。"熊菜摸摸肚子,慢慢道,"好吧,我认真说。我觉得既然你们是异现场调查科……"

"我们是国际刑警未知罪案调查科。"老鲨打断他说。

"哦,是……我口误。未知罪案调查科。"熊菜苦笑道,"你们插手的案子都比较诡异,难道你们不该把类似案子的证据收集一下,毕竟当年蕾娜的案子并没有破。"

老鲨道:"那也得看多大的代价,这张唱片既然拿出来拍卖一定不便宜。"

熊菜道:"蕾娜这最后一张唱片其实水准不高,之所以大卖是因为她死后的炒作。"

"列洪最后一首作品也是因为这个。这就是娱乐圈。"老鲨说。

"嗯……倒不是完全一样。列洪的作品虽然有瑕疵,但因为他本人很勤奋,所以保持在水准以上。我听说,他死前还修改了一稿。"熊菜笑道,"蕾娜的作品是从不修改的。她成名后,除了头三张唱片不错外,后面的质量一张不如一张。"

"这你也知道?你很懂音乐吗?"老鲨皱起眉头问。列洪那最后一稿的事,对方为什么会知道?

熊菜道:"你可以去网上查一下,列洪死后最后一稿作品的事已经被传得沸沸扬扬。"

老鲨说:"除去炒作,这两个死者都是有才华的,你不否认吧?"

"当然，"熊菜喝了口酒，"这世上欺世盗名之徒太多了，这两人算是有实力的，更是幸运的。"

"幸运的？"老鲨扬眉问道。

熊菜笑道："是啊，谁说拥有惊天的才华，就一定能功成名就了？"

说话间，到了这件拍卖品的拍卖时间。司仪隆重介绍唱片的情况，起拍价是两万美元。

"也不是特别贵。"熊菜耸耸肩。

美女医生笑道："我们先看一看，你替我记录下那些竞拍人的身份。"

很快该唱片就竞拍到了五万美元，举牌的是个红色头发的漂亮女人，熊菜有些无奈地看着老鲨。

老鲨扫了眼早就离席的哥舒信，举起熊菜的牌子，高声道："八万！"

顿时，全场目光都被吸引到了这边。对黑胶唱片来说，这是个创纪录的价格。

拍卖锤落下，司仪隆重鼓掌："恭喜这位女士，请之后到后台办理交接手续。"

老鲨推了熊菜一把，让那家伙去领东西。

"你有钱吗？"熊菜小声道。

"请记在端木泽的账上。"女人递出一张黑色的卡片，卡片上有一只银翼蝙蝠。

熊菜顿时眼睛发光："美女你有这东西，怎么不早说哈！"于是他整了整衣服，一脸土豪气地前往交接处。

老鲨心里叹口气，纽约对她来说有不好的回忆，但又不能不来。

冠军单曲的黑胶唱片让哥舒信闻到了危险的味道。他悄悄跟着熊菜去取唱片，就是想看看那些拍卖会上的人，会不会继续有所动作。果然在交接处，他徽章的"智能视角"就看到了一些特殊的事。

"有一点小小的问题，你和熊菜保持接触，"哥舒信小声在联络器里道，"万一他要跑不用追，真唱片不在他手里。"

看到一脸得意回来的熊菜，老鲨轻轻夸奖了几句，面不改色地继续朝前走。

"差不多了吧，要交给你吗？"从电梯走出，一路沉默的熊菜小声问。

"出门再说。"老鲨说。

"那我安排车。"熊菜笑了笑，吩咐大堂的服务生去叫车。然而，在出租车慢慢停靠过来的时候，熊菜突然甩开大肚子越过车顶飞掠出去。

跟我来这套！老鲨冷笑着紧跟其后，尽管哥舒信说不要追，但她又如何忍得住。

不多时，熊菜跑到了一条死胡同。他转身面对几米外的女人，把唱片盒子往地下一丢，笑道："让你失望了，东西不在我手上。"

"你不是熊菜。"老鲨皱眉说。

"的确。真的熊菜在拍卖中心睡大觉呢，而你抓不住我。"那人抛出一枚烟雾弹，然后凭空消失在迷雾中。

老鲨依稀看到对方飞散成许多碎片，那些碎片好像某些东西，但又说不清楚，只是耳边响起一阵动听的旋律。

"哥舒信，我这里追丢了，看你的了。"她在联络器里道。

"放心，唱片在我这边。"哥舒信冷静地回答。

哥舒信和老鲨分头行动，女人参与拍卖会，哥舒信则在远端观察。熊菜去交接处取唱片前，哥舒信早就换了衣服进入交接的房间。他看着对方取走物品，却选择留下继续监视交接人，因为他发现那张真正的唱片还在柜台里。

被他盯上的交接人，冷着脸道："我自问没有任何破绽，你凭什么觉得唱片没被那胖子带走？"

"因为我闻到了死亡的味道。"哥舒信露出白森森的牙齿。

"你……"交接人拔出手枪。

哥舒信一个滑步就接近对方，一掌击落手枪。交接人半侧身，手指扣住哥舒信手腕。

"手是机械的？"哥舒信翻转手掌挣脱出来，对方一脚踢来，哥舒信单手挡住对方小腿，"脚是机械的……"他灵动转身，一个侧踢正中交接人的胯部。

交接人被他踢出三米远撞在墙上。

"系统判断，锁定物品是机器人。"哥舒信皱紧眉头，"智能视角"不断跳出提示，他索性关闭了系统。

交接人的脸皮被撞破，露出里面的金属色。他面无表情地盯着哥舒信，突然掌心落下一枚药剂，迷雾中他像壁虎一般爬上墙去，从天花板上朝外逃。

哥舒信闻到药雾只觉得脑袋一沉，他大喝一声，左手做刀状划出一股劲风，出口处的天花板和大门被他一击划破。机器人从后被他劈成两半，"砰"的一声落在地上。

哥舒信紧跟而上踩在敌人背上，一拳打在对方脖子上。机器人的头被他取下……

摘下头颅的瞬间，哥舒信眼眸忽然一红，但他随即反应过来，深吸口气镇静地扫视四周。周围很安静，他的呼吸声却很大。

当老鲨和哥舒信参加拍卖会时，他们的飞翔车正停在金顿大楼外监视一切，自动录下了老鲨在室外的追捕过程。

"还真是凭空消失了……"哥舒信挠了挠头，他之前听老鲨说时还有所怀疑。

"不然呢？"女人白了他一眼。

"没有不然……"哥舒信苦笑。

老鲨道："现在有个问题，真的熊菜在厕所里被发现，他从一开始就没有来和我们接头。我们遇到的是冒牌货，而我根本没看出他易容的痕迹。"

"外星人和怪物也没什么区别，他们比较擅长变化形态。"

老鲨扬眉道："会变化形态的不一定就是怪物，我们地球人有一些异能者就擅长变身。"

"你长得好看，怎么说都有理。"哥舒信皮笑了一下，皱眉道，"凶手居然想利用我们来得到唱片，胆子真是大，不过他怎么知道我们会找熊菜呢？"

老鲨整理了一下头发，摇头道："这也是我不明白的地方。熊菜说，可能是他询问致幻剂的时候，问了不该问的人。他一共找了三个供货商打听这事，其中两个现在并不在纽约，只有这个人在这里。"她把一张照片摆在桌上，照片赫然是那个拍卖会交接人的样子。

"是那个机器人……"哥舒信道。

"他叫凯文·莫布里。熊菜之前不知道他是机器人。"女医生说。

哥舒信思索道："问题是我一时手重，把这机器人打坏了。不知能不能……"

老鲨道："完全修好是不可能了，但我们可以提取他的部分记忆。"

"他的记忆库里有什么？"哥舒信问。

"这机器人被你打坏前，第一时间触发了自毁系统，我只恢复了他13%的数据。你想知道什么自己问他。"女法医看了眼边上的电脑，"我的追捕图像也快处理好了，到时会有个惊喜。唯一的问题是唱片，我还真没研究出它的价值。"

"你到底是医生还是工程师？我以为这是交给技术部去做的。"哥舒信吃惊道。

"我是全科医生，连你也能修，要不要试试？"老鲨眨了眨眼睛。

"不敢劳烦大驾。"哥舒信冲对方抱了抱拳，进入房间审讯机器人。

老鲨继续对哥舒信的背影道："从你抓人的过程看，你有点疯啊，上头会让你看心理医生的。不出意外，你是真的需要修理！"

说是审讯，不过是正常的问答。机器人的头被装回脖子，记忆库被老鲨重置，对哥舒信所有的问题都不打折扣地回复，困难的是问出正确的问题。

比如，询问对方的主人和同伙，得到的都是沉默。询问对方为何袭击熊莱，以及抢唱片的目的，机器人只答复在执行命令。

"这个你认识吗？"哥舒信整理了一下思路，拿出金色药剂。

"梵高。"机器人回答。

"它有什么作用？"哥舒信问。

"它将血液里的阿尔法素提升，击发某种灵感。"

"副作用呢？"哥舒信问。

"因人而异，通常初次使用者有一个72小时的观察期，若是没有强烈的生理不适就可以使用。三分之二以上的地球人并不适合服用梵高。"

哥舒信拿出列洪的照片问道："认识他吗？"

"不认识。"

"他使用了梵高药剂，他是一个音乐人。"

"不，音乐人来自半神星球，他们的体质无法服用梵高药剂。"

哥舒信皱眉望向审讯室外的女法医，两人都不明白一个普通问题，为何会提到半神星球。

"你认识他吗？他是你的客户。"哥舒信又问。

"不，他不是我的客户。"机器人否认道。

哥舒信小心翼翼地问道："地球上的音乐人是指词曲创作人，或者以音乐为职业的人，你说的半神星球的音乐人是什么？"

机器人道："是半神星球的种族。"

"你的主人是不是音乐人？"

"我无法回答你的问题。"

"你主人的名字？"哥舒信问。

"我无法回答你的问题。"

"你有没有梵高药剂的客户名单？"

"有的……但是我记不得了……"

哥舒信道："半神星球的音乐人在地球，在纽约吗？"

"他们在地球上，但不一定在纽约，他们追求完美的音乐。"机器人回答。

"他们会为了美好的音乐杀人吗？"哥舒信问。

机器人道："不知道。"

"你觉得问出什么来了吗？"哥舒信走出审讯室。

"那要看你原本有多大的期待了。倒是外头有个好东西给你看。"老鲨指着新处理的画面说。

依旧是抓捕"熊莱"的镜头。镜头定格在迷雾扩散的间隙，飞散开的黑亮光影上。

"这是什么东西？"哥舒信皱眉问。

老鲨将一张乐谱拉到屏幕上："我觉得有点像音乐符号，只不过不是高音谱号，更像是低音的。"

"只是像罢了，我不认为这些散乱的东西是乐谱。即便要玩消失，也不会把自己变成乐谱吧？"哥舒信问道，"老鲨，你了解半神星球的音乐人吗？"

"因为梵高药剂，我倒是看过一些半神星球的资料。"老鲨说着点开一个电子文档，"所谓半神星球，是位于银河系半人马阿尔法的一个文明星球。星球上有很多种高智能生物，我们地球接触过的有音乐人、机械人、元素人等三十一种。所谓音乐人，是一种喜欢和优美旋律生活在一起的生物，他们体形很小，按族群来活动。比如说，你在外头见到一个人形的音乐人，其实是一个装扮成人形的音乐族群。他们因为喜爱音乐，所以经常以乐谱的形式出现，而个体更像音乐符号。"

"就是录像上那种？"哥舒信道。

"是的，"老鲨沉吟道，"但没有证据表明半神星球的音乐人是嗜好杀戮的种族。如果他们杀了列洪，那总是有某种理由的。"

"我听说上次在风名办案时，唐飞在络绎的房子里见过一个音符模样的家伙，"哥舒信道，"能不能再联系上？"

"那个家伙据说很久以前就不在半神星球住了，不过仍旧可以问一问。"老鲨想了想，拨通总部的联络器，用了些时间联络上了那个音乐人，"他叫摩尔斯，有些高傲，你注意语气。"

哥舒信与摩尔斯寒暄了一下，见对方自称为乐族，便问道："你们留在地球上的乐族里，有没有对艾琳·蕾娜感兴趣的？"

摩尔斯冷冰冰地回答："我们绝大多数乐族感兴趣的是古典乐、交响乐，或者银河雅乐。你说的流行乐并不是我们乐于生活的环境。不过尽管不愿意承认，但每个种族总会有一些异类。在很久以前，有个叫艾格斯的家伙，因为普莱斯迷上了流行乐，她和流行乐打了很多交道，但这个家伙在三十多年前忽然消失了。除了她，我还真想不出别的乐族。"

三十多年前？似乎就是蕾娜凶案发生的年代。

"她消失的原因会不会是离开地球了？"哥舒信问。

"这谁知道呢？"摩尔斯笑了笑，"但如果真的和她有关，你们要小心了。这家伙挺凶残的，和著名的星际佣兵团有密切往来。她擅长控制机械，很危险的。"

看着挂断的电话，哥舒信沉默了片刻，走回审讯室道："你认识艾格斯吗？"

机器人道："我不知道你在说什么……"

哥舒信皱起眉头。这就有点麻烦了，即便知道了这些，接着又该怎么抓捕呢？

第七章

歌 神 诺 斯

"乐谱是散乱在房间里，有半数的纸张有血。"哥舒信摸着鼻子道，"是某种神秘仪式？需要死者使用的物品来激活？"

本次银河论坛在黄浦江的一艘游轮上进行。世界各地的外星名流，以及地球外星文明部的高管都有参加。并不算大的游船上，挤着近一千人，而某些嘉宾卸去伪装，露出外星生物的原型，总让人不禁目瞪口呆。

所谓外星人，并不一定都是高度文明的生物。其中一些性格粗暴的，他们在开辩论会时，经常吵架甚至大打出手，使得主办方时不时忙得焦头烂额。

一身整齐黑色礼服的唐飞作为内部嘉宾参与其会，看着两边繁华璀璨的外滩，他不禁有种回到过去的感觉。

"里面太吵了是吗？"一位银发老者出现在船舷。

唐飞笑道："是啊，来自希亚星的巴斯比爵士的嗓门实在太大了。晚上好，堂·班达拉斯。"

"没错，粗鲁的联盟人太多了，相对来说，帝国人就好一些。"堂·班达拉斯递给他一支雪茄，"上海真是漂亮啊！听说，你是本地人？"

"不，我是四川人，只是在这个城市工作过。"唐飞接过雪茄，小心地替对方先点上，"好几年没回来了，这里变化真大。"

"以后的变化会更大，据说银河系的大多数星球都不会无条件地接受难民。"

"什么叫无条件？"唐飞问。

"银河系里大多数文明星球接受难民都需要他们付出不菲的代价，有的甚至要求难民签署卖身契，这个在地球上是绝不会发生的，因此，我们地球人也被外星文明定义为少数以感性文明为基础构建的星球。"堂·班达拉斯停顿了一下，摆手道，"总之，随着遥远的星际战争规模扩大，会有越来越多的外星生物来地球避难。上海在将来一定会成为一个星际大都市。"

唐飞笑道："不知道我能不能看到这一天，毕竟现在外星人对普通人来说，仍旧是机密。"

班达拉斯说："关于银河移民已经有了具体日程。据说短则二十年，长则三十年，银河移民将不再是梦想，外星人也不再是机密。"

唐飞道："不敢想象啊……您也出来透气？"

班达拉斯笑道："我是特意来找你的。"

"找我？"唐飞怔道。

班达拉斯扬眉道："我早就听过你的大名，之前你还在西城警局的时候就想重用你，但一直没有合适的岗位。不过，你为什么一直选择留在文职上？"

唐飞摸摸鼻子，想着该如何解释。班达拉斯道："好吧，过去的都不重要了。你之前在异现场调查科的表现就很优异，让你在西城警局处理普通犯罪，有些大材小用了，但是现在的外星重案组就很适合你了。对了，你在异现场调查科干了多久？"

"八年。"唐飞回答。

"你一定对那里很有感情。"班达拉斯说。

"是的。"唐飞深吸了一口雪茄，毫不掩饰眼里的痛苦。

"你知道吗？我女儿是你的粉丝，"班达拉斯笑道，"她在西城的第十分局当差，最近遇到了一个棘手的案子，想要找你咨询一下。"

"什么案子？"唐飞问。

班达拉斯道："西城第十区最近有个研究所爆炸了，爆炸后研究所的投资人被杀死在自家后院。所有人都说是抢劫杀人，但我家艾玛不这么看。"

"有丢失财物吗？"唐飞问。

"有的，贵重物品都被搜罗走了。"班达拉斯说。

唐飞道："那如果不发生新案子，就不能排除入室抢劫杀人的可能。不过我没看过现场，不太好发表意见。"

"如果我让她来找你帮忙？"班达拉斯问。

"我当然愿意帮忙。"唐飞诚恳道。

这时，一身露肩礼服的斯库利从宴会厅走来，她身后跟着个明星模样的男子。

"唐飞，诺斯先生有事找你帮忙。"她说。

"诺斯？"唐飞扬起眉头，一眼认出对方，"歌神托尼·诺斯？"

外星重案组发出银色通缉令，缉拿一个叫艾格斯的音乐人。风名的乐族提供了艾格斯的照片，那是一个长相和艾琳·蕾娜很接近的女人。但是，即便发出通缉令，要找一个能轻易变化容貌的罪犯，根本就是大海捞针。

三天过去，一点进展也没有。灵魂烈焰乐队开始去其他城市巡演，他们的新歌仍旧占据排行榜第一，周遭似乎恢复到了平常的样子。这首歌被使用的版本，就是最后在凶杀现场发现的最终修改版。有人说，正是因此，这首歌还将霸占排行榜很长时间。

哥舒信带着咖啡和蛋糕进入办公室，空荡荡的房间里播放着90年代的流行歌曲。他看着正在发呆的美女医生，觉得这种每日追踪罪犯的生活似曾相识，但在心底深处，哥舒信又隐约觉得有些不安。不论多么稳定的生活，不论多么稳定的关系，随时都会破碎飞散，因为背叛迟早会发生……

看着乐族提供的照片，老鲨嘀咕道："半神星球的家伙不团结啊，难道不该护短吗？我们并没有证据能够证明一定就是艾格斯做了什么。"

"也许这个种族就是这样。"哥舒信说。

老鲨道："热爱艺术的，不该比较热情吗？"

"那可不一定。热爱艺术的家伙，也可能不在乎其他的东西。"哥舒信看着身边忙碌碌运转的电脑，"你还在修那个机器人？关于乐谱的分析有进展吗？"

老鲨道："我搞到了一些零件，还能恢复一些记忆库。唐飞那家伙只是去上海开会罢了，怎么还不过来？"

"唐飞说这不算什么大案子。"哥舒信把所有证据摆在桌子上，"你自己问他吧，我和他可能还没你和他熟。哎，你们是怎么认识的？"

"他几年前到美国做任务时受了伤，复健的时候我照顾过他一段时间。"老鲨笑了笑，眼中露出许多回忆。

"他当时受了很重的伤吧？"哥舒信问。

"你知道，有些男人自以为是铁人，不是要命的伤，他们是不会住院的。"老鲨看着哥舒信，"不过身上的伤容易好，心里的伤就不容易治愈了。你入狱前发生的事，也需要找人谈谈，说出来会好过一点。"

哥舒信沉默了一下，却改变话题道："不如我们把案子重新过一遍，目前没有进展，一定是我们漏了什么。"

老鲨见他有意回避，也就装作方才没有多嘴问那句话。她把带血的乐谱和沾染血迹的唱片一起摆到桌上，拧眉道："我们没弄清的主要是这两件东西真有交集吗？"

"有交集的想法是艾格斯假扮的熊菜提出的。"哥舒信摇头，"这里有两个疑问：第一，她为何一定要弄到这张唱片；第二，这张唱片流落在外那么久，两个案子差了三十年，为什么她现在才想到要拿这张唱片。"

"如果艾格斯没提出这个想法，你会想要这张唱片吗？"老鲨问。

"只要我们知道有拍卖会，只要我们参加拍卖会，我们就有可能会想要这张唱片。"

老鲨笑道："事实上，拍卖会是端木泽，也就是熊菜的老板让我们去的。他应该是有这个意思。"

"端木泽……是？"哥舒信问。

"他是暗影世界的大人物，我曾和他合作过。这人有钱有势，人也很不错。"老鲨解释道。

"多金而心善？这世界最缺的就是这种人了。"事实上哥舒信早就听过端木泽的名字，但仍然忍不住吐槽。

"唱片和乐谱上的血都是死者的，我重复确认过了。我还寄了一些样本到总部，毕竟那边的设备更好一些。"老鲨低声道，"三十年前的凶案现场已经无法再现，所以无法确认唱片的作用。案件档案说，唱片摆在桌子上，半张唱片浸在血里……"

"乐谱是散乱在房间里，有半数的纸张有血。"哥舒信摸着鼻子道，"是某种神秘仪式？需要死者使用的物品来激活？"

"你的思维真跳跃。"老鲨白了他一眼。

"要不然呢？"哥舒信嘴角微微一撇，他之前可从不处理什么外星人和高科技的案子。

老鲨的电话忽然响起，她接听之后，表情古怪道："总部的化验结果出来了。"

"结果是什么？"哥舒信问。

老鲨道："这两件东西上除了血迹，还有一种稀有的外星物质。鉴于我们认为凶手可能来自半神星球，他们也替我做了匹配测试，结果是匹配的。该物质主要来自半神星球，但具体是什么，还无法确定。"

"会不会是黑暗祭祀……"哥舒信吸了口气。

"你满脑子都是糨糊吗？"老鲨撇嘴道，"这个证据只是解释了凶手为何要搞到这两样东西，因为这种稀有物质，极有可能和杀人动机有关。"

这时，视频电话邀请跳出，是唐飞从上海发起的联络。

"老唐，你可以过来了吗？"哥舒信问。

"不，你们要抽个人来上海，这里有人需要你们。"唐飞笑道。

"怎么讲？有什么案子你搞不定？我们这里还没有结束。"哥舒信皱眉。

唐飞道："不，上海没有新案子，只是有人需要你们帮助。托尼·诺斯。"

"歌神……托尼·诺斯？"老鲨吃惊道。

唐飞道："是的，他在上海开演唱会，但他似乎听到了什么，然后联系了我们……"

"他居然知道未知罪案调查科？"哥舒信问。

唐飞微笑道："是的，他知道。他还知道阿兰·列洪的案子，他需要当面和你们谈。速来上海。"

未知罪案调查科在纽约和上海之间并没有传送门，他们必须中转风名城，然后才能前往上海。追根寻源，那是因为从前的上海一直是由异现场调查科坐镇，当时的科长诸葛羽并不愿意在上海留一个可以让国际刑警组织任意使用的传送点，因此，哥舒信和老鲨从美国到上海用了一整天的时间。

托尼·诺斯因为工作繁忙，所以答应在演唱会彩排的"奔驰中心"见未知罪案调查科的人。唐飞一早在奔驰中心外等候哥舒信和老鲨。

"这个建筑看着有点怪异。"老鲨抬头看了看那栋仿佛大飞碟一样的建筑。

"你没来过上海啊？"唐飞吃惊道。

"当然来过，但没到过这里。"老鲨腼腆一笑，颇有风情。

"那有机会带你转转。"唐飞笑道。

哥舒信没好气道："说得你是上海本地人一样。你不也是外来的？"

唐飞被他说得一翻白眼，怒道："你别说我，我保证这个地方你也没见过。"

说着，唐飞带二人来到奔驰中心的办公区，找到一架较为隐蔽的货梯。进入电梯，他将一张特制钥匙卡塞入卡槽，操控屏幕赫然翻新成一个新的界面。

老鲨发现这里果然别有玄机，低声道："在外头看可没有十九楼。"

"是的，从外头看当然没有。"唐飞笑着启动电梯，三人的身影就凭空消失了。

眼前光影浮动，三人就出现在一个宽敞的光球里。哥舒信透过光球朝外看，地面上那个好似飞碟的建筑，仅仅是视野中的一个小图案，周围四通八达的传送天桥让人眼花缭乱。

"托尼·诺斯！"老鲨看到光球外的男子，忍不住激动地叫道。

只有这种时候，哥舒信才意识到老鲨是个普通女人……

"欢迎来到星河飞翔中心。"托尼·诺斯热情而优雅地挥了挥手，他背后赫然站着六七个黑衣保镖。

唐飞低声道："天皇巨星托尼·诺斯，殿堂级歌手，大湖星人。"

风度翩翩的托尼·诺斯，今年五十一岁，是世界乐坛上天皇巨星般的存在，出过二十多张白金唱片，只是没人知道，他居然是外星人。

将众人带到贵宾室，诺斯才让保镖暂时留在门口。哥舒信能看出对方有些紧张，而出乎他们意料的是，贵宾室里还有个矮小瘦弱的老人。

诺斯微笑道："抱歉，劳师动众地让外星重案组的各位来到这里。若不是真的情况危急，我也不会劳驾各位。这是路远先生，想必你们一定知道他的作品。"

路远是非常知名的作家，也涉诗歌词创作，有许多作品被编曲成经典歌曲。对中国人来说，还真说不好路远和诺斯哪个更有名。

"路老师，你……"唐飞怔道。

路远道："我不是外星人，但和诺斯认识多年，也有一样的经历，所以这次我也需要各位的帮助。"

"请问到底发生了什么？唐飞说，诺斯先生知道列洪的死因，而且认为凶手也在猎杀你。"老鲨用流利的英语问道。

诺斯道："很久以前，我和列洪、蕾娜、路远就认识。大约是三十多年前的事。"

路远道："那时候，我们在美国一起搞了个沙龙，每个周末会邀请好友们聚会。虽然我们都未成名，但核心成员就是我们四个。"

"作家和音乐人的沙龙？"老鲨有些吃惊。

唐飞道："老鲨，不如我们让大作家来说清楚这个故事。"

老鲨看了边上一脸平淡的哥舒信，自己也稍微平复了一下情绪。

"我当时在美国留学，和诺斯在酒吧认识，就成了好友。"路远露出回忆的神色，"之后，就遇到了一些热爱艺术、志同道合的朋友。我们在一家叫狼牙的酒吧，做了一个叫'月光回响'的沙龙。"

"是属于你们的青葱岁月。"老鲨想了想，的确这几个人的年纪相差不过三五岁。

路远道："所以，当四个人死了两个，而且都死得那么诡异，我和诺斯就坐不住了。"

"这两个人的死亡时间间隔很久，而我们也没有对外披露列洪的死因，"唐飞说，"具体是什么让你不安？"

"一个月前，列洪给我发了邮件，跟我说他写了一首新歌，"诺斯低声道，"但是他有一种不好的感觉，似乎有什么东西盯上了他。在上周，他说有人在他的钢琴房里弹奏《寂寞月光》，那是蕾娜的成名曲。他说，也许那个人回来了。"

"哪个人？"老鲨问。

"杀死蕾娜的凶手一直没有被捉拿归案，"路远道，"当年我们对那个案子是有所猜测和怀疑的，只是时间隔得久了，差不多遗忘了。列洪的意思是，那个人回来了。"

"你是说，你们知道三十年前杀蕾娜的人是谁，然后这个凶手又回来杀了列洪？"老鲨皱眉道。

这虽然和他们猜测的很接近，但路远他们居然知道凶手是谁，这真是出乎意料。

唐飞道："所以，凶手到底是谁？"

路远道："三十多年前，我们经常举办沙龙，有一段时间我们的主题是神秘力量。蕾娜参加某个歌唱大赛夺魁后正式出道，但第一张唱片卖得并不好。蕾娜和诺斯都比较相信神秘力量，巫术、占卜、神秘教派、大麻等冒险的事，他们都做了尝试。有一天，蕾娜带来了一个神秘人，名叫艾格斯。他说，他可以给我们一个前所未有的好交易。"

"艾格斯……"老鲨深吸口气，"等等，你说他？"

"是的。这个叫艾格斯的男人和我们交往了有一个月的时间，"诺斯道，"彼此熟悉了之后，他说他可以做一个仪式，让我们参与之后能够不同凡响。一旦我们不同凡响，自然就能改变我们的人生，比如说蕾娜和我的表演生涯。"

"这一个月的时间，你们有任何照片留下吗？"唐飞问。

"有。"诺斯拿出一张旧照片，那是蕾娜、诺斯以及艾格斯的合影。

"如何？"唐飞问老鲨。

老鲨把通缉令上的照片拿出来，两张照片上是两个不同的人，男版艾格斯非常帅气，高大挺拔气质古典，女版看着更像蕾娜的淡妆版。

"只有我觉得这个男版艾格斯有点眼熟吗？"唐飞问。

"他长得有几分像猫王，"诺斯点头说，"蕾娜最爱猫王。"

"但现在这个艾格斯长得像蕾娜……这是怎么回事？"作为一个严谨的学者和法医，被拉到这种莫名其妙的案子，老鲨简直凌乱了。

"我觉得可以让路老师继续讲完这个故事。"唐飞道。

路远道："我还记得那个仪式，他用了我们每个人作品的手写稿，然后抽了我们一点点血洒在稿件上，给我们喝了一杯他带来的红酒。他把手写稿当着我们的面烧掉，说在之后几天，我们身体可能会出现某种不适，但只要不是大病就没什么问题，然后我们要做的就是等待。"

诺斯道："我当时问他，真能成功吗？他说并不一定，但是试试看并没有什么损失。我想也对，所以就没有在意。"他想了想，又道，"他原话是，即便拥有惊天的才华，但也不是每个天才都能在这个浮躁的世界成功。我当时觉得，说得真他妈太对了。"

路远道："最先成功的是蕾娜，她在一个月后写了《寂寞月光》，一曲成名，拿下排行榜冠军五周。半年后列洪写了《暴雨狂风》……"

"重金属摇滚的殿堂级名曲……"唐飞忍不住插言。

"是的。结果，我差点疯了，因为我也是歌手，我也写了不少东西，但依旧没有成功。"诺斯苦笑，"我在一台小型演唱会上做表演，甚至被歌迷'嘘'了。我当时脑海里有的就是艾格斯说的：即便拥有惊天的才华，但也不是每个人都能在这个浮躁的世界成功。世界上欺世盗名之辈太多了。"

那个假熊莱也说过类似的话，老鲨认真想了想道："如果从《寂寞月光》打榜开始算……你发布单曲《阳光洒在雨后的街》是一年半后的事了，这首歌成为了排行榜上连续二十三周的冠军金曲。"

"是的。也许我有点矫情，但这首歌真不是我最好的作品，只是它被人认同了而已。"诺斯笑了笑，"即便到了我现在的年纪，我也还是有些遗憾。"

"不论如何，歌迷们之后对你所有的作品都认可了。"老鲨说。

诺斯笑道："是啊，所以我没什么可抱怨的，苦的是路远，大约在五年后，他才出版了第一部畅销书。"

路远道："只要写出的东西是有价值的，有多少人看并不重要。"

"怎么会不重要？这可是种骄傲的虚伪。"诺斯冷声道。

路远举手道："能多卖几本书当然是好的。"

诺斯道："几本？时至今日，你的书可是仍能卖几十万册！"

路远淡淡一笑，对未知罪案调查科的众人道："之后，我们再也没有遇到艾格斯。尽管三十年前蕾娜意外身亡，我们也没想过事情会和他有关，直到这次列洪也死了……"

老鲨想了想道："所以你们也只是怀疑。"

唐飞道："二位也是比较谨慎的人，应该还有其他线索吧？"

诺斯说："因为我和蕾娜比较亲密，所以在她出事后，我找了朋友调查她的案子。我的朋友……是宝石星人。"

"所谓宝石星，就是银河系最大的雇佣兵团星球，那里除了杀手和赏金猎人，侦探力量也是最强之一。"唐飞摸摸下巴，暗道还好来之前补课了。

诺斯说："对，他们并未找到凶手，但提供了一条线索。他们说蕾娜体内的梵高药剂基本都被提炼走了，而梵高药剂在有机生命系统里，主要是用来激活生命晶体的。"

"生命晶体？"唐飞面色微变，生命晶体据说有起死回生的功效，他原本以为只是一种传说中的东西。

诺斯继续说道："宝石星的侦探说，事关半神星球的生物，他们对生命晶体最感兴趣。"

"这是发生在银河移民时代之前的事，当时地球上外星人还很少。"唐飞皱眉，"他们若要调查，带来的技术应该是碾压式的，怎么会找不到凶手？"

"我也不清楚，能告诉你们的就只有这些。"诺斯苦笑道，"我之所以邀请各位来，一是提供线索，二是希望你们能对路远提供保护。"

"不用保护你吗？"老鲨诧异道。

诺斯道："我办好今晚的演唱会，将离开地球去巡回演出，银河联盟会提供保卫工作。"

唐飞认真道："那至少在今晚你离开之前，让我们参与保护吧。"

"我会把你们介绍给安保队长汉森，他负责演唱会的安保。"诺斯说。

第八章

银 河 演 唱 会

路远表情复杂地看着这一幕，微微松了口气。他掏出针筒在哥舒信的脖子上
注射了一针。

未知罪案调查科就案情的新进展开了个小会，他们一致认为凶手会继续行动，
但方式难以预测。接下来的几个小时，唐飞将陪伴诺斯，而哥舒信和老鲨则近距
离保护路远。为了集中护卫的力量，路远会尽可能地和诺斯待在一起。

演唱会在地球时间夜晚九点进行，各种飞行器陆续降落在星河飞翔中心。

"地球上真有那么多外星人？每当看到这种场面，我就不由想是不是该去外星
走走。"路远看着那些飞行器，递给老鲨一杯咖啡。

"您知道诺斯是外星人多久了？"老鲨看着窗外，她居然看到三只穿着太空服
的老鼠排队进场，手里还拿着迷你可乐罐。

"1999 年，银河难民潮时期，为了写一本科幻小说，我介入了一个外星人案
子，结果居然遇到了老朋友诺斯。"路远摊开手道，"世界上就是有那么巧的事。"

"我不知道您还写过科幻。"老鲨笑道。

"只是想写，后来没有写成。因为当你真的看到了一些东西，反而就没有记录

的兴致了。"路远叹了口气，"如果真是艾格斯杀了蕾娜，为什么要隔了三十年才又动手呢？如果能明白这个问题，也许我们就能抓到他。"

老鲨道："您说得没错，但这个就让唐飞他们去头疼吧。"

路远举起咖啡，笑道："好的，我们只谈风月。你这样的美人，不知谁有那么好的福气成为你男朋友。"

"成为我男朋友可不一定是福气，"老鲨望着远方，慢慢道，"他为了我曾经遍体鳞伤！"

"我想他一定是心甘情愿的。"路远说。

老鲨淡淡一笑，轻声道："我很舍不得，但我改变不了什么。"

"感情本就是痛苦而复杂的。"路远说。

"是啊，所以互联网时代感情鸡汤才会那么多。"老鲨笑道。

"任何时代都有靠写鸡汤文发财的人，"路远笑道，"自古如此。当然，现在格外多。"

老鲨远远看着唐飞和哥舒信的方向，默然在心里念道："第一最好不相见，如此便可不相恋……"

另一边，哥舒信翻看着旧资料，忽然道："我发现一个问题。"

"什么？"唐飞问。

"列洪和诺斯不是好友。"哥舒信道，"近几十年来，他们几乎没有交集，从不同台演出。即便一起出席那些重要场合，也没有留下合影。这几年的推特上，他们也不是互相关注的好友。总之，列洪和诺斯的交流非常少。"

"没有同台演出这好解释，后面那两点的确有些奇怪。"唐飞翻了几页列洪的INS，"列洪和路远老师倒是好友，而且还经常交流。"

哥舒信自问自答道："也许他们并没有说谎？他们也没什么理由说谎。"

唐飞小声道："话说回来，要防备艾格斯这个乐族有点难，根据你们之前的经验，他可以变化成想要成为的各种样子。"

哥舒信道："对方杀人时，明显有一个仪式，要防备他杀人，只要不给他提供足够的空间就可以。"

唐飞道："听老鲨说，你办案时有点疯，抓个机器人，把人家房子都拆了。"

"拆了房子，总比让犯人逃跑好。"哥舒信笑道，"放心，如果我真的发疯，第一个肯定就是宰了你。"

"那我还真是期待啊。"说到这里，唐飞衣领上的徽章发出提示音，他接入讯息，低声道，"过去三十年，有二十三个乐族被银河联盟抓捕，其中名字叫艾格斯的只有一个。艾格斯的全名叫艾格斯·萨米尔，二十五年前在希亚星球被抓捕，然后关在银河监狱，去年才出狱。"

"二十多年算重刑犯吗？"哥舒信问。

"似乎不算，他因为走私被捕……"唐飞摸着下巴，笑道，"但这个就解释了他为何隔了那么多年才再动手，事情变得合理了。"

哥舒信道："说到合不合理，你能不能给我解释一下生命晶体是什么？"

唐飞道："你怎么知道我知道？我又不是他妈的科学家。"

"得了，你刚才听到这个词时就热血沸腾了。"哥舒信没好气道。

唐飞道："我平生听过两次生命晶体。一次是武神猎人麦卡特尼的案子，那家伙作为连环杀手，一辈子都在尸体里寻找生命晶体。另一次是和你的风名监管人杨梦有关，他寻找生命晶体，试图复活那个人。"

"那个人……"

"是的，我们现在不提他的名字。"

哥舒信撇了撇嘴，然后道："所以生命晶体是？"

"隐藏在生物体内的一种神秘元素，与长生和灵魂有关，与生命密码有关。"唐飞看着远处那一排排飞行器，"关于这个，只怕那些外星人也没有杨梦知道的多。可惜，我们无法询问他。"

哥舒信陷入了沉默，关于杨梦他并不想多谈。

"如果凶手杀人是为了提取生命晶体，那的确是需要一定时间的。"说到这里，唐飞跟着诺斯前往后台更衣室。

诺斯和路远需要分开三个小时，直到演唱会结束再会合。安保队长汉森是个身形两米的高大蓝肤人，他对地球上的未知罪案调查科并不重视，也不认为演唱会能出什么安保问题。银河系里固然有这样那样的恐怖分子，但太阳系一直是个相对太平的星系。

每个看台他安排了三个安保人员，而演出后台有四个保镖跟着诺斯，其中包括汉森本人，所以他认为哥舒信和老鲨根本没必要那么紧张。一直到演唱会开场一个小时，演出一直在按汉森的计划进行。

忽然，唐飞的联络器响起，上司斯库利说道："接到线报，有一批银河雇佣兵来到地球，数量大概在十个左右，全是獠牙佣兵团的精锐战士，今天在亚洲登陆的。鉴于周围并没有什么值得他们动手的目标，你还是要小心一点，难说会不会是针对演唱会上什么人来的。"

真是伤脑筋啊。唐飞揉了揉太阳穴，小声把这个情况告诉了汉森。

那个大个子鄙视道："一个獠牙佣兵要花费十万银河币，十个就是一百万，价值高于你们地球上的一亿美元。诺斯虽然是明星，但我不认为诺斯值这个价钱。我很难想象地球上谁会出一亿美元，买诺斯的人头！"

唐飞并不生气，事实上不论对方是否配合，这次的工作他都打算靠自己完成。只是如果那些雇佣兵是来劫人的，会在什么时候下手呢？

"换作我来策划，只有后台和演出结束时，趁乱行动才有可能成功。"哥舒信在未知罪案调查科的频道里说。

"只要我们寸步不离，他们就没有机会。"唐飞说。

哥舒信冷笑道："那只是你认为的吧？那十万银河币一个的佣兵，可完全看不上你。"

唐飞道："那当然是不如你，我听说当年你的头悬赏达到了一千万美元。我可从来都没被悬赏过。"

"好了，一人少说一句。等下会有个缅怀蕾娜的仪式，全场熄灯，让听众点亮手机。都打起精神了。"老鲨觉得自己在做小学老师。

一段音乐过后，诺斯在舞台中央侃侃而谈，回忆着他在地球的点点滴滴。他作为银河联盟的知名歌手，在地球上采风吸收灵感，三十多年前遇到了一群志同道合的朋友，其中有一位老友虽然离开大家很久了，但作为歌手只要有人记得她的歌，她就永远不死。

"接下来，请允许我唱一首地球的歌曲，纪念我的朋友。请大家点亮手机，好的！谢谢大家……"

舞台灯光熄灭，诺斯清唱起《寂寞月光》，全场来自不同星球的歌迷们为他打起拍子。

歌曲临近尾声，哥舒信突然听到贵宾室外响起诡异的脚步声。他推开房门，外头人反应极快，两发子弹迅捷射出。

哥舒信一个后仰躲过子弹，旋动身子将敌人扫翻在地。

紧接着，走廊上三个雇佣兵如风掠来！哥舒信与对方交手三招，连续放倒两人。

第三个雇佣兵手里两把飞刀来回旋转，并不着急扑上，只是如毒蛇般隔着五步的距离盯着他。

哥舒信冷笑一下刚要上前，身后的房间里忽然"哗啦"一声，玻璃窗全部震碎。他回头一看，就见老鲨倒在地上，而路远被一个雇佣兵带着跳出了窗子。

他回头之际，雇佣兵的飞刀就到了。哥舒信眼中泛起猩红之色，半转左手做刀状划出，走道顿时风卷残云一般刮起刀风。

那两把飞刀被风扫开，雇佣兵变色飞退，身上被划出两道深深的刀口。雇佣兵大吼一声，脚底跺穿楼板沉入下层看台。

"唐飞，贵宾厅遇袭，路远被掳走。"哥舒信追下地板，突然一道光束飞向他的位置。

电光石火间，哥舒信身子贴向地板的另一侧，光束扫过他的头发。哥舒信被汹涌的光波振飞，意识散发出去，感觉到在遥远天空的飞行器上，有人收起了狙击枪。另一侧，有人劫持着路远朝着货梯飞奔。

同时，后台这边也正遇袭，只一刹那的时间，后台那几个保镖就被敌人的火力击倒，就剩下汉森和唐飞护着诺斯。

汉森一条腿也中了流弹，对着唐飞大叫："你想想办法，想想办法！"

唐飞深吸口气，人灵动掠出，在极其密集的火线中连续闪动。他在移动中辨别出敌人的射击点，对方火力压制的距离有点远。唐飞深吸口气，上下飞掠穿越火线，一次击发一枚钢针，从不同的角度打击对手，片刻之后火力哑火了大半。

尽管只能一针一针来……但的确比用手枪顺手。忽然，他面色一冷，转身面向后方被炸伤的汉森，诺斯已经落入大个子保镖手里。

"我承认，直到刚才冲出去前我还在怀疑你，但你真的认为这样就能带诺斯离开？"唐飞好笑道，"是不是有点看不起我？"

"要不然呢？"汉森冷笑，带着诺斯慢慢后退。

唐飞突然上前打出一枚钢针，汉森的左眼被针头穿过。他痛苦惨叫，一个趔趄。诺斯趁机摆脱他的手掌，拔出防身匕首刺入对方大腿。

汉森吃痛不得不放开诺斯，诺斯就地一滚捡起地上一把激光枪迅速开火。

"要活口！"唐飞急道。

汉森连中三枪，脑袋被掀去半个……

这个……唐飞眯起眼睛，不知该说什么好。

诺斯身子微微发抖，神情冷漠地从地上爬起。

唐飞检查了一遍，确认对方并未受伤，才低声在联络器里道："哥舒信，你那边如何？"

"路远被劫走了。我干掉了四个外星佣兵，但我想他们不是獠牙佣兵。我现在跟在那个唯一的獠牙佣兵后头，看看能不能找到幕后黑手。对了，他们有个不错的狙击手，你要小心。"哥舒信停了片刻，又道，"我已登上对方飞行器。"

"小心一点，外星科技很厉害。还有，少杀人。"唐飞嘱咐道。

由于只是局部地区发生争斗，演唱会并未受影响，诺斯坚持要完成演出。因为，尽管路远被敌人抓走，但大多数观众并不知道演唱会发生了变故。全场观众用银河语大叫"再来一首"，诺斯也如预期的回到舞台上，不过出乎意料的是，他唱的歌居然是当前排行榜上的榜首金曲《倾诉随心》。

舞台下，唐飞和总部连线通话。

唐飞道："我做了初步审讯，这几人都是普通银河佣兵，唯一的獠牙佣兵跑了，所以情报里说敌人有十个獠牙佣兵并不可信。"

斯库利道："我已暂时封锁私人飞行器进出地球，但最多十二个小时。"

"哥舒信跟着对方，很快会有结果。"唐飞把敌人飞行器的入侵画面调出来传给总部，"看看能找到线索吗？"

"稍后回答你，我们马上做分析。老鲨怎么样？"斯库利问。

唐飞道："只是中了迷药。"

"她是医生，也是药剂专家……"

"但她并不是什么品毒师，不能百毒不侵。"唐飞看着舞台上表演的诺斯，暗自摇了摇头。什么样的人经历了这样的事件仍能如此淡定？外星人也不该如此。

哥舒信在不明飞行器上找了个僻静角落，这架飞行器很大，足以容纳四十人。但如唐飞那张乌鸦嘴说的，他方一登陆，对方似乎就知道了他的存在。他能听到有脚步声从两个方向朝他逼近。

哥舒信毫不犹豫地掠出储物间，一拳将雇佣兵打飞，然后淡定地接下飞刀。

"又是你。"獠牙佣兵皱起眉头，他故意略微落后一点隐蔽出手，没想到志在必得的一刀被轻易接住。

"这里没有狙击手能帮你。"哥舒信的"右手"转动飞刀，真真假假的感觉是那么的奇怪。

獠牙佣兵后撤半步冷笑出手。哥舒信同时投出飞刀，但是他的飞刀投偏了，反倒是对方的飞刀迅疾飞来。哥舒信匆忙一闪，飞刀钉在墙上。

獠牙佣兵侧身退出走廊，哥舒信一个箭步掠过房门，对方连续投出三把飞刀。

"飞刀不适合我。真该让唐飞来对付你。你们这种暗器人……就喜欢鬼鬼祟祟的。"哥舒信左手抬起，机舱里刀风大作。

獠牙佣兵大骇，收脚飞退，可胸口仍旧被划破，有鲜血从破开的皮肉里沁出，很快滴落在地上。不等对方退出，哥舒信就已到了面前，一拳击中对方脖子。獠牙佣兵闷哼一声，中拳倒地。哥舒信大步向前连续击毙三个闻讯赶来的普通佣兵，来到一间休息室。

"路先生，你还好吗？"哥舒信见到被关在休息室里的路远，两下就拆掉了对方身上的锁链。

"我没事，你来得真快。我还以为自己这次要被掳走了。"路远握住他的手，"你知道吗？敌人是半神星球的乐族，他们现在想要直接去外太空。"

"放心，未知罪案调查科会封锁星空，而我会接管飞船。"哥舒信说。

"你开过飞船？"路远吃惊道。

"没有开过，但不用担心。"哥舒信笑了笑，转身道，"你留在这里，我去驾驶室。"

可是他刚走到门口，就天旋地转地失重倒下。

路远表情复杂地看着这一幕，微微松了口气。他掏出针筒在哥舒信的脖子上注射了一针，才拨通电话道："夏先生，我们的工作完成了一半。我不得不向你投诉，这次安排的佣兵实力低于预期。是的，未知罪案调查科的家伙出乎意料地棘手。是吗？为此你会给我们一个折扣？我们并不缺钱，我们需要的是安全。安全！你明白吗？"

电话另一头，银牛角的夏鸿恩一脸莫名。他倒了一杯红酒慢慢转动，低声道："乐族的家伙真是计较啊，不过未知罪案调查科的确有些失控了。"

老鲨并无大碍，她当时先是听到路远说头晕，随即自己也晕了过去，醒来后才知道发生了那么多事。

"路先生怎么样了？"她一见到唐飞就问。

"他被敌人带走了，哥舒信跟了过去，但已经有半个小时没有联系我。"唐飞道，"看来哥舒信出事了。"

"传说中的杀人王出事了？"老鲨皱起眉头。

"这你倒是不用担心，除非遇到陷阱，正面作战很少有人动得了他，倒是你自己怎么中毒的，有想法吗？"唐飞问。

老鲨想了想，低声道："我肯定没有胡乱吃东西，除非那毒药是接触皮肤而作用的。但一般那种毒都有征兆……我倒下前，作家先生已经倒下了……等等……我好像看到他是自己跳出窗外的。那么说，他没有中毒？"

"路远会不会……"唐飞没有说下去，毕竟没有证据，而且路远帮半神星球的音乐人能有什么好处？

这时，结束演唱会的诺斯来见他们。

"唐飞先生，听说你们管制了太空海关，但有很多来演唱会的贵宾是着急回去的。"诺斯苦着脸说。

"的确影响了大家的日常，这也是没办法的事，毕竟路远先生被绑架，算是紧急状态。"唐飞解释道，"不过只要身份得到核实，我们很快会恢复海关。"

诺斯说："那么……大约要多久。"

"私人飞行器四个小时，银河航班十二个小时。"唐飞严肃道。

诺斯松了口气，笑道："那我可以向他们交代了，可是还有一件事……"

"怎么？"唐飞眉毛挑了挑。

诺斯道："不太好开口。由于航班延误，我必须借我朋友卡兰亲王的飞船离开地球，所以我需要现在就出发去航空港。"

"那么急？"老鲨皱眉说。

"我有点害怕。说实话，我觉得在亲王的船上比较安全。我有个不情之请，"诺斯认真对唐飞道，"能否请你保护我前往下一站？"

"送你去航空港星际海关？没问题。"唐飞回答。

诺斯道："我知道，你还需要寻找路远，但是，既然哥舒先生在营救他……我这里……"

唐飞笑了笑说："我明白，保护你是我的责任，等我和总部交代一下就出发。"

他转身看了老鲨一眼，老鲨流露出困惑之色。

唐飞道："老鲨，你回总部去，我需要你查一些资料。"

第九章

飞 船 激 斗

唐飞走入船舰大厅，看到整个飞船布置得非常简单，卫兵也不多。他忽然觉得呼吸困难，然后一晃身子倒了下去。

　　他们的目的地，地球星空基地"银河1号门"是位于加拿大上空的巨大悬空港。地球上一共有三个这样的银河通道，从地图上看它们组成为一个三角形。悬空港距离地面有两万米的高度，普通人绝对无法发现它的存在。旅客们在这里有两种选择，一是通过银河系联盟的传送门到达月球基地乘坐宇宙航班；二是通过私人飞行器在这里进入星际轨道，自己选择航线。

　　空港并不繁忙，诺斯他们很快就处理好离境手续，在休息区等待亲王飞船的到来。

　　唐飞调查了卡兰亲王，这位银河联盟的权贵手里掌握着许多财富，但此人并未到过地球。诺斯说要借用对方的飞船，但除了那些文件外，并没有什么亲王来核实这件事。说这是个骗局或许有些过分，但有很大的可能是事先计划好的。

　　"我知道你怀疑诺斯，但如果路远有嫌疑，诺斯也有，那他们叫我们来的目的是什么？"老鲨在联络器里悄悄问。

"你猜呢？"唐飞道，"也许他看出我有唱歌天赋，要带我去银河做歌星。"

"什么乱七八糟的啊。"老鲨笑骂。

"你不知道我从前做过歌神吗？"唐飞煞有其事地说。

"是！你做过口水歌神……"老鲨鄙视道。

唐飞一怔，口水歌神这个绰号对方是从哪里知道的？在异现场调查科的时候他是口水歌神，苏七七是垃圾歌后。

老鲨紧张的情绪略有放松，将消息汇总道："我这里也有了新进展，我们突击检查了路远的别墅，在他家后花园里发现了他的尸体，路远已经死了三天了。"

"路远是假的，不知诺斯是真是假。"

"你不久前刚听了他的演唱会，诺斯是真的吧。"老鲨道，"你这边情况如何？我走之前给你的东西用了吗？"

"不敢不用。"唐飞认真道，"空港派了十个卫兵，卫队长胡克不简单，估计着一会儿亲王的船上还有二十个卫兵。这些荷枪实弹的应该全是对方的人，所以……"

"所以对方的目标居然由艺术家变成了你，一个武术家？"老鲨皱起眉头。

"真是看得起我。"唐飞道，"二十年前，武神猎人麦卡特尼就在武学家身上寻找生命晶体，说明这的确是一种选择。"

老鲨想了想道："我还是觉得这说不通。"

唐飞道："没有什么说不通的，蕾娜、列洪、路远、诺斯，如果三十年前举行仪式的有四个人，而主导的是诺斯，那么他要猎杀的就是那三个好友。"

"还是老问题，凶手为何隔了那么久才又出手？"老鲨问。

"这大概只有诺斯才知道了。美女，人要相信直觉。要知道，这世界上有许多事并不是那么合理的，各种莫名其妙的不合理才是世界的真实。"唐飞目光变得冰冷，"这些外星人就是世界上的不合理，可惜我知道得太晚。"

"你……"老鲨知道唐飞又陷入了过去。

唐飞笑了笑，目光慢慢柔和："但他们若以为，我和哥舒信会成为他们的猎物，那就是做白日梦了。"

老鲨道："阿信有消息了吗？"

"还没有，这家伙真不叫人省心。"唐飞冷冷看着远端靠近的飞船。

老鲨道："说到抓捕音乐人，他们的身体特征足以对你造成麻烦。不过如果你能找到梵高药剂，大量的梵高药剂会让他们的原子系统紊乱，这样或许可以制造机会。"

"问题是哪里去找大量的梵高药剂？"唐飞皱眉说。

诺斯走过来道："唐飞先生，你是否要检查一下飞船？"

"好的。"唐飞眼睛扫过遥远的天空，那边还停着一条小型飞船，距离这边足有三千米。他能感觉到狙击的危险，只是不知对方武器的威力有多大："告诉斯库利，让她调武器解决掉南面天空上的不明飞行器，我会接管亲王的飞船。"

飞船降落下来，唐飞在诺斯和船上护卫队长的引导下登上飞船。

唐飞走入船舰大厅，看到整个飞船布置得非常简单，卫兵也不多。他忽然觉得呼吸困难，然后一晃身子倒了下去。

"你方才说什么？这小子身手好？"卫队长胡克笑道，"我说了，不管是男人还是女人，外人吸入我们半神星球的空气都要倒下。我们那里的空气对非本星球的生物就是剧毒。"

"如你所言，先前那个哥舒信也是倒得无声无息。"路远从另一边的休息室走出，昏迷不醒的哥舒信正被锁在简易牢房里。

胡克瞪眼道："那家伙真杀了安德森？"

路远点头道："被打断了脖子。"

胡克深吸口气道："等你提取了生命晶体后，我要亲手杀了他。"

路远说："没问题，但生命晶体的激活需要至少十二个地球小时，培养出足够的量则要几个地球年，所以我们需要带着这两个家伙在太空里飞一段时间。"

"你为什么还用这老头子的身体？"诺斯递给对方一杯水酒。

"最近用习惯了，虽然这副皮囊差强人意了点儿，但他的头脑是极好的。"路远笑着说，"你必须承认，我设计的陷阱很成功。"

诺斯道："求援的人变成了布置陷阱的人，的确超出想象，但是……你最好能确保他们身上有生命晶体，不然我们就白忙一场了。"

路远冷笑道："白忙怕什么，不过是多费力杀两个地球人。可万一真培养出生命晶体，那可不仅是多了两份收益，而是多了一条产品线。"

"说得也是，你快动手吧。"诺斯催促道。

路远取出一支金色的针管，靠近唐飞后，将他的身体翻到正面。

"作家，你什么时候改做护士了？"唐飞眯着眼睛冷笑道。

"你……"路远一怔。

唐飞一把扣住他的手腕，路远奋力挣扎，但唐飞的手掌好像钢钳。

路远尖叫一声，手臂化作黑色的音符四散开来，向后连退几步。

"你没有中毒？"诺斯吃惊地说道，同时狠狠瞪了胡克一眼。

"你说呢？"唐飞站起，舒展了一下身子，"也许你们散播在船上的毒药的确无色无味，但是我的体质也不是什么垃圾星球来的毒药都有效，我是唐门的人，唐门可是用毒的世家。"

路远怒道："那又如何？你独自登船，现在飞船已起飞。你一个人能把我们怎么样？"

胡克上前一步道："单对单，我可以解决他。"

唐飞摇了摇手指，笑道："虽然，我也想说自己一个就能解决掉你们所有人，但是在这船上我毕竟还有个搭档在。"

"搭档？"诺斯扬眉看了眼临时监狱。

"哥舒信，你要假睡偷懒到几时？"唐飞高声道。

"你都说了，可以一个人解决，还叫我做什么？"哥舒信懒洋洋地站起，也不见他有什么动作手铐就被挣脱，而后他一步跨出光束牢笼。

唐飞重新望定诺斯和路远："你们一定后悔没有多带些佣兵来，但在开打前，我有两个问题需要你们给我一个解释。第一个问题，你们杀人是为了提取生命晶体，那又为什么要修改列洪的乐谱？"

诺斯笑道："因为他的编曲不够好，你没听演唱会吗？我演出的版本才是最好的。"

"原来是强迫症……"唐飞皱眉道，"第二个问题，生命晶体到底有什么用？

你们为何不惜杀人也要得到它？"

路远道："生命晶体可以给宇宙里的贵族提供获得永恒生命的机会。"

胡克补充道："在宇宙的深处，一些禁忌科技甚至需要生命晶体来作为能源。"

诺斯道："我们原本以为生命晶体只能产生在艺术家身上，但我兄弟在银河监狱里得到消息，说它也可能产生在武道家体内。我原本只是想斩断能追究到我们头上的线索，但他认为既然你们那么厉害，正好拿你们做个实验。"

路远道："生命晶体能提供一切艺术的灵感。它比毒品，比黄金，比钻石，比世间的一切都要值钱。能参与到这项研究，是你们的荣幸。"

哥舒信挑挑眉，冷笑道："比你们的命还值钱吗？"又转而看向唐飞，"唐飞，要我说就把他们一个不留地处理了吧。"

"你这家伙……总部说少杀人啊。"唐飞苦笑。

路远冲着卫兵大叫道："杀了他们。"

周围卫兵举起武器向唐飞和哥舒信开火，唐飞手做拈花状，一把撒出二十枚钢针，但只有六七枚击中敌人。哥舒信一把将他推开，两人各自找了个位置躲过敌人第一轮射击。敌人强大的火力，把两人压得抬不起头。

"就这样你还想少杀人？"哥舒信怒道。

唐飞没有理他，只是看着手掌，低骂了一句，自语道："没事，再来一次。一个个来。"

卫兵们气势汹汹提枪扫射，忽而接二连三掉了武器。个个见自己扣扳机的手指上钉着枚钢针，所有人都抬头张望着，惊恐万分地寻找唐飞的身影。

不断变换位置的唐飞道："排好队一个个来，这样我能准一点。"

"别拖后腿了你！"哥舒信刀风卷起，那些卫兵立即被罡风击倒。

唐飞冷笑一声双手扬起，钢针穿过路远和诺斯的身子，钉在船舱墙壁上，而胡克则接下了其中一枚。

"这种东西最讨厌了。"唐飞看着那两个乐族懊恼道。

哥舒信左手握拳，冷笑道："他们交给我吧，你找我来，本就是干这个的。"

胡克怒道："你的对手是我！"他拔出后背的双刀，灵动地斩向唐飞。

唐飞斜掠而出，一警棍砸在双刀上，但是警棍居然无声无息地被削成两节。

胡克一刀快过一刀，唐飞先步步后退，而后突然反向侧身让过刀锋，抬手一枚钢针钉向对方面门。胡克却不闪不避，双刀一绞斩向对方肩膀。唐飞身子螺旋一扭惊险躲过，战斗服被划破。

胡克的左眼中了钢针却不见鲜血流下，像没事人一样，双刀一展，再次趁机进攻。

"生化机器人？真是受够了！"唐飞怒道。

哥舒信道："我早说了，暗器什么的是花拳绣腿。"

"×！管好你自己！"唐飞突然止步不再退让，反而凝神静气，一拳砸在刀锋上。

胡克被这股力量震得微微一顿，左手的刀被夺走。他大骇飞退，隔着六七步远，瞪向愤怒的唐飞。

另一边，诺斯和路远两个音乐人化作了一堆音符。他们时不时变成各种形状，仿佛两群蜜蜂似的，用各种办法寻找间隙，攻击着哥舒信。他们甚至会变成其他人的样子，一会儿蕾娜，一会儿列洪，甚至变出了各种各样的歌星形象。

哥舒信施展"八风不动"，身边一米的范围内没有音符可以进入。他试过用刀风扫过那些音符，但乐族实际上并无实体，所以无法重伤他们。双方都奈何不了对方，一时间陷入僵持不下的境地。

"哎哟，埋汰我的时候，话比刀子可锋利多了。"唐飞背着手，淡定地在一旁道，"我还以为你很快能搞定，结果还不是一样。"

"废话！"哥舒信扫了眼边上被斩断了手脚的生化机器人，好笑道，"你也没强到哪儿去，还叫我少杀人，你……"

"闪开！"他话还没说完，唐飞已经大喝一声，按动衣领的徽章，调出了冷冻喷枪。哥舒信立即飞身一脚扫落试图冲向自己的两个音乐人，大量的冷冻液从枪口喷出，那两个音乐人瞬间被冻成一片。

"机器人不是人……"唐飞收了枪，瞥了哥舒信一眼，大大咧咧道。

哥舒信的目光却未从那两个音乐人身上移开，他眯着眼睛道："你以为这就可以了？"

"不然呢？"唐飞说。

说话间，被冷冻的音乐人忽然冒出炽烈的火光。哥舒信与唐飞对视了一眼，心中一沉。两个音乐人迅速融合成一个近三米多高的巨人，身上竟然还泛起金属的光泽。

"你们太小看我们乐族了！"巨人挥动粗壮的胳膊砸向唐飞。

"还能合体……"唐飞双掌拦下这一击，借力侧身飞退。他眼睛一亮，身子如陀螺旋转，钢针以满天花雨的手法散出。

"叮，叮，叮……"大半的钢针打偏，但另一小半还是打入了巨人体内。巨人痛苦万分，轰然半跪在地。

"还有一点职业水平嘛。"哥舒信观战之余，不忘赞道。

巨人彻底被激怒，随着他愤怒地一声大吼，巨大的颤音把房间里所有的玻璃和脆弱的物品全部震碎，连带着冰柜里也渗透出薄薄一层金色的液体。

唐飞和哥舒信被震得眼前一黑，二人只觉得这声波将整个大厅里没固定的东西都掀了起来。顾不得细看，唐飞在身边的桌椅飞起时，本能地抓住了一根柱子平衡住身子。

巨人虽然身形巨大，行动起来不太方便，但并不笨拙。他一个箭步跨到唐飞面前，双拳合并一锤砸下。唐飞面沉似水，身子就地一滚，人就靠在了冰柜上。巨人怒吼一声，大脚落下，巨大的声波导致冰柜完全崩裂，大量的梵高药剂溅射出来。

巨人被梵高药剂灼伤，愈发暴怒，如飓风般追击唐飞。唐飞目光一凛，抓住其中一个金属瓶子，把整瓶药剂倒在自己身上。

在巨人扑过来时，唐飞悍然迎了上去。他如一只猴子一般灵巧地躲过一击，随即双脚猛地蹬地，身子跃起，直蹿到巨人肩头，一把将对方的脖子抱住。梵高药剂渗透到巨人的身上，那金属色泽产生了诡异的变化。

巨人连续转身也无法摆脱唐飞，再次愤怒大吼，强大的声波终于把唐飞弹开六七米远，可是他肩头被唐飞钉上了一把匕首。

"他变成实体了！"唐飞在落地的瞬间大叫。

哥舒信立时左手成刀状，低声吟道："少年，十五二十时……"

灿烂炽烈的刀芒在其手中炸裂，仿佛万马奔腾，杀意毁天灭地而起！狂野的刀风在半空中，与那巨人擦身而过，巨人身上裂开无数刀痕，碎落一地。

看着那一块块的碎片，唐飞这次不敢再大意了，小心翼翼道："不会复活的吧？"

"当然不会。不过，你刚才不是还说不能杀人吗？"哥舒信没好气道。

"你真是计较啊！"唐飞撇了撇嘴，拨通联络器，询问了老鲨几句，又从口袋里掏出一个像吸尘器一样的物品，把音乐人的碎片吸了进去。

碎片被吸入时，还发出了"叮叮咚咚"的旋律声，听得二人一阵心惊。

突然，整个飞船晃了一下，唐飞摔了一跤，疼得龇牙咧嘴。等他爬起身来，飞船已经开始极速下坠。

"糟糕，忘记还有艘狙击手的飞船。对方如果有舰炮，我们就危险了。"唐飞跑到驾驶室盯着屏幕道。

"你会开飞船？"哥舒信问。

"不会。"唐飞坦然回答。

哥舒信不由气结，一把推开对方，自己站到了操作台前。哥舒信启动"智能视角"，上面提示了所有驾驶按钮。他飞快地按下几个键，飞船逐渐稳住飞行，又按下几个颜色的按钮，哥舒信调出了这条船的武器。

"行啊！"唐飞大喜，"我先来一发！"

"蠢材，你打偏到哪里去了？我们只有两发破甲弹。"哥舒信看着屏幕道。

唐飞有点尴尬道："再来再来，刚才不算！这个和打暗器不一样。我说，你快把飞船掉头啊！它飞到我们身后去了。"

"废话，当然不一样。"哥舒信说。

轰隆！二人的飞船再次遭到炮击，飞船的护甲被敌人破开，操作台亮起整整两排红灯，半边发动机失去作用，飞船内部严重失重……

哥舒信手忙脚乱地把飞船掉转回头，唐飞悬在半空的身子转换方向，立即按动击发按钮。

"你他妈又打偏了……"哥舒信做了个看不下去的动作。

"你他妈瞎了！"唐飞指着远处爆裂开的敌人飞船，"老子明明打中了！老子就是个天才！"

"你……"哥舒信难以置信地看着前方，那条多次攻击他们的飞船的确爆炸了。

唐飞皱眉看着一片划过飞船的残骸，吃惊道："那是银牛角的标志吗？"

"唐飞，敌人的飞船被我们击毁了，但对方有弹射出逃生舱，可能有人逃生。你那边情况如何？"这时，两人的联络器响起，斯库利的声音传来。

"×，我就知道不是你打的。"哥舒信看向强装镇定的唐飞，一面狂笑，一面努力修复了重力系统。

"笑什么？"唐飞坐回位置给了对方一拳，仍旧辩解道，"说不定是他们打偏了，其实是我打的呢？"

"哥们儿，我得让你这白日梦醒醒了啊！"哥舒信说着，手上方向一偏，飞船陡然一个变向，将毫无准备的唐飞直接摔出了座位。

"你能开稳一点吗？"

听他们这里闹成一片，斯库利默默挂掉了联络器："那个整天板着脸的杀人王居然会笑？"她嘟囔了一句。一旁听到他们对话的老鲨则是会心一笑。

案件解决，众人回到风名市总部。

"我们在飞船的存储器里，找到了诺斯的日记。"老鲨拿着一份档案到了哥舒信面前。

哥舒信正在测试身体状况，毕竟他在飞船上被注射了 10 毫升的梵高药剂。

"你确定自己分清了谁是诺斯，谁是路远？"他问。

"当然，他的日记里写得挺清楚，你看了就知道。"老鲨说。

诺斯和路远的本名叫克莱恩和普莱斯，是来自半神星球的乐族兄弟。他们作为银河药剂师，主要工作是在宇宙里收集生命晶体贩卖，上家是半神星球的天幕集团。生命晶体在宇宙里非常稀少，并不是每个种族都能产出。他们发现地球人里的某些人，比如那些才华横溢的艺术天才，在使用"恒星药剂"，也就是地球人说的梵高药剂后，可以产生少量的生命晶体。自然产生的晶体，相对量多而且成色好，培植时间则是三到五年不等。

"生命晶体"分三个档次，在多次尝试后，研究表明必须让艺术家处于亢奋并且积极的状态下，才能产生高价值的"生命晶体"。于是他们在地球上，努力和艺术家交朋友，试图培植生命晶体。当然，当他们提取生命晶体后，那些艺术家将不可避免地死亡。

"在蕾娜之前，他们已经在地球上三十年了，不知祸害了多少艺术家。这些外星生命真是长寿啊。"哥舒信说。

"是的，乐族的平均寿命有五百个地球年。"老鲨看了看哥舒信的数据，微笑道，"梵高药剂似乎并没有对你造成影响。"

"我本来就没有什么艺术细胞。"哥舒信合上档案，"懒得看了，你告诉我他们为何中间停了三十年吧。还是他们并没有停止，只是不在地球上作案？"

"他们确实停止了一段时间。"老鲨道，"在之前交易的时候，哥哥普莱斯在外太空被卷入某个意外事件，所以被关了三十年。"

哥舒信点头道："对他们来说三十年不算什么，所以做哥哥的一出狱，他们就又开始了。"

"差不多就是这样。诺斯这个身份是克莱恩一手打造的，算是真实的身份。普莱斯在监狱里听说，强大的异能者也能产生生命晶体，所以发现未知罪案调查科盯上他们后，他就反过来准备猎杀你们。"老鲨笑道，"他们扮演诺斯和路远在演唱会做了个局，原本就是要把你和唐飞分开。没想到你出奇的厉害，却也出奇的蠢，居然把自己送到他们飞船上。半神星球的飞船上建立有只适合那边生物的环境系统，所以他们一点也不害怕你的入侵。"

"也不知是谁蠢，我不是好好的吗？"哥舒信穿上外套，"走了。"

是啊，谁知道你和唐飞都是怪物呢？老鲨忽然道："还有个消息，我们在击落的外星飞船上找到了银牛角的徽记。帮助乐族走私的组织是银牛角，这事情可能还有后续。"

哥舒信头也不回，只是挥了挥手。

另一边，唐飞正努力清洗身上的"梵高药剂"，一旁的电脑里播放着蕾娜的《寂寞月光》。

忽然，他的联络器响了起来。唐飞快速穿上衣服，打开视频，对面是一个长发苍白的男子。

"野马星人，"唐飞扬眉道，"这真是意外。"

夏鸿恩道："唐飞先生，我听说外星重案组很缺人手。"

"怎么，你想加入我们？"唐飞打断他道。

夏鸿恩皱了皱眉，苦笑道："我要说的是，你们人手不足，要管的也不只是走私案，你为什么每次都要和我们作对。"

"我可没那闲工夫和你作对，我们是在通缉你！"唐飞打开啤酒喝了一口。

"你这次杀的半神星球乐族是我们的客户，"夏鸿恩说，"你这样下去，我们银牛角不得不对你采取措施。"

"是吗？你打电话来就是告诉我这个？"唐飞问。

"我们银牛角一贯以生意为重，未来将在地球上扩大生意，不想和这里的执法人员闹得太僵，所以……唐飞先生，我们交个朋友好吗？"

"你们的许多生意对地球人来说都是威胁，"唐飞模仿着对方语气道，"所以……交朋友是不可能的。"

"那你的生活将会很不好过了。"野马星人笑着挂断了视频。

唐飞淡然喝了口酒，自语道："不好过很久了，那又怎么样？"

一望无垠的星空中，一个逃生舱落在一荒凉的小行星上。一台巨大的机甲从小行星地下飞出，将逃生舱收入其中。

"你们小队在地球遇到麻烦？"一个声音问。

"是的，胡克死了。地球上有厉害的家伙。"被救的人眉间有着第三颗眼睛。

"那两个乐族是我们银牛角的大客户，夏鸿恩要求我们多照顾他们，但现在的损失超出了我们的计划，地球人必须付出代价。"

三眼人眼中露出敬畏之色，恭敬道："阁下，獠牙军团，有仇必报，以牙还牙。"

"先去地球，上头在那边安排了一件工作，报仇的事只是举手之劳。"

"小行星"晃动一下，飞向遥远的地球，这居然是一艘飞船。

在遥远的地球，一个机械车间内，平板电脑里的银河新闻正播放着外星飞碟在大海里被打捞起的画面，那个破裂的银牛角徽记让白衣人想起了很多往事。

他穿过车间，来到办公室里的密室，认真看了看黑色圆球，自语道："寒潮就要来了。"

第十章

酒 吧 凶 案

屋顶远端站着个赤手空拳的灰衣短发男子，面孔大部分被竖起的衣领遮住，身高大约在一米七五左右。

"你跟了我一晚上了，想要做什么？"唐飞问。

秋日的傍晚，天总是黑得比较早。淡淡的路灯下，闹中取静的房子周围只有幽静的花草。

李彦早早地来到店里，因为天黑得早，人们的夜生活自然开始得也早。鉴于狗日的冬天还没有来，这几天的生意会好一些。另外，今晚他的酒吧有个特别聚会，就是要为酒吧合伙人孙瑞开庆祝派对。

孙瑞这几个月过得很糟糕。先是，三个月前他的生物研究所发生了爆炸，死了十多个员工。接着，上个月生物研究所的合伙人遇到入室抢劫，也死在自家的后院。

好不容易孙瑞今天得到了个好消息——原本可能会非常冗长的理赔流程出乎意料的顺利，今天保险公司给出了答复，将确认支付理赔金。所以几个朋友一起给他开这个庆祝会，用来去去晦气。

李彦呼吸了一下干冷的空气，看了眼停车位上的黑色保时捷。那小子居然来得比我还早？这倒是没想到。

孙瑞和李彦合开酒吧，还是很久以前的事。那时候两人刚大学毕业，胡天胡地了几年后，决定自己开一家酒吧玩耍。后来孙瑞继承了家业，也没有退股。说起来，两人认识真的好多年了。

"伙计！"李彦拉开虚掩的店门，"怎么不开大灯啊？"

没人回答。

酒吧里只有吧台处亮着一盏小灯，所以光线非常昏暗。李彦侧身入了门，只觉空气中弥漫着一股子怪异的味道。

他吸了吸鼻子，提着袋子走向吧台："我订了上品的肋排，你最喜欢的。"

脚下似乎有些黏腻的感觉，李彦皱着眉走得有些不自在。一个不小心，脚步不稳，李彦踉跄着就要扑倒在地。慌乱中，他手扶住吧台才勉强稳住了身子，可当他把袋子摆在台面上，袋子竟然瞬间就湿了。

"这是什么鬼……"

李彦拎起袋子凑到灯下去看，才忽然反应过来，那黏糊糊的东西散发出来的是血腥味。他倒吸一口冷气，丢下手里的东西，赶紧去开大灯。因为脚步发软，又想尽可能走得快些，李彦险些又一次滑倒。

大灯打开，亮堂堂的灯光下，那骇人的场面让李彦终于忍不住，跌在了地上。

孙瑞被切开了喉咙摆在空地上，面目十分狰狞，他尸体下画着一幅图案，看着十分诡异。尸体周围淌的满是鲜血，所以李彦刚走到店里时感受到的黏腻就是踩到了血浆。

七点，唐飞坐在近来最喜欢的面馆里，点上了一支烟。

馆子里人不多，不远处的炉灶上腾腾地冒着热气。唐飞慢悠悠地抽了两口烟，扫了一眼桌上不停震动的手机就顺手按掉。手机安静了二十秒，又激烈地震动起来，唐飞不经思考地再次将陌生来电按掉。

这一次手机安静了一分钟。唐飞正要吸最后一口，对方又锲而不舍地再次拨打过来。

　　将烟头掐灭在烟灰缸里，唐飞皱着眉接起电话："你好，哪位？"

　　"唐飞先生，我是班达拉斯。艾玛·班达拉斯。"一个女子的声音说。

　　"堂·班达拉斯先生的女儿？"唐飞问。

　　"是的，我这里有个案子，父亲说之前跟你提过，"艾玛直接道，"你有印象吗？"

　　"说实话，没什么印象了，只记得是一起入室抢劫杀人？找我什么事？"唐飞也回答得很干脆。

　　艾玛说："当时我们就认为凶手很特殊，现在有新的案子，似乎是同一个凶手所为。你在风名哪里？能过来一下吗？"

　　面馆老板端上了拉面，唐飞看着筷子，低声道："我在休假，而且我不办普通人的案子。"

　　艾玛说："上次你答应他的。"

　　"我答应了什么？"

　　艾玛说："你答应说这个案子如果有了新线索，或者我遇到困难可以找你帮忙。现在新的线索有了，我也确实遇到困难了。你在西城吧？我在第十区第十五街的蓝焰酒吧等你。"

　　对方如机关枪一样一口气说完，并不由分说地挂断了电话。

　　唐飞皱眉看看手机，又看看热气腾腾的拉面，开始回忆起来。之前在上海，他的确答应过这么件事，在外星文明部的银河交流会上，美女上司斯库利把他介绍给国际刑警高层，也就是在西城有着极高声望和极强势力的班达拉斯家族的家主——堂·班达拉斯。

　　艾玛是老班达拉斯的小女儿，如今是风名市西城警局第十区的警长。老班达拉斯给唐飞介绍那一起入室抢劫杀人案时，艾玛并不在场。他说艾玛觉得那不是一个简单的抢劫案，但并没有进一步证据支持她的观点，所以唐飞就客气了一句，说以后有新线索了，可以找他帮忙。

　　这人真不懂什么是客套话吗？班达拉斯家的人不该那么单纯啊。唐飞无奈地摇摇头，提起筷子把三两拉面一口吞了下去。

尽管他是这里的老客人，但这一举动还是吓到了面馆老板娘。

唐飞笑了笑，把牛肉全部塞进嘴里，拍了拍胸脯走出面馆。

来到蓝焰酒吧，唐飞换好了未知罪案调查科的黑色制服。他朝外围的警察亮出证件，进入黄色警戒线。唐飞走入警戒区的瞬间，忽然感到有人看着他。他回头望去，外头围观的人群里并没有十分惹眼的人。

屋里屋外是截然不同的两个世界。酒吧里布置得相当别致，但精致的摆设和灯光与这浓重的血腥气，组成了怪异的恐怖感。

一头褐色短发的艾玛·班达拉斯正在勘查现场，她穿着褐色皮夹克，脚踩深色小皮靴，显得颇为干练。

"班达拉斯警长。"唐飞打了个招呼，亮出证件。

艾玛看了他一眼，也不寒暄，直接递给他一副橡皮手套，说道："这里到处是血，你小心一点。"

"尸体看着很普通，胸口三刀，脖子上一刀。"唐飞麻利地戴好橡皮手套，走近尸体检查了一下，简单分析着，"凶手大约一米七到一米七五之间，手臂有力，下手果断。尸体下方画的什么？"

艾玛说："我们还没移动尸体，等你过来一起看。"

唐飞起身将手套脱下，随手递给走过来的工作人员，回头问道："你怎么知道我一定会来？"

艾玛笑而不语，让工作人员挪开尸体，那由鲜血绘制的图案就全展示出来。

"烟火？爆炸？"唐飞问。

"三个月前，死者名下的研究所发生了爆炸，凶手或许认为他应该为爆炸负责。"艾玛递给唐飞一台平板记事本，上面有另一个案子的简报。

唐飞没有看报告，抬手将平板挡了回去："先说眼前的，你能介绍一下死者的情况吗？"

艾玛微微皱眉，低声说："死者叫孙瑞，男性，四十二岁，是这个酒吧的股东之一。他今晚在这里有个庆祝派对。"

"庆祝什么？"唐飞问。

"他研究所的爆炸案，今天保险公司确认理赔了。"艾玛指了指报告，"上一个案子的死者吴强，也是那家研究所的老板。从股权来说，孙瑞是大老板，不过外界都说，是吴强该为爆炸负责。"

"那么说，他尸体下的图案就是爆炸发生的景象？"唐飞思考着，"上一个案子，我记得没有这种仪式感的部分。"

"是的，上一次凶手没有画图。"艾玛点头，"看来，我父亲已经给你详细地说过案子。"

唐飞看着四周，点头道："是的。我记得也是在一个傍晚，那个吴强被杀死在自家后院。那人身上中了三刀，脖子上一刀，手法是一样的。凶手拿走了死者家里一万左右的现金，以及部分珠宝首饰。保险柜没动，不知是没问出密码，还是对方根本就没有兴趣。"

"两个案子还有一个类似的地方，案发现场的脚印都是四十二码的鞋子，而且都是运动鞋。"艾玛补充道。

"所以，你叫我来是为了……"唐飞拖长了声音问。

艾玛让周围的工作人员离开酒吧，才认真地说道："我听说你办过许多特殊的案子，我希望你能帮我打开思路。说实话，我刚调来第十区不久，这两起案子又有着共同点，我一时还想不清楚该怎样调查。"

唐飞笑了笑："你曾经在英国留学，也在苏格兰学习过，至今已经做了五年侦探，说起来，你应该不需要我啊。"

"但是上一个案子，我就没有头绪。"艾玛苦笑了一下。

唐飞在酒吧里慢慢转了一圈，看着洗手池边的一丝血迹，沉声道："凶手在这里脱下了血衣，然后从前门离开的酒吧。后门更冷清，他为什么不走后门？"

"后门有摄像头监控……"

"前门一样有，甚至在吧台也有。"唐飞指了指屋顶的摄像头。

艾玛摇头道："凶手事先已经处理过了这几个摄像头，不过，技术部门在排查附近的其他摄像头。"

唐飞道："建议寻找带着较大双肩包或长旅行包的人，时间范围集中在案发时间的一小时前后，地点则要有两个街口。工作量会比较大。"

艾玛说："我之前就布置下去了，估计半个小时后会有结果。"

唐飞想了想，自语道："有点不对劲，不像普通杀人。"他蓦然想到进酒吧之前感觉到的眼神，思量着这个杀手真有那么厉害吗？

"根据两个案子的特征，我觉得是连环杀人案。"艾玛认真地说，"这肯定不是普通的案子，所以我需要你帮忙。"

"我未必能帮到你，但从这幅画看，凶手显然是冲着爆炸事件来的，我们可以理一下爆炸事件的受害者。"

"我们回警局！"艾玛点头道。

第十区警局，艾玛·班达拉斯整理的研究中心爆炸档案有一百多页那么厚。

"爆炸发生在下午五点十二分，实验部那栋六层高的楼房直接被炸倒。当时在加班的科恩博士以及十一个工作人员同时遇难。"艾玛心有余悸道，"研究中心距离我们警局也就五个街口，当时的震感相当明显。因为这场爆炸，附近许多商店的玻璃橱窗也被震碎。还因为这一突发事件，导致了多起交通事故。"

"我看过这条新闻。"唐飞翻看着档案，问道，"相信你已经排查过所有受害人。等我看完，我列一份名单，和你之前怀疑的名单对比一下。"

"好的，辛苦你了。"艾玛微笑道，"你还没吃饭吧？要叫点什么吗？"

"不用，我吃过了。"唐飞说完，就沉浸到档案里去了。

唐飞到未知罪案调查科之前，在西城警局做了三年的文书工作，所以他很清楚文书工作的重点是什么，档案里最容易遗漏的是什么。第十局做的受害者调查资料非常细致，除了爆炸遇难人员，就连周边商店和民居受到的损失也列了出来。

从资料里可以看出，研究中心的拥有者孙瑞和吴强对遇难者和社区的赔偿也基本到位，不说有额外的赔偿，至少并不算吝啬。

唐飞翻到档案最后几页，发现只有一个遇难者的家属寄出过威胁邮件。那是一位在爆炸案中遇难的教授的儿子写的，但是这个人目前还在国外。

唐飞把一个个人名列出来，又一个接一个划去，最后纸上剩下两个名字。

这时，艾玛拿来了平板电脑，上面都是带着大包的路人照片。一小时的时间里，出现在案发区域的居然有七十多人。

唐飞挨个地查看，指着其中一个灰色风衣的男子道："有点面熟。"

艾玛拿起边上的档案，翻到最后几页，拧起了眉头："佟杰？遇难的佟教授的儿子。记录上说他还没有回风名，我得去确认一下。"

唐飞把佟杰的名字添加到纸条上，艾玛已经火急火燎地走了。

过了一会儿，艾玛折身回来，确认道："他是前天回来的。我们没有追踪他的行踪，档案里也就没有更新。"

"谁没事会追踪所有遇难者家属的动向呢。"唐飞表示理解，他看着几个路口摄像头拍下的照片。这些照片并不算清晰，但是可以看出对方的行动毫无紧张感。只是有经过那边的照片，并不能算是证据啊，即便现在去对方的家，他也不会把证据带回家里。

艾玛拿起电话道："我派人查他现在在哪里。"过了一会儿，她皱眉道，"确认了行踪，佟杰回风名开会，他晚上在和客户吃饭，我安排警员跟着他了。"

"真有效率。"唐飞笑道。

"基本操作而已，不必拍马屁。"艾玛拿起纸条看了看，指着其中的一个名字，"这三个可疑人里，这个冯爱民我也怀疑过他。他拿到公司抚恤金后非常愤怒，表示金额远远不足以弥补他失去爱妻的痛苦。他甚至发动其他死者家属一起告孙、吴二人，但是当孙瑞指出冯爱民是因为欠了赌债所以才想讹诈公司，其他人也就不做声了。可是你为什么列出沈婕的名字？"

"遇到那么大的痛苦，不埋怨公司是不正常的，所以几乎所有遇难员工的家属都在抱怨。可是，她没有。"唐飞抓了一把头发，"她丈夫死了留下两个孩子，她的家境其实很困难。"

"不抱怨也会有嫌疑？"艾玛眯着眼睛道，"我和她聊过，是个不错的人。"

"我只是列出特别的人。"唐飞皱眉。

"那明天我带你去见这两个人。"艾玛眨了眨眼睛，将纸条塞回唐飞手里。

唐飞发现对方眼里精光闪烁，似乎是在说你就这点本事吗？他笑了笑："我有个不成熟的想法，想去名单上所有人的家里看看。"

"基础调查我的人做过了，这没必要吧？"艾玛说。

"以前有人告诉我，如果接了案子就要亲力亲为。"唐飞想了想，又解释了一句，"这只是我的习惯。"

艾玛说："你一定很崇拜那个人？"

"……"唐飞眼里闪过一丝痛苦，并不答话。

艾玛当即明白自己可能说错话了，忙重回正题："总之，你今晚不可能去拜访那些遇难者家属了。验尸官那里的报告，至少要明早才能出来。"说着，她在桌下的箱子里翻腾许久，摆上来一瓶威士忌，"去楼顶坐一会儿？"

"在深秋的季节？"唐飞诧异道。

第十区警局大楼只有五层，楼顶还很惬意地摆着桌子和沙发。窝在沙发上看城市的夜景，灯火通明的高楼间，尽是第十区的繁华。两个人只用了半个小时，那瓶威士忌就见了底。

"看不出来，你年纪轻轻倒是很会享受。"唐飞笑道。

"这可不是我折腾的，老班达拉斯在这里当差的时候就布置了，历代警长算是享受余荫吧。"女人淡然一笑，酒后的她面颊绯红，甚为妩媚。

"做大人物的女儿不容易吧？"唐飞说。

"做谁的女儿就容易了？"艾玛耸耸肩，摊手道，"再说了，什么就叫大人物了？"

"比如班达拉斯家族的成员啊，大概都算得上风名市的大人物。"唐飞哈哈笑道。

"你若这样说，那你破案这么厉害，我是不是也可以说你们唐家也都是风名市的大人物了！"艾玛挑衅地一笑。

"您千万别给我戴那高帽！我家就是一种地的，在四川乡下有几亩田，祖祖辈辈在那里种地……"

"瞎说什么呢？唐门掌门大人。"艾玛白了他一眼。

"你……"被人知道自己的秘密，总不是一件让人开心的事儿，唐飞面色微凝片刻，想到这人也不是恶意，这才面色和缓，"堂·班达拉斯给你介绍过我了，那你还问。"

艾玛说："我只是不知道唐门具体是什么，请你不要糊弄我。"

"好吧，我交代。"唐飞举起双手，做投降状，"唐门是一个古老的武学门派。我得承认，在我父亲去世后，我是现任的唐门门主。"

艾玛说："对不起，我不知道你父亲去世了。我不懂你们的那些门派，是不是就像魔法学院一样，是门徒拜师的地方？"

"这你还真说对了，就是类似那种地方。"唐飞说。

艾玛看着对方，忽然觉得很好笑："你看着可不像霍格沃兹的魔法老师。"

唐飞道："武术曾经是我们国家最璀璨的明珠，但是自从枪械被发明后，就走向了没落。人们常说只要刻苦就能学到真本事，但真正能吃苦的人并不多。学武本就不容易，要把武学修习到强过枪械那就更难了。"

"的确很难。"艾玛思索道，"你既然是唐门掌门，那你是传说中的武学高手吗？你的武术强过枪械了吗？"

唐飞摆手道："不，我可不算什么高手。"

"过分谦虚就是骄傲。"女人又白了他一眼——很媚的一眼。

唐飞冲对方举起杯子，两人碰杯把最后一口酒喝掉。

唐飞起身道："我的骄傲早就不复存在了。他们既然介绍过我，你该知道我现在的外号叫软糖。晚安了，姑娘。"

"你这人！刚说到有趣的话题。"女人拿空杯子丢向唐飞后脑勺。

唐飞也不回头，只是半侧身手腕一拨，那玻璃杯就画出一道漂亮的弧线落回桌上，四平八稳得连声音也没发出。

女人被这一幕镇住了，再要说话时，唐飞已紧着衣领走下楼梯。

唐飞来到楼下，快速拐过街角，他先是假装要上自己的哈雷摩托，忽然侧身凌空掠上左面僻静的屋顶。

屋顶远端站着个赤手空拳的灰衣短发男子，面孔大部分被竖起的衣领遮住，身高大约在一米七五左右。

115

"你跟了我一晚上了，想要做什么？"唐飞问。

"一晚上？你的感觉很敏锐嘛。"对方压着嗓子说。

"是你杀了孙瑞？"唐飞问。

"这要你来查。"对方说。

唐飞不多废话腾身而起，灰衣人急朝后退。拐过一个街角后，灰衣人居然和唐飞拉远了距离，不是对方更快，而是对地形更熟。唐飞深吸口气，陡然加速。灰衣人眼中闪过惊异之色，突然全力冲起，但是两人的距离仍旧被一寸寸拉近。跑过三条街后，唐飞已接近对方背后。

一枚钢针从唐飞指间弹出，灰衣人仓皇变向，闪过钢针。那人掠向街心喷泉，大步踏入水中，唐飞同时加速追到喷泉边。突然，喷泉中心的石人动了起来，捧着喷水花瓶的石头少女将瓶子砸向唐飞头顶。

唐飞怔了怔，险险让过石瓶。那"花瓶少女"不依不饶，继续挥瓶子砸来。唐飞双臂交错，挡下瓶子……

轰隆一声，石头粉碎。唐飞一个翻身，灰头土脸地退出喷泉，再找那灰衣人，已失去了对方的踪迹。

那个石头少女退回了喷泉中央，除了瓶子碎落了一半，根本看不出"她"动过的痕迹。

唐飞打开"智能视角"，审视这波澜不惊的水池。能变活的雕像他可从没见过。

"你说，外头有人监视我们？"艾玛说着，心里想这小子不会为了和自己搭讪故意说谎吧？应该不会啊，这小子离开的时候那么酷。

"一个华裔男子，只看到一双眼睛。你要小心一点，这个案子不简单。"唐飞说。

"当然不简单，不然我会找你帮忙？"艾玛回答。

唐飞沉默了一下道："说得也是。"

艾玛道："放心吧，我能保护自己。我是西城警局的警察，见惯了恐怖的东西。"

堂·班达拉斯给唐飞正式发了调令，临时调他去西城警局第十分局当差。说起来，国际刑警组织和西城警局并不是一个系统，但对这种大人物而言，似乎一点障碍也没有。

唐飞用两天的时间拜访了所有研究所爆炸的遇难者家属，如艾玛所言，警局的工作很到位，并没有什么遗漏。他在沈婕家里看了看，这位"善良"的女士过着坚忍的生活，她甚至新买了一把勃朗宁手枪。听说孙瑞也被杀了，沈婕显得非常失望和难过。她表面上看似乎在感叹悲剧的发生，但唐飞看得出，对方只是在恨为何不是自己动的手。

唐飞对那个佟杰的拜访也出乎意料的顺利。对方这次确实是以和客户开会为由，向公司申请回风名出差，处理父亲的遗物也是顺便要做的事儿。几个月前他走得太匆忙，很多事情没有办完。

"你知道蓝焰酒吧吗？"唐飞打量着对方问。佟杰的身高和昨晚见到的那个人相仿，但从感觉上讲，不像同一个人。

"知道啊，挺有名的。"佟杰回答。

"你这人不喝酒，却对酒吧这么熟悉。"艾玛若无其事地随口问道。

"这要我怎么回答。"佟杰挠头。

艾玛又问道："有人看到你昨晚出现在蓝焰酒吧附近，是去做什么？"

"什么意思？为什么要问这些？"佟杰莫名其妙道。

唐飞道："最近发生了一些事，我们需要确认一下你的行踪。不方便吗？"

佟杰皱眉道："也没有不方便，只是解释起来有点麻烦。"

"你说吧。"唐飞拿出记录本。

"是这样的，我回家处理很多杂事，也买了一些风名买不到的东西。"佟杰慢慢道，"那是我来风名前，就在网上订购的，结果三天还没送过来。同城的快递，你说这速度！"

"有时候确实会这样，同城的快递还没异地的快。"艾玛笑着说。

"昨天忽然有人给我打电话，说我的快递被送错地方了。我有两个选择，要么多等两天，要么我可以自己去那个地址拿。"佟杰翻开手机里的备忘录，上面写着一行地址，"这是那家快递公司的一个分站。我昨晚和客户约了吃饭，刚好经过那边，所以就去自己拿了。"

"别人打你电话？电话号码给我一下。"唐飞说。

佟杰打开了通讯录，唐飞把号码抄了下来。

"你昨天带的包还在家里吗？"唐飞问。

"当然在。"佟杰从卧室里拿出了一个大背包。这的确是摄像头拍下来的那个。

唐飞开启"智能视角"没有在包上发现血迹，他微微松了口气。

"我们会去确认这件事。"艾玛慢慢道，"你买的什么？"

佟杰指了指桌边的小箱子，笑道："一些电子产品，我们这里比其他地方便宜。"

唐飞想了想又道："我知道你是开车的，为什么取快递的时候没有开车呢？"

佟杰道："打电话的人跟我提了一句，说那边停车很不方便，所以我走了一个路口。"

唐飞告辞离开，佟杰追问道："到底发生了什么？"

唐飞道："孙瑞昨晚死了，这是例行询问，我每家都要去。"

离开佟杰的家，唐飞拨打起那个所谓的"快递公司"的电话，并没有人接听。他用"智能视角"检索这个号码，系统显示这是一次性的付费号码，无从查起，而佟杰购买电子产品的商家也是普通商家。

艾玛叹气道："这样一来，没有查到什么新线索。"

"不，"唐飞笑了笑道，"凶手花了很多时间来误导我们，如果他以为能一直误导我们，那就是我们抓到他的机会。"

艾玛道："那凶手只用一件快递，就调动了佟杰的行动，消耗我们那么多时间，还真是不简单，有点聪明过分了。"

唐飞回头看了看佟杰的住宅，慢慢道："你确认吴强被杀的时候，他没有在风名吗？"

艾玛道："百分百确认。那时候所有遇难者家属都是嫌疑人，我们挨个排查过。你还是怀疑他？为什么怀疑呢？"

唐飞道："如果朝复杂了想，佟杰有没有可能在那时候就潜回风名杀人，这次只是沉迷于杀人的乐趣，在和警察做游戏呢？"

"这……很多连环杀手是有这种癖好，喜欢直接参与到调查里，但是……"艾玛有点纠结。

"我知道你很头疼，所以让我去看看吴强被杀的现场吧。"唐飞说，"对这个佟杰继续监控。"

站在吴强的花园里，艾玛说："孙瑞的尸检报告显示，他和吴强死于同一把凶器，从手法看也应该是同一个凶手。按道理说凶手提着血衣和凶器，应该很显眼。他至少要有一个双肩包，或者大挎包，才能把衣服、鞋子、刀都装上。这里虽然没有新人入住，但案件已经发生一个月了，你还能看出什么？"

"重温一遍凶手动手的过程，可能会有新发现。"唐飞道，"你不用跟着我。"

"如果能有新发现，我也希望第一时间知道。"艾玛却不听他吩咐，坚持道。

唐飞根据案件简报绕着房子走了一圈。吴强是和妻子分居的，所以那天傍晚时分他工作结束回家，这里只有他和两个仆人，但是两个仆人表示，当时一个人在外面采购，一个在厨房做饭，都没有听到外面的动静。

"吴强有种花的爱好，回家后在花园摆弄花草。"唐飞站在案发地的大树下，边上时不时地有鸟叫声传来，"这里距离花坛大约三米，花坛的泥土被翻动了，说明他当时在干活。当凶手过来，他并没有觉得意外，而是迎了上去。"

"两人说了几句话，凶手突然动手，"艾玛说，"吴强当胸中刀，又被一刀割喉。"

"这里有两个问题：第一，要造成死者的伤口，必须是正面袭击。凶手为什么有正面袭击的机会？他们认识吗？"唐飞停了一下，比画道，"第二，如果是同一个凶手作案，为什么第二次凶手画画了，第一次却没有。"

"孙瑞在吴强发生变故后，应该会有警惕性。若是熟人作案，比如某个爆炸案的遇害者家属，必须是特别熟的人，他才可能不会防备。"艾玛想了想，"还有，这两个受害人在业余生活里并不是朋友，朋友圈没有什么交集。"

"佟杰和他们也没有交集。"唐飞说。

艾玛道："你还在怀疑佟杰？虽然他是唯一和孙瑞案联系起来的嫌疑人，但并没有直接证据。"

"的确没有证据把他们联系起来，但也没有证据可以直接排除他。我们得想想，还有什么人能随便出入别人家？"唐飞思索道，"送货的快递一般不能到花园这种私密的地方，但对外营业的酒吧是可以进的。"他看着被翻动过的花圃，忽然道，"园丁？或者……"

唐飞仔细翻看花圃里的泥土，闻了闻说："这里有新施的肥料。"

艾玛说："送肥料的人是案发后才送来的，你看包装也没拆，因为当时吴已经遇害了。啊……你是说，凶手扮成了送肥料的人，先一步到了花园翻土施肥。"

唐飞道："这样吴来到花园，见到对方在干活，即便仆人没说这个事，他也不会怀疑其他的，只以为对方是早到了。"

"所以并不是吴迎向凶手走，而是凶手先一步在等他。"艾玛点头道，"你真厉害！但怎么解释酒吧发生的事？"

"酒吧晚上要开派对，凶手扮成送货人，完全不会被怀疑。"唐飞苦笑，"他可以扮作随便什么送货人，任务比这里简单得多。"

艾玛道："我们只是解释了行凶的模式，仍旧没找到具体的线索。"

说到线索，唐飞拨通电话打开免提，问道："老鲨，我两天前给你的石头，你有没有分析出什么？"

"首先，我今早刚回风名。其次，我不是你的私人助理。第三，我主要工作是犯罪心理和法医，不是石头分析员。第四，我听说，你最近看上了第十区的美女警察，这就是你给她办的案子？快跟姐姐说说，你们进展到哪一步了？怎么为了红颜催起老友了。"

"你就说有没有做好分析！"唐飞尴尬地看了眼艾玛，幸好对方也在打电话，他立即关了免提。

老鲨说："你运气好，刚有结果。数据显示石头里有极少部分的能量波动，至于它为什么会变化，只有上帝晓得了。"

"那你知不知道有什么种族能操控石头的？"唐飞问。

"这个不用问上帝，我可以告诉你。东方有一种叫傀儡术的东西，可以制造石人陶俑，但是你这次遇到的肯定不是，你这尊雕像上一点符咒阵法也没有，肯定不是傀儡术。你别岔开话题，快来给我说说班达拉斯家的美女……"

她的座机忽然狂响起来。

"你有工作了，不打扰了，谢谢。"唐飞直接挂断电话。

一旁的艾玛刚放下手机，低声咒骂了一句，然后道："第三个死者出现了……"

远在未知罪案调查科办公室的老鲨冷笑自语道："打电话能听到鸟叫声，你以为我不知道你开着免提吗？跟我通话也敢用免提！"

第十一章

蓝 血 死 者

这里那么僻静，如果是一个大男人突然拦住车，你或许会停车，但会下车吗？

　　这次的案发现场在通向风名机场的公路边，这是主干道旁的一条小路，显然死者金安铉正赶时间。

　　如今的他倒在银色的奔驰车内，鲜血从车外一直淌到车里。诡异的是，最初的血是红色的，到了车内却成了蓝色。

　　唐飞和艾玛·班达拉斯赶到时，老鲨和哥舒信居然早他们一步到了，尸体的管辖权自然落到了先到一步的未知罪案调查科手里。老鲨已经开启"智能视角"扫描现场。

　　"这算怎么回事？就算死的是外星人，你们又有什么权利夺走我的案子？"艾玛生气道，"尤其是你，你怎么能通知你的人接管我的工作？"

　　"我没有……"唐飞同样觉得诡异，但他很快意识到，先前和老鲨通电话时，那家伙接到的通知就是这个事，"我和你一起过来，我通知他们你会不知道？我绝对没有。"

　　老鲨笑道："是是是，你没有通知我，是我们同时接到案发通知。不过，我们部门的交通工具比较快，到这里只要三分钟。好了，现在第十局的同学们请退后，这里是外星事务，不记录、不讨论，无关人员不想被清除记忆的请后退。"

"你敢清除我的记忆？"艾玛瞪眼道。

唐飞尴尬一笑："她可没什么不敢的，但是我们商量一下就能解决的事儿，大家不要冲动。"

艾玛冷笑了一下，直接打电话给斯库利。

唐飞摸摸鼻子，看向哥舒信。哥舒信一副事不关己的样子，蹲在远处观察环境，唐飞也就悄悄走到一边。老鲨瞪了他一眼，唐飞笑了笑，表示自己不管了，你们商量吧。

"你在看什么？"唐飞问。

"这边有一条紧急刹车的痕迹，而车头并没有碰撞的地方，显然是凶手拦下了车。"哥舒信道，"你觉得站在路中间的会是谁呢？"

"这里通往机场，也许他停车是要接搭车的人？"唐飞说。

"不，接搭顺风车的，不会急刹车。"哥舒信说。

唐飞看看周围道："有道理，所以只有当有人突然挡了路，才会急刹车，可惜附近一百米里没有摄像头。"

"我觉得凶手可能是老人或者女人。"哥舒信说。

"为什么？"唐飞怔道。

哥舒信说："这里那么僻静，如果是一个大男人突然拦住车，你或许会停车，但会下车吗？"

"你什么时候变得那么聪明了？"唐飞问。

哥舒信笑而不语。自从上次的乐族事件后，他脸上多少恢复了一些笑容。

这时，老鲨和艾玛走了过来。

"协调好了，我们共同办案。"老鲨笑嘻嘻道。她一开始就没想过要抢案子。

"毕竟涉及外星人，你们比较有经验，我允许你们都加入我们第十局。"艾玛有些无奈道。

唐飞拍拍手道："很好，那么外星重案组的留下勘查现场。出于保密考虑，艾玛，你的人要退出去。"

"等等……那还算是你们加入我们第十局吗？"艾玛有点晕了。

唐飞道："当然了，我们加入第十局，而且会在第十局办公。不过，和外星人有关的部分主要由我们来处理，毕竟我们设备好啊。"

"能有多好？"艾玛问。

说话间，老鲨取出移动电脑，调用了附近的卫星监控，她操作了一番，调用出相关时间段的视频。

画面显示，那辆银色奔驰车来到这个路段，路边忽然冲出一个人影，可是画面到这里就中断了。

老鲨重新操控电脑，然后画面重复回放都在这里中断，艾玛终于露出一丝笑意道："所以，你们设备有多好？"

"居然那么专业？"唐飞皱起眉头。这就让局面变复杂了啊。他蓦然心头一悚，然后望向远端，但道路的远端是茫茫的田野，一点异常的东西都看不见。

唐飞带着疑问望向哥舒信，哥舒信已经凭空消失于原地。唐飞立刻跟着掠向道路远端，可是两人抢出五百米左右，那股特殊的气息却消失得干干净净。

"是不是很厉害？"唐飞问。

哥舒信说："如果这是昨晚你遇到的家伙，那会比较麻烦。"

回到第十区警局。

未知罪案调查科的众人安置好设备，就把艾玛的办公室当成会议室。警局里的警察议论纷纷，不知他们具体在做什么。艾玛把窗帘拉上，使得事情看起来更神秘了。

老鲨笑道："不必如此。"她在办公桌上摆放了一个小盒子，盒子发出一片白光，然后她拉开窗帘，"现在外头就看不到我们了。"

艾玛走出去看了看，果然外头能看到里头有人影走动，但里面真实场景并非如此。"果然设备先进，厉害。"

"都坐下吧，简报开始。"唐飞微笑着对老鲨说，"先说我们眼前的这个。"

老鲨起身道："金安铉，高科技生化公司豪杰集团的董事，和孙氏研究中心有深度合作。这次来是因为孙氏研究中心遇到危机，他要买下研究中心继续项目。买断条件在孙瑞死前已经谈妥，孙瑞即便死亡，也不影响后续进展。金安铉在全球有许多生意，他今天紧急离开是为了处理在英国的工作。"

"说下他的外星背景。"唐飞说。

"不知你对外星人知道多少？"老鲨问艾玛。

艾玛想了想，苦笑道："我虽然在风名市时间不短，但没有处理过外星人的案子，而且外星人和地球人之间有你们这样的机构打掩护，我了解得并不多。"

"多少知道一些吧。"老鲨笑着说。

艾玛说："我只知道外星人在很早以前就来到地球，但数量激增是从 1999 年的难民潮开始的。风名市作为外星移民的定居点之一，把可以伪装成地球人的那些种族安置在第九区和仙女岛，基本就是这样。在风名市区如果发生外星人的案子，会由你们接管，听说你们还有专门负责善后的小组。"

唐飞笑道："你连记忆整理小组也知道，算是很了解了。不过那个小组主要是负责风名之外、非聚居点发生的事件，你要他们管风名市仙女岛的案子，那就真有的忙了。"

"那仙女岛发生的案子，不用善后小组？"艾玛问。

老鲨道："只在影响较大的时候用。艾玛说得没错，我稍微具体讲解一下吧。我们目前所接触的宇宙，主要分为银河联盟、银河帝国、暗银河、外银河。说是四大势力，其实我们主要接触的银河联盟和银河帝国这两个巨无霸。地球所在的太阳系位于银河联盟的外围，相对靠近暗银河。所以我们和外星文明的联系并不紧密。可以说，我们是在一个被遗忘的角落，科技水平也属于中等偏下。当然，正因为这个原因，我们地球那么多年还算是平静。"

"中等偏下？我以为咱们的科技水平应该更低一点。"艾玛笑道。

"我们不用妄自菲薄，"老鲨打开了一个关于外星文明的立体投影，"如果文明是一个金字塔，那么我们在下层靠底座的位置，在我们下方有一个更庞大的基数。当然在我们上方有许多高端文明，但我们地球本身也拥有一些自保的力量，一些我们也不知道的古老传承在保护我们。金字塔顶端的文明，通常不会注意到地球。"

艾玛皱起眉头，说道："我怎么被你说糊涂了。"

唐飞道："科学家认为，所谓外星文明分三种：第一种是我们可以交流的外星文明，就是我们能够找到的彼此认同的生命体，通常和我们属于同源，我们只能和这种文明打交道；第二种与我们生活在不同的维度，因为不在一个维度，所以我们找不到他们也认不出对方，打交道就无从谈起。第三种才是那些远远高于我们体量的文明，他们可以把一个文明带入另一个文明。"

老鲨说："简单说就是，当一个外星文明找到我们，若他们仍旧在乎地球人或者需要地球的资源，那说明他们并未强大到无可抵御，我们仍旧是可以与之交流，与之抗衡，与之共存的。从某种程度上讲，他们和我们一样都处于金字塔底座的位置，就好像，我们不会去和蚂蚁抢资源，也不会和一些微生物讨论人权和文化这种问题。"

"只要能接触，能交流，就是同一个层面的文明。"艾玛终于有点明白了，"好吧，我并不认同这样的分类。要知道美国人还曾经屠杀过印第安人，而且，上上个世纪的战争里，尽管人和人之间是可以交流的，但科技完全不对等，使机枪的人照样能屠杀骑兵。"

"这个讨论起来就复杂了，文明对等与否，与科技水平的高低并不能一概而论。"唐飞说。

艾玛打断他道："很高兴得到了科普，但和我们这个案子有什么关系？"

"的确关系不大。好吧，我们言归正传。死者金安铉来自野马星，是一个有地球联盟授权的宇宙贸易商。野马星人的外貌比较接近我们地球人，只是，他们的血是蓝色的。"老鲨指了指照片上不同颜色的血迹，"正常签证在地球生活的外星人会被注射一种掩饰剂，这样他们只要不大出血，普通情况下人们看到的血液会是正常的红色。不过，一旦发生大出血，掩饰剂就无效了，不管他们是蓝血、金血、黑血还是绿血，都会在人前显露。"

"他买下研究中心，怎么就惹怒了凶手？"艾玛问。

老鲨说："他拒绝安置旧员工，还拒绝摆放爆炸事件的纪念碑。在普通人看来，他无非是不近人情，但在疯子杀手看来，你们得……"

"那个杀手的行为非常有条理，你说他是疯子我可不赞同。"唐飞说，"艾玛，你说一下我们的案子。"

艾玛说："目前我们手上有三个死者，分别是孙瑞、吴强、金安铉，核心事件是孙氏研究中心的爆炸案。三个月前，第十区的孙氏研究中心实验大楼发生爆炸，研究中心死了十多个人，还引发了周边街道的财产损失。事发后，研究中心的拥有人孙瑞对遇难员工家属进行了抚恤。爆炸发生的一个多月后，研究中心的董事吴强被杀死在自家后院，据调查，此人是负责爆炸当天的那个项目的。又过了一个多月，孙瑞被杀死在他的酒吧里。目前，最后一个是金安铉。"

"目前……"老鲨苦笑。

"三个案子，前两个间隔大约是四十多天，今天这个你们的外星案……"

"是我们的。"唐飞插嘴道。

"没错，今天我们这个外星人案，"艾玛停顿了一下，把简报放下，"只隔了两天，为什么那么急？金安铉和爆炸本身无关，为什么必须死？"

"是不是因为金安铉要离开风名？"老鲨问。

艾玛说："这个可能比较大，但金安铉的行程在孙氏研究中心只有极少人知道，凶手为什么能准确知道他的路线？他今晚在西城原本还有个商务活动。"

唐飞想了想道："我认为，这次金安铉临时的行程变化，尽管没有改变他被杀的厄运，但给我们提供了机会。凶手是匆忙行动的，就一定会留下破绽。"

"我们首先要弄明白，凶手为什么能知道金的行程？"艾玛说。

唐飞道："现在要知道一个人的行程，他的电子设备和互联网主页是重要信息来源。"

艾玛说："我们还要弄清楚，为什么他在第二个案子画了画，而另两个没有。"

老鲨说："这就比较复杂，从心理学上说，杀人还画图，只能说明他是一个有复杂人格的杀手。第一次没有，第二次画了，可以理解为他在间隔的一个多月里受了新的触动，但是画图这件事没有在第三个死者那边保持下来，就叫人难以捉摸。"

"接下来该怎么办？我觉得这幅画很特殊。"艾玛问。

老鲨把那幅尸体下面的图画，放到屏幕上："很难解释这画的是什么，上半部分似乎是爆炸，下半部分因为被尸体挡住已经模糊了。构图很简单，完全看不出整体要表达什么。"

艾玛说:"这个我想了几天了也没想通。"

唐飞道:"图画的事只能搁一搁。老鲨,你负责清查三个死者的电子设备和互联网记录。艾玛,你要帮她。"

"你和他呢?"艾玛问。

"我们作为打手,有打手的事要做。"唐飞笑了笑,"我们要重新勘查一遍三个凶杀现场。"

"又去?"艾玛觉得有些莫名其妙。

经过半天的筛选,老鲨在三个死者的手机里找到了同样的通讯 App。这是孙氏集团使用的内部办公软件,里面有所有的公司日程、工作邮件以及私人生活记录,而老鲨在该软件里找到了木马病毒。

艾玛说:"孙瑞和吴强很喜欢这款软件,吴甚至在里头写日记,他用推特的时间比较少,反而喜欢把什么都记在自己手机里。"

"所以吴强是先死的,他太容易被掌握了。金安铉在爆炸后,才开始使用这款 App,里面有他最近一切的往来邮件,这样分析,他会被杀就不意外了。"老鲨看着屏幕上那冷血而不带感情的处理意见,微微摇了摇头。研究中心里大半的项目都被拆分卖掉了。

"有办法查到木马是从哪里发出来的吗?"艾玛问。

老鲨说:"没那么快,什么都要有个过程。木马可能来自任何人的邮件,要搜索他们公司所有的邮件记录可不是几分钟的事。"

等了十来分钟,艾玛忽然问:"老鲨,你和唐飞认识多久了?"

老鲨笑道:"怎么?"

"我觉得你们好有默契,用的杯子、用的本子都是一样的款式,还是相近的颜色。"艾玛指着两人的水杯说。

老鲨好笑道:"这是未知罪案调查科的制式装备好吗?哪有什么默契可谈。小姐姐,你能别胡思乱想吗?"

"可是明明唐飞单身,你也单身。"

"哥舒信也单身，我们领导斯库利也是单身。"老鲨皱了皱鼻子，"你还别说，我们重案组简直是注孤生（注定孤独一生）。"

"好吧……"艾玛想了想，又道，"你有没有发现，唐飞和哥舒信都不是很开心。"

"这个？"老鲨笑道，"你不用担心，这不是你的问题。你爸爸把唐飞介绍给你的时候，没有跟你详细说？"

"我爸爸没有给我介绍他……"艾玛摆手，笑得有些不自然，"你……不是，你不会以为我和他是那种关系吧？我爸爸只是时不时在我这里提他一两句，说他今天破了什么案子，昨天抓了什么外星人，所以我就对他有了印象。我哥哥，也在我面前……等等，你是说……"

"嗯哼？"老鲨笑了笑。

"你是说他们故意在我面前不断提他，是为了要撮合我和那家伙？"艾玛吃惊道。

"我爸爸可不会老在我面前提一个帅哥。"老鲨说。

艾玛没好气道："他可不是什么帅哥。我是说他长得不丑，但说到帅……"

"不管你信不信，堂·班达拉斯想把他的女儿嫁出去，可不是新闻。"老鲨微笑道，"也许只有你没有听过这个笑话。"

"×，这老头子。"艾玛忽然爆了粗口，俏脸涨得通红。

老鲨不紧不慢道："我知道，你是因为公事才约他过来帮忙，可你们之前没什么交集，自然会叫外人多想。"

"是啊，就是为了公事。天哪！怪不得这两天警局的人看我的眼神都怪怪的。"艾玛沉默了一会儿，皱眉道，"那么唐飞，为什么会心情不好？"

"结果出来了。"老鲨指着屏幕说，"唐飞的事你自己问他比较好。"

"木马来自哪里？"艾玛追问道。

"来自克顿中心的无线网络，没法更具体了。"老鲨说。

"那我们去克顿看看吧。"艾玛抓起夹克，飞也似的跑了出去。

酒吧门上的封条还没拆除，唐飞站在吧台边默然许久，低声问："怎么样？"

哥舒信说:"的确有那个人的气息,不过这里有一个问题。"

唐飞点起一支烟,喷云吐雾道:"是不是觉得太容易?"

哥舒信道:"是的。我们已经面对过太多危险的东西,还觉得这个人的气息十分危险,可见这家伙到了一定的级别。"

唐飞道:"这样的家伙除非疯了,不然应该会隐藏气息的。他为何不隐藏?"

"这就是问题,他简直像小狗一样,走到哪里都要宣布这是他的领地。"哥舒信说。

唐飞道:"但凡我们接近他,他又消失得相当彻底,所以他是故意在这里留下气息的?"

"不是没可能,但是为什么呢?"哥舒信走出酒吧,透了口气,"这次的案子有点诡异,原本地球那么大,什么都可能发生,如今再加上外太空,我的想象力已经不够用了。"他打了个哈欠,"我毕竟活得不够长,不能算见多识广。"

"是啊,身边一个老怪物也没有,想问点东西,也没人能问。"唐飞说。

这时联络器响起,唐飞皱眉道:"他们找到了木马来源,在克顿广场。我们也过去。"

第十二章

书 店 老 板

中了十二发子弹的只是这个外星人的伪装皮囊。他的头颅自动打开，里面大约苹
果大小的小人试图逃跑，但被利刃砍倒在车厢里头。

第十区和第九区交界处的克顿广场矗立着一栋二十年的老建筑，这房子地面
上共有九层，六楼以下是商场，其他的是办公楼层，老鲨查到的无线宽带属于
商场。

"从地下的两层到上面这六层，可能是任何一层的工作人员，也可能是游客，
这个范围……"老鲨看着尽管不是休息日，却仍旧生意红火的商场叹了口气。

商场偶尔会有穿着奇形怪状的人走过，因为这里已经很靠近风名郊区的仙女
岛。仙女岛在2013年后，被划为外星人自治地，那边时不时会冒出一些不接受约
束的家伙。

艾玛说："既然查到这里，当然要来看看。分头行动？"

"不，唐飞说我们不能单独行动。"老鲨拒绝了对方的提议。

"你那么听他的？他又不在这里。"艾玛好笑道。

"一层层巡楼吧。"老鲨笑了笑，性感的嘴唇微微一撇。

逛商场是女人最爱的事情之一，但两人带着任务而来，就只能先把心思放在正事儿上。这个时代人人都有手机，随时都要上网，商场的公用网络通常非常拥堵，而且并不安全，但即便如此，大家仍旧喜欢使用公用网络。

老鲨说："用这里宽带的人，一种是商场的客人，一种是这栋楼的工作人员。客人这个群体流动性太强，无从查起。"

艾玛说："这你就错了，通常商场的工作人员会另外有一个宽带服务器，你查到的那个不出意外就是公用网络。"

老鲨笑说："我有时候真怀念从前啊，那时候上网需要找个专门的地方，找一台安全干净的台式机……"

"看不出你还经历过那个时代。"艾玛诧异道。

"一把年纪了好吗！"老鲨手扶面颊笑了笑。

"我是没经历过龟速台式机时代，我刚上网的时候用就是笔记本，紧接着好像很快就是用手机上网了。"艾玛想了想说。

"你那么小？"老鲨叹了口气。

艾玛好奇地问："说起来，你既然是法医兼技术人员，怎么还出外勤？未知罪案调查科真有那么缺人？"

老鲨苦笑道："原来我只需要开开讲座，看看尸体，但是重案组之前遭到重创，死了一个小组的人，在上头招到人前，我有时也要出来走走。唐飞那家伙很挑剔，宁愿不要，也不随便找，只是苦了我这个老人家。"

"是吗？我看你做得很开心啊。"艾玛小声说。

"是的，这比看尸体开心多了。你可别告诉他们。"老鲨抿嘴笑道。

不知不觉，两人已经把六层楼走了一遍，这仿佛大海捞针一样的巡楼一点效果也看不到。老鲨去四楼的咖啡店买饮料，艾玛单独朝下走。

三楼算是个儿童天地，各种立体投影把最流行的动画人物显示在各店的招牌前，从威武的机器人到灵动的小动物，抓足了行人的眼球。除了小孩子们游乐的地方，还有一些幼儿培训机构，外语、拳术、绘画、乐高、围棋等项目应有尽有。

或许因为是学校上课时间，下午这里人并不多。不过，其中一家儿童绘画馆的橱窗吸引了艾玛，她觉得那乱涂的风格有点眼熟，所以就多看了两眼。走近了仔细看，她才发现这个橱窗的主题就是那天的爆炸，而各种各样颜色的火焰从画笔下体现出来，震人心魄。忽然，她看到了一幅红色的油彩画。

"老鲨老鲨，三楼！三楼！"艾玛一面呼叫老鲨，一面跑到店里问店长，"请问这外面的图是你们画的吗？"

店长是个三十来岁的胖子，他微笑道："不是我们员工画的，这些全是我们的幼儿学员画的。"

"我要知道画这张图的孩子的详细资料。"艾玛拉店长到橱窗边。

店长说："哦，这幅画是黄皓月画的，他一会儿正好有课。"又顿了顿，换了脸色，"我们不能向外界透露学生资料。"

"我是警察，"艾玛亮出证件，"我需要你配合调查。"

店长道："话虽如此，但我们的原则还是要遵守的。你可以等半个小时，他们一贯很准时，到时候你自己去问。如果他们没来，我才可以把他们的联系方式给你。"

这时，老鲨也到了店里，她看到那幅画立即明白了情况。在联络器里，老鲨飞快向唐飞他们做了简报，而唐飞表示，他们已经到楼下。

唐飞听了艾玛的简述，决定在这里等候黄皓月一家的到来。既然对方向来准时，他们也不需太过紧张，反正还有半个小时就是上课时间。

唐飞道："老鲨，你找个地方联网，查一下这家人的资料。艾玛你来接待他们，我和哥舒信布置在周围，随时接应你。"

决定之后，老鲨立即动身去了楼上的咖啡馆，唐飞和哥舒信分头守在三楼画室附近，只留艾玛一人在绘画馆。

很快，老鲨搜索出这家人的信息："黄皓月今年五岁，母亲钱燕，父亲黄盛。两个月前，也就是大爆炸当日，他们正好在研究中心附近的两个街区。爆炸发生后，引发了连环车祸，一家三口都受了伤。他父亲至今卧床不起，好在性命无碍。他们是两个月前，报名在这里学画画的。"

艾玛说："这家人我知道，黄盛原本是外科医生，车祸后两只手只保留了基本功能，无法再做精密的手术，算是废了。我觉得他们家没人能够作案。"

"不急着下结论。"唐飞说。

大约过了二十分钟，孩子们陆陆续续到来。四到五岁的孩子进了画室就开始涂涂画画，家长们则无所事事地等在外头。

　　钱燕带着黄皓月准时来到画室，在艾玛自我介绍后，她很平静地接受询问。

　　"是的，这幅画是我家小月画的。我们每周都来这里画画，倒也不是想学多少技巧，主要是为了打发时间。"钱燕苦笑道，"家里气氛不好，我带他出来透透气。那天老师让他们随便创作一幅作品，他就画了这个。老师觉得这个主题有共鸣，就让孩子们都画了一幅，所以就有了你看到的这些。这些就是孩子们眼里的灾难。"

　　艾玛问道："我知道那场车祸对你们的影响很大。孙氏研究中心的后续重建你有关注过吗？"

　　"没有关注，我只知道他们答应对周边受损商铺做出赔偿，也愿意象征性给我们这些车祸的受害者一点经济赔偿，"钱燕咳嗽了几下，"但有什么用？出了那么大的事，家里完全回不去从前的样子了。我们的律师说，即便做集体诉讼，之后也很难拿到比现在赔偿金更大的金额，所以他们谈了两个多月，就到此为止了。"

　　"你知道研究所的老板死了吗？"艾玛问。

　　"死了？"钱燕怔道。

　　"被人谋杀了。"艾玛说。

　　"我不知道，我不看新闻，我的注意力都在孩子身上。"钱燕一边说，一边看了眼屋子里的黄皓月。

　　这时有别的家长带着孩子过来学习，家长纷纷和钱燕打招呼，钱燕也一一回礼。然后，小孩子从屋子里出来找她，她也温柔地关心了一下。

　　"你们特意在这里等我，是为了？"钱燕有些不解道。

　　"我不想对你隐瞒，"艾玛拿出一张处理过的照片，"我们在孙瑞的犯罪现场，看到了这个。"

　　"你是说，这比较像我家小月画的画？还真有点像。这场事故对他的影响很大，他最近一直做噩梦，夜里被吓哭，睡不好。"钱燕叹了口气，"但是……我们不可能和你查的案子有关系。我家男人还在病床上，而我……我所有时间都在他们两个身上，工作也顾不上了。"

远距离监听的老鲨低声道："她说的是实话。"

"告诉她，我们要去她家看看。"唐飞说。

艾玛向对方提出要求，钱燕点头道："你们可以现在去，我丈夫虽然行动困难，但接待你们还是可以的。我要等孩子放学，而且约了翎儿姐喝茶。"

"灵儿？"唐飞心里莫名一震。虽然故人已逝，但活下来的人如今却连那些相似的名字都不敢听了。

钱燕指了指不远处一个身材微微发福、戴黑框眼镜的年轻妈妈："翎儿姐的孩子也在这里学画画，她的书店就在附近。我们每周有一个小时的时间喝茶放松。说实话，我并不想太早回家。"

"钱燕家距离这里就一个街口。"老鲨给出了地址。

唐飞说："我去一下黄家，哥舒信你留在这里。"

另一边，钱燕和那个翎儿姐则准备去喝茶。

"艾玛，你找个理由和她们一起去喝茶。"通常不发表意见的哥舒信忽然道。

"怎么？"唐飞问。

哥舒信道："这个翎儿姐，从进画馆开始，目光就一直在艾玛和钱燕身上，而且，她身上有点不太好的味道。"

老鲨道："也许只是个好奇的市民。"

唐飞改变安排道："艾玛，你去黄家，安排一队警察在外做后援。老鲨，你查一下这个女人的资料。哥舒信去那个书店看看。大家都保持联络，我负责支援。"

哥舒信按动衣领的徽章，换了身衣服来到街角的书店。在喧闹的商业区里，书店总给人一种舒心的感觉。这家书店名叫"拾子"，有些别致。

老鲨飞快地汇报查到的资料："书店老板娘名叫周翎，今年二十三岁，丈夫陈月平，二十八岁，他们有个四岁的儿子陈石。书店开了有五年，是周翎家的店，不过她的父母已经去世了。陈月平在仙女岛开了一家人工智能体验店。"

"难为你动作那么快。"唐飞笑道。

"我还在查为什么陈月平的店开在仙女岛，那边不是外星人的地盘吗？另外周翎小时候的档案也不全，我在查是为什么。"老鲨说。

艾玛道："单靠外星人是不够提供生活所需的，所以那边尽管只住了几千外星人，却有三万凤名岛的老百姓在那边讨生活，更别说各种贸易往来了。"

老鲨笑着抿了口咖啡，答道："明白了，我继续查资料。"

哥舒信进入书店，这里表面上是老板娘独自管理，其实里里外外靠的是一个智能机器人。那个机器人并没有仿用人类的外貌和皮肤，而是传统的金属材质。书店有三十平米左右，生意比较清闲，靠这台叫"特里"的万事通机器倒是足以应付。

"有看出什么了吗？"唐飞等了片刻问道。

"有点耐心好吗？我总不能推门进去就问，你是不是连环杀手？"哥舒信轻声道，"就算开启智能视角，也发现不了什么的。"

老鲨笑道："是是是，她也不可能摆一书架的《连环杀手指南》在店里。"

哥舒信道："这里的确有很多推理小说。现在的悬疑小说口味真重，罪犯不是连环杀手都不好意思出场作案，而且场面极为血腥暴力。"

"不暴力血腥卖不出去，而且卖暴力血腥不需要技术，琢磨推理比较费脑子，作者也懒。"老鲨说。

"光看是没用的，你要想办法搭讪。"艾玛插嘴道。

"两个女人在休息区喝茶，我能去搭讪什么？"哥舒信没好气道。

"小哥哥，你可以的，加把劲儿。"唐飞说。

"×，站着说话不腰疼。"哥舒信心里骂道。他随便从书架上取了几本书，大约是《时间飞扬》《凤虎北望》等小说，然后扭头对老板娘周翎道："老板娘，难得你这里小说还挺全的。"

"我很喜欢这个作者，所以多进了点货。"周翎笑道。

"我也喜欢这个作者，他的书不容易找。"哥舒信一边结账，一边又道，"你的机器人很能干啊，什么公司出的？我没看到公司标志。"

"从里到外都是我老公造的，这个是我们自家用，所以没加标志。"周翎微笑道，"如果是对外卖的，当然有厂标。"

哥舒信自来熟地把装书的袋子在女人的桌子上一放，然后道："多几台这种机器人，我们就失业啦。哟，六安瓜片！看着真不错。"

"你懂茶？"周翎问。

"略懂一点。"哥舒信说。

"试一试？"周翎给他沏了一小杯。

"入口温婉甘甜，茶如其人啊。茶好，人美。"哥舒信笑道。

"你真会说话，但我们店里可是有老板的哟。"周翎温婉地一笑，"留个电话，以后有好书好茶的时候，我给你发消息。"

哥舒信随手在留言板上写了电话，补充道："我姓舒。对了，美女，我如果要买这样的机器人，找老板会有折扣吗？"

"折扣你要找他谈了，我给你地址，你去仙女岛找他。"周翎并没给什么承诺。

哥舒信收了对方的地址，点头离开书店。

"我的天啊！你的嘴巴真是甜。"艾玛在联络器里说。

"戏精！你就是戏精！"老鲨笑骂道。

唐飞道："深藏不露啊，阿信。"

"有什么发现吗？"艾玛问。

哥舒信道："茶水，甜中带涩，甚至隐约有些隐晦的怪异，这个老板娘有点复杂。"

"喝茶可不是什么证据。"艾玛说。

哥舒信道："这个书店真没什么特别的，所以我找了理由去仙女岛，看看她男人是什么样，毕竟从现场的鞋印看，凶手应该是个男人。"

老鲨说："没错，从档案资料看，周翎身高一米六五，他老公陈月平身高一米七五，确实更符合凶手标准。你们真觉得这个看着人畜无害的女人，更像是连环杀手？"

"当然还没到那个阶段，我们是讲证据的。"唐飞认真道，"不过我的原则是，不放过任何一个忽然出现在视野里的人。老鲨，深入挖掘一下这两家的档案吧。"

艾玛前往黄皓月小朋友的家，见到了他的爸爸黄盛。这家人正经受着车祸的后续摧残，但男主人还是挺坚强的。在有新线索之前，大家把希望都寄托在哥舒信的仙女岛之行上。

仙女岛是一座位于风名岛东面一百里的美丽小岛，它和风名岛之间由一条壮观绚丽的海底通道相连。在外星移民到来之前，这里只有三千常住人口，现在则变得大不同。哥舒信虽然在风名有些年头，之前并没到过这里。

陈月平的店在岛上最大的城镇彩虹镇上。当哥舒信和唐飞按地址来到附近时，天上忽然乌云密布下起大雨，哥舒信的心里忽然生出不好的感觉。哥舒信想到几年前那场浩劫发生前，也是这么一个雨天，他接到命令要去风名北面的北冥岛。在那里他遭到不明刺客的伏击，紧接着一波又一波的打击不断袭来。

忽然，哥舒信下意识地摆弄了一下方向盘，一部大货车贴着他们的飞翔车掠过……

唐飞怒道："你怎么了？开车的时候胡思乱想什么？"

哥舒信并不回答，觉得心里有块巨大的阴影。他只是看着飞翔车前方的建筑，不知何时外头的街道上又变得热闹了。

"月球智能中心，就是这里了。"他看着招牌岔开话题，"居然是那么大的生意啊！"

唐飞道："这你就错了，地址是这儿没错，但实际他只有里面的一个铺面。陈月平主要做私人定制的机器人以及人工智能的软件，规模不大，但生意很好。"

"铁石机械"店铺装修以黑白色为主基调，这家店里除了顾客是人类外，工作人员全是智能机器人。这儿的机器工作人员用的是金属质感的风格，身高全部在一米七五左右，仿人体的生物构造，和他们在书店见到的差不多。

"如果我想要找你们老板，该怎么找他？"哥舒信独自走入商场，问一个机器人。

机器人回答："我可以解决您的一切需求，我们的主人不会见客户。"

"但我是他夫人介绍来这里的。"哥舒信说。

机器人道："亲友价，可以提供您九折。若是要求大规模进货，比如超过十台设备，请您提前两个月订货。"

"总之，他并不在这里出现，对吗？"哥舒信问。

机器人有礼貌地说："主人经常来这里，但他不擅长面对客户，所以制造了我们来处理商务问题。"

"我有一笔大生意，但只能和他本人谈，我不和机器人谈生意。"哥舒信冷着脸说。

"我可以替您申请一次。"几秒钟后，机器人回复道，"抱歉，主人不见外人，我们只能不做您的生意了。"

哥舒信回到停车场道："虽然我很想装作客户，但这家店的老板不见生人。怎么样？是否用警察身份拜访？"

"也只能如此了。你等一下，刚才老鲨发来了陈月平的照片。"唐飞拿出平板电脑，上面是一张并无什么特征的路人脸。随后，他给这张证件照加上了拉链高领，又道："这就是我在第十警局外见到的人。"

"那我们就再去一次，除非直接逃跑，不然他无法拒绝。"哥舒信道。

"这个人胆子大得很，不会逃跑。"唐飞看着周围的一切，皱了皱眉。

当他们再次找到机器人工作人员，以警务人员的身份拜访陈月平之后，终于被同意去地下室的工作间见面。

工作车间里，几台五米高的机甲威风凛凛地矗立着，其中一台时不时转换成飞行器的形态，让唐飞和哥舒信着实吃惊。

陈月平换下工作服，准备了咖啡，面色如常地等候他们。

"我听说你们属于第十分局，不知你们的来意？"陈月平问。

"最近在第十区发生了一些案子，有目击者称在案发现场附近看到你出现。"唐飞板着脸道。

"案发现场是什么地方？蓝焰酒吧吗？"陈月平问。

唐飞说："没错，这是其中之一。"

陈月平好笑道："我就住第十区，那天下班经过蓝焰酒吧，见到那里围着很多人就多看了几眼，不会这个也犯法吧。"

唐飞道："你是在案发时间出现在酒吧周围的，自然有嫌疑。我们还有目击证人表示，你另一个时间出现在发生案件的第九区机场支路上，这也是巧合？"

"这不可能，"陈月平笑道，"我这几天没有去过第九区。您说有目击证人，请问是谁？"

"这当然不能告诉你。"唐飞说着，目光扫视起办公室的摆设。

简约的办公桌上有一台笔记本电脑，一个家人的合影相框。边上的陈列柜半个是书柜，另外半个摆着一些机械模型，其中有几个模型栩栩如生，但他认不出是什么人物。

唐飞悄悄打开了"智能视角"，那几个人物模型赫然是银河联盟的机甲模型，不过系统确认，这也仅仅是玩具模型罢了。

陈月平道："到底是什么案子？我听说蓝焰酒吧的案子是凶杀，你们不会认为我是杀人凶手吧？你们这就想拘捕我，有证据吗？"

"我们只是例行询问，并没有要拘捕你。我们需要和你确认一下几个案子发生时你的不在场证明，毕竟有人举报说，你多次在凶杀现场附近出现。"哥舒信递出纸条，"这几个时间，你在哪里？"

陈月平看了一下具体时间，思索道："酒吧我是路过，机场支路我没去过，至于你们说的三个月前的事……我不记得了。"他翻看了一下自己的日程表，才又道，"那时候，我应该是不在风名，我去东京出差了。"

"出差入驻的酒店，具体为了什么工作，还有联系人，麻烦细说一下。"唐飞面无表情地道。

陈月平把行程表展示给唐飞："你可以去求证一下，我没有什么好掩饰的。"

"你经常出差吗？"哥舒信问。

"不算很多，一年出去两三次，毕竟我要谈生意。"陈月平说。

"你不是不见陌生客户吗？"哥舒信问。

陈月平笑道："有些老客户需要我去维护产品，售后服务也是我的主要收入来源。有些对技术要求高的，必须我亲手做。"

唐飞让老鲨核对了陈月平的行程，对方说的皆被证实。这个人总是未语先笑，让身旁的人如沐春风，这与哥舒信想象的不擅长待人接物的技术商人有不小的反差。

哥舒信与唐飞交换了一下眼神，两人告辞离开。

走出几步，哥舒信忽然道："对了，你儿子在学画画，你知道吗？"

"当然，我陪他去过画室。"陈月平指着周围的摆设，"我们中国人讲究琴棋书画，所以在他正式念书前，我希望他什么都学一点。"

哥舒信点了点头，一旁休息室里的确摆着围棋的棋盘和棋子，而周翎的书店里也经营着书画。

哥舒信道："他们班里有个小朋友在孙氏中心爆炸的那天经历了车祸，画了一幅很特别的画。"

"是的，老师还让所有孩子都画一幅，这我是不赞同的。"陈月平的眼中第一次闪过一丝愤怒，"我们应该让孩子记录美好的事，而不是那种叫人做噩梦的东西。"

哥舒信道："我支持你，爆炸那天你在他身边吗？"

"不，我在工作。你应该看得出，我很忙。"陈月平苦笑道。

"孩子一定吓坏了。"哥舒信道。

"是的，那么大的爆炸声！当时他和他妈妈在一起，那天他们在回家的路上其实也出了车祸，只不过是小碰撞，没有人受伤。"陈月平说。

"最重要的是没有人受伤。"哥舒信说了一句电视剧里的惯用台词。

"谁说不是。"陈月平面色恢复正常，送二人出门。

当唐飞他们走远，陈月平才又回到自己的办公室。他走进更私密的里间，打开了一个黑色的球状设备，里面传来断断续续的杂音，他的面色更阴沉了。

"尽管我们怀疑他，但陈月平的表现无懈可击。"唐飞他们回到车上，和小组成员用联络器开会。

"第十区会有我们的警员盯着他们，但仙女岛这里就有点麻烦。"艾玛说。

唐飞道："仙女岛我布置了未知罪案调查科的双重监视。"

"你们的双重监视？"艾玛好奇问。

"就是无人机和警员轮班。"唐飞道，"今天开始，我和哥舒信会跟着陈月平上下班。艾玛，之前监控佟杰的弟兄们可以收队了。"

"佟杰的事，证明了你的固执。"艾玛皱眉说，"目前没有直接证据把陈月平和案子联系在一起，陈家和死者也没有恩怨，我们是不是又找错了人？"

"我不觉得我们这次又找错目标，因为在唐飞拜访陈月平的时候，我仔细挖掘他们家的档案，又有了新的发现。"老鲨低沉着声音道，"我们确实还没有直接证据把他们和案子联系起来，但他们家有一些值得怀疑的地方。"

"说吧。"唐飞道。

老鲨道："先前我说周翎的书店是她父母的，而她的父母已经去世了。"

"是的，现在呢？"艾玛问。

"确切说，这里提到的父母是她的养父母。周翎原名张筱雨，十二岁左右，住进春晖福利院，十四岁后被人领养，住在仙女岛。收养她的人来自希亚星球，名叫周麒麟，但是养父母在她十八岁那年因为事故去世了。周翎十九岁时在大学遇到陈月平，两人很快结婚生有一个儿子。几个月前大爆炸的时候，她和儿子走在街上险些被黄盛的车子撞到。据说周翎护着儿子滚出十多米，儿子才平安无事。她的这部分档案被神秘删除，若非我找到删除记录，还真挖不出来。"

"她的生活的确坎坷。十二岁前，发生了什么？"唐飞问。

"周翎的父亲，也就是张筱雨的父亲张栋梁，是个抢劫惯犯。西城警局到家里抓捕张栋梁，她亲眼目睹爸爸因为拒捕在后院被警察击毙，之后她被法院送到孤儿院。"

艾玛说："这里有个问题，尽管周翎的身世比较坎坷，但不至于要把档案封存吧？"

"不！不是官方封存档案，而是被骇客删除，"老鲨解释说，"有点像我们卫星上的画面被骇入的情况。"

"陈月平呢？"唐飞又问。

老鲨道："陈就有些奇怪了，我有他全部的档案，但他的档案太普通了，什么亮点也没有。不对，和周翎结婚是他这辈子唯一的亮点。"

唐飞道："的确奇怪，如果他是个普通人也就罢了，可是他身上有种野兽的气息。"

"会不会你的直觉有问题。"艾玛说。

"你要我怎么回答？还能不能好好聊天了。"唐飞怒道。

哥舒信道:"我觉得陈做机器人的手艺很好,他的机器全是私人定制,质量远超普通的工厂产品。"

"那又如何?"老鲨说。

"我只是针对你说的,他这人没有亮点!"哥舒信道,"周翎的养父母是怎么死的?所谓的事故是什么?"

老鲨道:"这个事件很有名,几年前仙女岛的第二码头发生大爆炸,因为当时有一批军火在没有安全防护的情况下被搬动,导致一个码头被夷为平地。周翎的父母正好有货物在第二码头,而那时他们正带着工人在码头干活。"

"和这次研究所爆炸很相似,"艾玛低声说,"但我们的嫌疑人明明是陈月平。"

"也可能是联合作案?"老鲨说。

唐飞道:"不,现场只有一个凶手的痕迹,单从杀人手法看不存在两个犯人。"

艾玛看着这一家三口的照片,苦笑道:"他们俩有个四岁的儿子,如果有一个是杀人犯,为了孩子,我们要确保不会波及到无辜的那个,要不然孩子就太可怜了。"

唐飞想了想道:"实话说,我之前有强烈的感觉,陈月平可能是凶手,但是他面对我们却没有露出一点破绽,这让我没想到。"

"现在又该怎么办?"艾玛问。

唐飞道:"我们要进一步了解周翎养父母死亡的那个爆炸案,以及那个爆炸案责任人的情况。艾玛你负责旧档案,老鲨你来查当事人如今在哪里。"

仙女岛港口爆炸事件是几年前风名市极为轰动的新闻,其影响力远远超过今天的孙氏研究所爆炸事件。可惜,人是健忘的动物,在资讯发达的今天,尽管才过去几年,就仿佛过去了几十年一样,当时的人和事已被大多数人忘记。

警局提取旧档案相对简单,整个事件很快被理清楚。当时一条装满货物的油轮停在港口,傍晚时分一条进港的渔船失控撞上了油轮,油轮漏油着火引发火灾。适逢港口一条货船上摆着三门"银河咆哮",于是银河咆哮存储的能量引发强大的爆炸,整个码头化为乌有。

"银河咆哮是什么?"艾玛问。她也是第一次看该案子的档案。事实上,因为事关外星文明的档案之前并不对普通警员开放，该爆炸的真相也从未对公众公布。

唐飞道："据说是用于守护银河空港的火力。因为这起事故，风名岛上空的空港被停建了，具体事情到现在仍在扯皮。"

老鲨说："爆炸的责任人被认为有两个：一个是酒后肇事的渔民，另一个就是银河咆哮的拥有人皮尔斯·克林顿。肇事渔民是当场死亡的，皮尔斯·克林顿一个月后死在回家路上，案件定为抢劫杀人。"

"当时案子没破？"唐飞问。

老鲨说："当时官方希望给港口爆炸找个责任人，皮尔斯·克林顿每天都被口诛笔伐，他的死亡正好让事情有了了结。当年负责该案子的警探叫李东阳，目前在第九区警局。"

"你们让我把老李找来，就是为了这个旧案？"艾玛说道，"大家注意语气，毕竟老李因为这个案子坐了很多年冷板凳。他是个耿直的人，不愿意稀里糊涂地结案，所以这事情最后并没有一个交代，案子其实一直悬着。"

晚上九点，坐在第十局的酒吧，李东阳面前摆着一份牛排和一扎啤酒。

"我还以为你放我鸽子了。"看着姗姗来迟的女警察，李东阳调侃道。

艾玛招手又要来一扎啤酒，笑道："前辈在，不敢造次。"

"那么晚了，到底什么事？我们快点解决，不然家里婆娘要着急了。"李东阳说。

艾玛赶紧道："那我就长话短说，事关五年前，仙女岛的第二码头爆炸事件，克林顿的案子。"

"你是查爆炸案，还是凶杀案？"李东阳眯起眼睛问。

"凶杀案。"唐飞忽然走过来，就近坐下后，自顾地拿起一瓶酒喝了一口。

"你是谁？"李东阳眉毛挑了挑。

唐飞伸出手道："未知罪案调查科，唐飞。"

李东阳皱起眉头，问道："我听说你们在查第十局的研究所爆炸凶杀案，怎么问起旧案子了？"

"有嫌疑人可能和旧案有关，"艾玛道，"所以找你来帮忙证实一下案子间的联系。"

李东阳道："你想知道什么联系？你要问什么？"

"关于克林顿的死，劳烦你详细说给我听。"唐飞道。

听着这个名字，李东阳眼角的皱纹变深了。他喝了一大口酒，低声道："这个案子，可以说的不多。仙女岛最初作为外星人在风名市的聚居点时，风名本土的老百姓强烈反对过让外来的怪物们入住，但这十多年的时间里，外星人并没有影响本地人的生活，这个矛盾就渐渐不为人所提及了。再者，外星人和当地人在仙女岛混杂居住时，他们在外形上做了伪装，如果不对外公布，通常看不出谁是外星人谁是本地人。"

唐飞道："没错，这也是我们办理外星人案子时最头疼的部分。"

"爆炸事件一发生，克林顿的外星人身份就被曝光了。虽然没多少人搞得清他到底来自什么星球，但让外星狗滚出风名的呼声已经闹得满城风雨。"李东阳道，"其实他当时死了算是幸运的，如果不死就凭他走私军火这事，就该关几百年。"

唐飞道："风名西城的法律可没有那么严厉，谋杀也不过判十年。"

"他的银河咆哮并不是走私的。"艾玛说。

"他的船上不只有银河咆哮，还有很多其他东西。引发爆炸的不是银河咆哮，而是暗物质炸弹。"李东阳说。

"暗物质炸弹……"唐飞倒吸一口冷气，"案件发生在 2013 年？"

"是的。怎么？"李东阳点头道。

"没什么……"唐飞问道，"我想知道他案发现场的细节。"

李东阳板着脸道："他死在回家的路上，车头上有轻微碰擦的痕迹。他曾一度下车查看，然后有一只手断在车外。车门被不明武器融解，身上中了十二发子弹，尸体惨不忍睹。"

"案件档案里也是这么写的，还有别的吗？"艾玛问。

李东阳道："中了十二发子弹的只是这个外星人的伪装皮囊。他的头颅自动打开，里面大约苹果大小的小人试图逃跑，但被利刃砍倒在车厢里头。"

这让唐飞想到了加入未知罪案调查科的第一个案子，秦桦也是苹果大小的外星人。

"你当时查下来有嫌疑人吗？"艾玛问。

李东阳道："没有嫌疑人。我怀疑是风名高层有人为了平息这一事件买凶杀人。毕竟那击破车厢的武器在记录里找不到，可能是外星武器。我当时还找了失落者询问这方面的事，结果失落者那边的线人还没回复就被杀了。"

"被杀了？"艾玛扬起眉毛。

李东阳苦笑道："不是你想的那样，那个线人是死于帮会间的仇杀，和我们的案子并没关系。"

唐飞对艾玛道："2013年，世界各大地下力量大洗牌，掌控风名数十年的地下力量失落者也一起覆灭了。"

李东阳说："如果能找到失落者的高层，他们应该会对港口爆炸的内幕比较了解，当时他们是风名各大码头的实际掌控者。"

唐飞问："你有没有想过，可能是爆炸事件的死难家属复仇？毕竟港口爆炸死了那么多人。"

"爆炸案死者共计二百六十一人，正因为死了太多人，到底谁会复仇就很难查了！"李东阳看着二人，"你们能告诉我点什么？"

唐飞拿出机场支路的案件记录递给对方，李东阳皱起眉头反复看了两遍，低声道："的确有点像。同样的半路拦车，把目标杀死在车里，没有留下指纹和DNA。死者是外星人，而且是重大事件的……受益人？但克林顿不算受益人啊。这作案手法，也是典型的拦路抢劫的手法，谈不上有什么特别。这里也没用到克林顿案里的特殊武器。"

唐飞道："所以我们只是怀疑两者有联系，并不是完全确定，但嫌疑人的确和你的案子有交集，是仙女岛港口爆炸事件的受害人。这里存在有很大的可能，克林顿的案子可能是他第一次作案。"

李东阳深吸口气道："有需要我帮忙的地方，请尽管找我。"

上午十点，周翎认真写好了今日特卖的招牌，然后重新擦了一遍柜台。外头温暖的阳光从天窗洒入大厅，书店中央的大书架显得分外耀眼。

周翎按动按钮，机器人管家特里拔下充电插头，对她鞠了个躬，走到了柜台。

周翎面带微笑地打开店门，把今日特卖的告示牌搬到店外。

这是几年如一日她必须要做的事。这家店铺让她少了许多休假时间，但对周翎而言，稳定才是生命里最重要的事，而管理养父母的书店，更是她保留生命里最珍贵记忆的一种方式。

从早上七点开始忙儿子念书的事，到现在书店开门，周翎终于可以坐下来，喝上一口温暖的红茶。书店通常要到下午才会热闹一点，机器人管家播放了一段柔和的爵士歌曲，作为店里的背景音乐。听着熟悉的旋律，周翎扶了下眼镜腿，心情也随之大好。

"你好，周女士，我们昨天见过。我们是第十局的警察，我叫艾玛，他是唐飞。"艾玛和唐飞忽然出现在柜台前，"我们还有一些事想向你了解。"

周翎皱起眉头，低声道："请问是什么事，我还要做生意。"

"我们可以找个安静的地方。"艾玛说。

周翎带他们到里头的角落，请他们坐下，又为二人斟了茶才微微笑了笑："你们问吧。"

唐飞道："现在的事不太好开口，但正如我们昨日拜访你丈夫陈月平时说的，有目击者看到陈月平出现在前几日的案发现场。如果是一个现场还好说是巧合，但是他出现在两个案发现场，我们就需要他具体的不在场证明，才能帮助他摆脱嫌疑。"

"这事他昨晚回家和我说过。"周翎脸上忽然浮起寒意，"你们这分明就是认定他有罪，要不是没有证据，你们早就抓人了吧。"

"警察执法从来都是讲究证据的，如果你能提供他的不在场证明，他不就清白了吗？"唐飞霍地往身后椅背上靠了靠，双手环于胸前，眯着眼睛打量起这女人脸上忽明忽暗的神色。

艾玛在凳子下踹了唐飞一脚，看着周翎抱歉地一笑："你不用担心，我们并没有建立你丈夫和案子的联系，还请你配合调查，让我们警方早日抓到真凶。"

周翎面色这才好了些，问道："不在场证明是吗？具体时间是什么？我不确定自己能想起来多少。"

艾玛点点头，把几个案子的案发时间找了纸笔写下来，递给周翎。周翎看过，皱起眉头说："最早的那个时间，陈月平应该是去东京了。后面两个我不知道，看起来全是他的上班时间。"

"他具体上班的时间是？"

周翎道："他早上八点出门，九点到仙女岛的工作室，晚上五点到六点之间下班，一般在七点左右可以到家。"

"这就有点难办了，陈月平的工作室里没有人能证明他当时在工作，他的雇工全是机器人。"唐飞指尖在桌面上轻轻敲击着，忽然插话道。

"他那边有监控录像，应该可以证明，"周翎瞪了唐飞一眼，指了指书店顶上的监控，"我这里就装着一样的监控，主要是用来防盗。你说的什么不在场证明，这个可以做吧。我们应该保留有三个月内的录像。"

"有这个就好多了，"唐飞微笑道，"其实我们今天来找你，还有一件其他的事。"

"什么事？"周翎不耐烦地推了推眼镜。

"2013年的那个案子有了新的进展。"唐飞慢慢说。

"什么案子？"周翎瞪圆了眼睛。

"港口爆炸事件的责任人，克林顿的凶杀案，我们有理由相信，和最近的案子有关。"唐飞看着对方的表情，不急不快地说着。

"啊，两起案子居然是同一个凶手吗？"周翎吃惊道。

"有可能。"唐飞说。

周翎皱眉道："我有什么能帮到你？"

唐飞道："凶手和你的养父母有关，到时候，我们可能要你去指认嫌疑人。"

"会是谁呢？"周翎问。

唐飞笑了笑道："目前还不能告诉你。"

周翎慢慢道："我明白了，那到时候我会配合的。"

唐飞目光扫过周围的书架，微笑道："这里真不错，我以后会经常来的。"

第十三章

往 事 如 烟

你有没有见过有人能把雕塑变成生物的？他可以把路边的雕像变成活物，但不是传统的傀儡术。

"明明是个清新可人的书店，怎么那么压抑？"走出书店，艾玛回头看了看招牌，长长舒了口气。

唐飞道："那是因为你知道内幕。"

"不过我们仍旧没有直接证据。"艾玛道，"目前的线索，想要申请搜查令还有点困难。"

唐飞道："这是个掌控欲很强的凶手，我们主动向他们展示了危险，他们一定会做出反应。我们现在需要的就是耐心。走吧，我送你回警局，再去参加未知罪案调查科的会。"

"你们的会真多，但我不是把你调过来了吗？"艾玛皱眉说。

唐飞笑了笑说："未知罪案调查科才是给我工资的老板。"

唐飞驾驶飞翔车，以接近音速的速度飞向风名岛码头。到达码头后，唐飞弃车上了一艘小船，因为前往东面三百里的"蛇岛"，必须使用蛇岛监狱的短驳船，不能使用个人的交通工具。

方才他对艾玛说谎了，他并不是回总部开会。昨晚和李东阳见面，让他多了一些想法，所以向未知罪案调查科的科长斯库利申请了一次探访。这次探访必须高度保密，因为该犯人的级别甚至在杀人王哥舒信之上。

"武器、证件、手铐，我们会替你保管。你在这里发生任何意外，我们概不负责。你没有来过这里，我们没有见过你，明白了吗？"蛇岛典狱长板着脸道。

唐飞依言交出证件、手铐以及未知罪案调查科的警棍。对方又看了看他，唐飞把未知罪案调查科的徽章和腰间的暗器带也解下，放到盘子里。

典狱长这才表情缓和了一些，低声道："看押他是一件苦差事。我听说你们从前认识，照道理上头规定不许他和旧朋友见面，不知怎么会批准你的要求。"

"我和他不算朋友。"唐飞说。

典狱长道："上头既然批准了，就不关我的事了。你和他见面时，身边没人监控，但那个房间有录像监控，所以，你不要试图破坏规矩。"

"我明白，谢谢。"唐飞说。

电梯停在地下八层，后面的十层要靠自己走。似乎所有的重刑犯都被关押在地下深处，唐飞曾听人说过关于特殊集中营的事，他对自己的人生并没有什么规划，唯一的想法是千万不要进集中营，千万不要落得像哥舒信、诸葛羽或者今天的拜访对象这样。

每一座大牢都会有一个最重要的犯人。在风名第一监狱，头号重刑犯是哥舒信。在蛇岛，头号罪犯是曾经的诺兰家智囊，风名岛三千"失落者"的魁首——通灵王杨梦。

唐飞已经有很多年没有见过杨梦了，之前他们也不算熟，没想到再见面竟会是在这样的地方。

这里原本是地牢最底层，可是在唐飞面前竟是一片花园。这里不仅有美丽的庭院，郁郁葱葱的花圃，还有一个碧蓝的水池。杨梦一身黑风衣，在水池边盘腿而坐，两鬓苍苍，眼角已满是皱纹。即便如此，从那挺拔的鼻梁和温暖又潇洒的眼眸中，依旧可以想到当年这个男子曾有的风华。

"年轻人，你是来找我的吗？为什么不说话？"杨梦侧头微笑说。

唐飞深吸口气，沉声道："杨梦先生，我叫唐飞，代表未知罪案调查科有一个案子想找你咨询。我在异现场调查科工作时曾和你见过，不知你是否还有印象？"

"我记得你，但配合未知罪案调查科破案不是我的义务。"杨梦淡然说。

唐飞道："我明白，不过这个案子和 2013 年的仙女岛港口爆炸事件有关，我觉得你会有兴趣。"

"嗯？"杨梦手指轻轻点了点额头，"2013 年，我几乎不在风名岛，你可以问问看，但我可不保证能解决你的问题。"

唐飞看了看四周，杨梦笑了笑道："我的确该请你进来坐坐，但这毕竟是一间囚室。"他挥了挥手，整个花园消失不见，周围恢复成了空荡荡的牢房的模样，除了一套桌椅和一张单人床外，什么也没有。

"因为风名市很多大人物欠我人情，所以他们给我做了一套怀旧系统，让我仿佛置身于三十年前的伦敦。"杨梦搬了椅子坐到牢房门口，"只可惜世态炎凉，一套怀旧系统能做什么？"

唐飞看着面前这个在自己孩提时代就已经身处高位的男子，一时竟不知从何说起，久久他才问道："仙女岛港口爆炸是因为装着黑暗物质武器的货船着火。有内幕吗？"

"当然有内幕，你以为黑暗物质是柴火，一点就着？"杨梦笑道。

"能给我说说吗？"唐飞问。

"如果只是为了这个，他们不会允许你来的吧？"杨梦说。

唐飞摸摸鼻子，点头道："我来是因为一个涉及到爆炸案的案子，就是当时货船的主人克林顿的谋杀案，这个案子的凶手又作案了。我觉得，如果货船的爆炸有阴谋，也许你能提供凶手的线索，毕竟在那个时期，失落者掌握着风名地下世界的权柄，几乎所有杀手都和你们有联系。"

"这就是谣传了，"杨梦低声道，"失落者在风名的确有很大的力量，但并不是因为我们是黑社会，我们只是那些特殊群体的庇护者。"

"特殊群体包括异能者，包括外星人。"唐飞道，"听说仙女岛的外星移民区，是在你的认同下建立的。"

杨梦道："是的，异能者、妖魔、外星人……某种程度上说都是亡命徒，与其让他们亡命于世间，不如给他们安身立命的地方，那样这个世界会安定得多。"

"你在这个避难地创立时期就参与了，却没有内幕能告诉我吗？"唐飞问。

"货船的爆炸是有人刻意为之，他们的目的是盗取黑暗物质武器。"杨梦慢慢道，"至于是谁在幕后指使，除非你自己查出来，我是不可能告诉你的。"

唐飞皱眉道："为什么？"

"如果你能查出幕后黑手，那说明你具备了与之对抗的能力。如果你查不出，你知道了不该知道的事，是叫你去送死啊。"杨梦眼中露出一丝痛苦，"不过既然你已经身处国际刑警组织的未知罪案调查科，那我可以告诉你，黑暗物质武器的运送和银牛角有关，你追寻的答案要去找银牛角的人问。另外，克林顿的死是意外，你说得没错，当时社会舆论需要一个能为爆炸事件负责的人，他的确是最好的替罪羊。他死的时间恰到好处，但他的死和黑幕无关，是别的人因为别的理由杀的他。"

"又是银牛角啊。"唐飞苦笑说。

"是的，银牛角远比你知道的更强大。"杨梦说。

唐飞想了想，递出一张照片问："失落者如果是一些流浪者的庇护组织，那你们当年有没有接触过这个人？"

杨梦看了眼陈月平的照片，摇头道："不认识。他这么棘手吗？至于你来问我。等等，难道传言是真的？"

"是的，在你的失落者结束后，西城处理异能犯罪的守望者也解散了。现在西城警局的战斗力及不上从前的一半。"唐飞道，"你有没有见过有人能把雕塑变成生物的？他可以把路边的雕像变成活物，但不是传统的傀儡术。"

"不是传统的傀儡术？你的敌人和仙女岛有关？嗯……"杨梦拖长了声音，"我想一下，我听说过外星有一种生物，可以把自己的能量分出来，用以操控一些东西，比如树木或者石头，这种外星生物来自半神星球。"

"又是半神星球吗？自从和银牛角打交道，就老是遇到那边来的人。"唐飞眼睛亮了起来。

杨梦道："银牛角的高层有人来自半神星球，那些家伙很强啊。半神星球的种族有个共同的特点，就是比较难杀死。"

"的确如此，我之前遇到的几个都比较麻烦。"

杨梦道："如果你能拿到一些特殊力量的东西，比如暗银河的武器，或许可以对他们造成伤害。"

"暗银河？"

杨梦道："是的，所谓暗银河就是在我们这个银河系背面的另类文明群，距离我们极为遥远，并且和我们这里几乎没有沟通。菜鸟，你自己多保重。"

唐飞笑了笑，低声道："很久没人叫我菜鸟了。"

"长大的感觉好吗？"杨梦笑问。

"太辛苦了。"唐飞轻声说，他的嘴角泛起苦涩的弧线。

唐飞离开蛇岛监狱，坐蛇岛的短驳船回到风名岛。把飞翔车调到了自动驾驶，他脑子昏昏沉沉的。和杨梦的见面，让一直压抑在他心头的往事，翻江倒海般地汹涌而来。

2013 年是他在异现场调查科的最后一年，那一年他所在的上海小组，去美国波士顿参与学术交流。在美国的时候，他们因为不同的案子，分散在不同的城市，结果遇到了来自多个组织的分头伏击。

异现场调查科在那一系列的战斗中受到重创，而那些重要的人和重要的事情，也随之烟消云散。

"那时候，原本是可以赢的啊。"唐飞喃喃自语道，"本来可以赢的。老大、七七……"

忽然，车载联络器响了起来，那边传来艾玛的声音："唐飞，周翎打电话来要求见面。"

"现在吗？"唐飞看了看时间，现在是晚上八点。

"她说有重要情况和我们在书店说。"艾玛说，"你在哪里？"

唐飞看了眼下方的城市，低声道："十分钟到。"

如果黑暗物质武器的事和周翎的案子无关，那么陈月平究竟是何方神圣？

坐在书店里，周翎两眼红肿，头发有些散乱，眉梢新添了一块伤疤。

"白天你们离开后，我想了很多，所以打电话让阿平早点回来。"女人说。

"你和他谈了？"艾玛问。

"是的，我问他是不是他做的，他说不是。"周翎苦笑，"我知道他在说谎，所以，我劝他去自首。"

"你怎么知道他在说谎？"唐飞问。

周翎伸出手，将一把刀放在桌上："这是在地窖的地板下找到的，那里是他藏私人物品的地方，他以为谁也不知道，但老公有什么能瞒过老婆？"

唐飞拿出取证盒，"智能视角"在刀锋上扫描了一下，屏幕显示匹配二字。

"他打了你？"艾玛问。

"他只是推了我一下，我撞了头。"周翎哭道，"他警告了我，然后就去喝酒了。"

"你没说过他酗酒。"唐飞说。

周翎擦了擦泪水："我也不能把什么私事都和你说。他从前有酗酒的毛病，孩子出生后戒了，最近几个月又开始了。你们来找我的时候，我就觉得不对劲。算起来，差不多就是我和孩子差点被车撞之后，他看到孩子画了爆炸的画，之后就变得早出晚归，沉默寡言。"

唐飞嘴角挂起冷笑，问道："他现在在家？孩子呢？"

"他在家，孩子在店里。"周翎指了指书店的休息室。

唐飞拨通联络器，和哥舒信确认了一下，陈月平现在的确在家里。众人立即前往陈家。

大队人马在陈家外头一个街口集结，艾玛开始分派任务："现在我布置任务，我和唐飞进去抓捕陈月平，第十局的弟兄们带上弹射电网，在屋子外围守着。记住，主要兵力放在后院的街道。哥舒信，你在外埋伏，万一电网封锁不住陈月平，就靠你了。好了，都明白了吗？"

众人一起道："明白。"

"行动！"艾玛下令。

此时已是晚上十点，街上行人不多。唐飞跟着艾玛走在队伍最前头，思索着周翎的口供。这个案子不是两人合谋，只是陈月平独自作案？那就有太多不合理的地方了。

陈家是一栋独立的小院子，穿过草坪的唐飞一脚踢开大门，高声道："陈月平，有证据证明你和多起凶杀案有关，请你和我们回警局调查。"

屋内的人呼吸沉重，并没有说话。唐飞走进屋子，就见一条黑影摇摇晃晃地站起。他一个箭步冲入屋子，对方同时一拳砸向他的面门。唐飞手指扣住对方手腕，两人一较劲，唐飞被巨大的力量甩开撞在墙上。

陈月平眼中透着凶光，咒骂道："死女人，你真的报警了？"

"你已经被包围了，不许动。"艾玛在窗户外举枪道。

陈月平狂笑一声，突然冲向窗户。艾玛立即开枪，但那家伙速度太快，三发子弹全部落空，陈月平如野兽般冲向女警察。

手枪被对方击落，艾玛并不后退，反而反手夹住对方胳膊。陈月平大吼一声，把她摔了出去。唐飞从后头过来一脚踢在陈月平后背，但这家伙跌跌撞撞冲出去六七步，居然没有倒地。唐飞眉头紧锁，身子旋动大腿如巨斧劈下。陈月平双臂交叉，接住他这一腿，借力再次后撤，三两步掠上墙头。

突然，围墙外的警车亮起照明灯，街道四周彷如白昼。

陈月平本能地闭上眼睛，左面一张大网弹射过来。陈月平滚下围墙，躲过那那道大网，右面又一张大网从头顶罩落。陈月平不可思议地向街面上移动了两米，但肩头还是被网上的钩子挂住。

滋啦啦！大网瞬间电流涌动，陈月平半边身体随之麻痹，闷哼一声倒在地上。周围几个膀大腰圆的警察同时扑上前去将其按住。

远端一直在全身戒备的哥舒信，微微皱起眉头。眼前的凶手尽管凶悍，但好像缺了点什么。

当陈月平被押上警车，第十局的警员向走出屋子的艾玛·班达拉斯献上隆重的掌声，艾玛向众人频频回礼。

唐飞和哥舒信站在一处，哥舒信低声道："觉得不对劲吗？"

"就算不对劲又能怎么样？"唐飞说。

"尽管找到了凶器，但先前他们是有不在场证明的。我们就算抓了他，要定罪也不容易，他只要说凶手不是他就行了。"哥舒信说。

"有他老婆指正他，他死定了。"唐飞摇头道。

"他老婆如果翻供呢？"哥舒信问。

"你觉得他们是这个策略？"唐飞想了想，摇头道，"那家伙身上先前的危险气息不见了，在方才也没有出全力，他到底是在琢磨什么？"

"艾玛，我和犯人坐一辆车。"唐飞对艾玛说。

"押犯人回警局的事不用你们操心了。"艾玛笑着说，"外面很多记者，你换身衣服跟我去准备记者会。"

"我觉得有点不对劲。"唐飞说。

艾玛拍了拍他的肩膀，笑说："破案靠你，但押送的事总得让第十局的做吧。你看他，被电击后裤裆都湿了。"

唐飞看了眼囚车里魂不守舍的陈月平，也说不出什么反驳的话，他只能悄悄对哥舒信使了个眼色。

看着唐飞无奈地和艾玛·班达拉斯离开，哥舒信把目光落回囚车。陈月平若有若无地看了他一眼，露出漠视的眼神。

不多时，汽车发动前往第十局的拘留所。这一路不算远，大约十个街口。哥舒信驾驶着飞翔车，在半空跟着囚车。这时候已经是深夜十二点，街道上十分冷清，而囚车遇到红灯就拉响警灯，一路上竟然是畅通无阻。

眼看行程已经过半，前面是个没有红绿灯的丁字路口，原本该直行的囚车竟忽然右拐，然后车顶被一股大力掀开。哥舒信立即将飞翔车向其靠拢，只见囚车里一道人影闪出，正好跳到路边的垃圾箱旁。

哥舒信打开车上的火力按钮，车灯下两排枪管同时开火，但子弹只是射坏了垃圾箱。陈月平的身形比先前快了不止三倍，他贴着地面仿佛一道流光一样蹿到了马路另一边。忽然，他回身一枪，子弹正中飞翔车的挡风玻璃。

飞翔车被一股怪力掀起，在半空翻了个跟头。哥舒信立即弹射出车子，当他再回过头，陈月平已消失于夜色之中。哥舒信深吸一口气掠上屋顶，站在高处总览四周，霓虹闪烁的午夜街道上没有半点线索。

翻倒的警车里传来呼救声，哥舒信只得去救助受伤警员。

第十四章

机 关 算 尽

"从前有前辈说，每个人做事总有他的理由，"哥舒信说，"所以我相信，陈月平也好，你也好，并不是一开始就想杀人的。"

陈月平的拒捕逃逸，让他坐实了官方头号嫌疑人的位置。尽管艾玛·班达拉斯在第十区的记者会上颜面尽失，但这个案子对第十局而言，算是已经告破。接下来的任务就是想办法捉拿陈月平。

"对外我当然是这么说的，西城警局的面子多金贵？但是我们自己说，抓陈月平的事，还要靠你们啊。"艾玛拉住正收拾东西的唐飞和老鲨说。

"西城警局肯定有高手，那些人实力一点也不弱。"唐飞说。

"不，那些人我可说不上话。"艾玛拿过来准备好的咖啡和点心，讨好道，"案子是你们破的，罪犯当然也是你们抓。"

老鲨接过咖啡，美目流转道："我们自己也有很多事啊。"

"可是唐飞的借调令还没结束，即便结束了，我要延长也是没问题的。"艾玛把咖啡递给哥舒信，"哥舒老大，要靠你多帮忙。昨晚没你援手，那些弟兄真要出事。"

一旁唐飞打电话询问了斯库利，经过确认他才道："上头说，我们暂时没有重要案子，我们可以帮第十局把陈月平抓捕归案。"

哥舒信道："我担心的是这家伙既然已经逃了，凭他的本事，只要蛰伏不出，我们还真不一定能找到他。风名这个地方太复杂了，他如果半年没动静，难道我们一起守在第十区半年？"

老鲨道："你们第十局说已经破案了，但是我们并没弄清，到底是陈单独作案，还是他们夫妻共同作案。难道对周翎就不问了？"

哥舒信道："若当时让我们跟车押送，陈月平也不会那么容易逃走。"

艾玛表情有点尴尬，举手道："总之，如老鲨说的，你们先不急着走，是单独作案还是联合作案，需要有个说法。我一早已经将周翎带到警局，做正式笔录。万一陈月平这家伙真的藏起来不出现，我当然不可能一直借调唐飞不还给未知罪案调查科嘛。"

忽然，办公桌上的电话催命般地响起。

艾玛皱眉接起电话听了几句，然后握紧拳头对唐飞道："陈月平他一点蛰伏的意思也没有，又作案了。"

"他做了什么？"唐飞问。

艾玛咬牙说："他打劫了第九区的一家枪械店。"

唐飞思索道："他不仅不避风头，还主动作案，疯了吗？"

艾玛道："李东阳已经等在那里了，我们出发。"

西城一共二十一个区，第九区距离仙女岛最近，所以这里也就成了默认的外星人和风名城的中间贸易区。外星商人在经过审核后，由政府发放经营牌照，那些并不会造成社会影响的商品就从这里流入市场。

当警察赶到勃朗宁街时，沿街的枪械店已是一片狼藉。李东阳的第九区警局，放出警戒线谢绝各色人等围观，哥舒信在店外查看周围环境，唐飞他们踏着玻璃碴走入店铺。

早晨只有一个店员看店，此人因近距离额头中枪死亡。老板樊虎臣在一旁接受李东阳的盘问。

"柜台上的现金被取走，但大多数枪械都在，那他到底拿走了什么？"唐飞问。

李东阳说："店里珍藏的一支狙击步枪以及配备的瞄准镜被取走了。"

"那支枪有什么特别？"艾玛问。

"是象牙制作的，可以逃避安全检查……"李东阳苦笑道。

"仅仅是这样？"唐飞嘟囔着站在店里。他开启"智能视角"，这家店并不大，甚至比周翎的书店还要小一些。他在联络器里对老鲨道："帮我查个名字，樊虎臣。"

老鲨只用了几秒钟，就回答道："你的怀疑是对的，樊虎臣来自希亚星球，他虽然不是这家店的注册老板，却是实际拥有者，他还有另外一个身份——军火走私商。"

唐飞道："我明白了，所以这里可能是个星际武器销赃点。"

走近樊虎臣，唐飞说了两句希亚语。满脸横肉的樊虎臣面色一变，吓得直发抖。

唐飞让无关的人退下，然后道："你不用紧张，你的星际武器店受了损失，你也是受害者。哦！不对，你的武器店没有星际牌照，所以你并不能算受害者。"

樊虎臣哆嗦着道："我听不懂你说什么。"

唐飞的徽章启动特殊感光系统，两道光束打在原本悬挂象牙狙击枪的陈列架上，显示出一扇蔚蓝色的大门。

"打开它。"唐飞指着那个闪亮的蓝色大门说。

"求求你，我不报案不行吗？这里面东西的主人，我得罪不起啊。"樊虎臣哀求说。

"你现在得罪不起的是我。"艾玛生气道。

樊虎臣只得拿出一枚蓝宝石指环，宝石指向蓝色大门，大门打开了一条通道。

"你清点过了吗？到底丢了什么？"唐飞走进去，看到里头是一排排的柜子，大约被清空了三个橱柜。

樊虎臣仍旧不愿意开口，唐飞抽出警棍，一棍砸在对方后颈。樊虎臣身上的伪装顿时被清除，那件体面的皮囊散落一地，露出原本仿佛蜈蚣般的细长身体。

"事到如今你还不说？配合一点，少吃点苦。"唐飞说。

樊虎臣道："好吧，我说我说。这里的东西都不是我的，我只是帮别人卖。今早我还没到店里，店就被抢了。我查了一下，主要是丢了一把光剑，两把激光枪，二十发破山雷，以及十个储能盒子。象牙狙击枪其实并没有丢，而是被砸了，可能是他开门时弄坏的。"

"怎么评估这些东西的危险性。"艾玛问。

李东阳说："不好说，若只是枪和炸弹，还好计算损失，但这十个储能盒子，不知他有什么用。按说，一把枪一年只需要充能两到三次，普通的制式充能盒，可以提供一个基数的充能次数，他根本用不到十个充能盒子。"

"一个基数，就是一百次？"艾玛问。

李东阳道："是的，一百次。"

唐飞道："充能盒子能不能用来启动飞船？"

李东阳道："那也得正好有配套的飞船才行。地球上的飞船五花八门，用的能源也不同。"

唐飞沉吟道："他刚逃脱追捕，就发动了这次抢劫，显然是蓄谋已久的。"

艾玛对樊虎臣道："你确定只丢了这些？有没有什么更特殊的东西，你没跟我说？"

"没有了，肯定没有了！"樊虎臣四只手四只脚一起摇动。

"等一等，让我们想一想。"唐飞抬手道，"如果我是陈月平，我半夜里才从警察手里逃脱，白天就袭击这里，这里肯定有我之后行动里非常需要的东西。"

"比如说，充能盒以及军火。"李东阳说。

"如果我拿了特殊数量的东西，是否应该想办法不让人知道呢？"唐飞说，"昨晚他被捕时，身上是没有枪的，但他离开警车时，却向哥舒信开火。那把枪不是警察的配枪，所以，他是事先把枪放在了那个丁字路口。"

艾玛道："你是想说，所有的事情他都计划好了？"

唐飞道："我是说，如果这个枪械店有不需要我们知道的信息，他离开的时候，为何不把这里炸掉。"

"也许是他根本来不及这么做，我们巡逻的弟兄听到枪响就过来了，他来不及炸店。"李东阳说。

"有什么来不及的，这里还有那么多炸弹。"唐飞指着另几个柜子里的手雷，忽然顿了顿，只见他勃然变色道，"所有人退出去！立刻！"

艾玛、李东阳同时朝外飞奔，唐飞隐约听到炸药击发的声音，他紧急按动衣领上的徽章。一道光盾立即护住了他，他一把拉过艾玛，但来不及保护别的人。

店外的哥舒信隐约生出不安的感觉，他霍然转身，紧接着一声沉闷的爆炸声响起，枪械店化作一片废墟。

"唐飞……你怎么样？唐飞你死了没？"哥舒信一面急忙呼叫联络器，一面跑向废墟。

大约过了二十秒，唐飞的声音才从另一头传来："你才死了呢！我没事。徽章的光盾太给力了。你小心，凶手可能在附近。"

哥舒信蓦然心头一悚，本能斜身躲开两米。一发光弹无声无息地落在他刚才奔跑的路线上。他望向子弹击发的方向，陈月平那恐怖的气息一闪而过。哥舒信冷笑掠起直奔对方，陈月平则并不恋战转身就跑。

哥舒信把警棍大力甩出，警棍仿佛手雷一般砸在陈月平的前方道路。轰隆！去路阻断，而哥舒信已到了他的身后。陈月平大吼一声，身子爆发出惊人的力量，他连续向哥舒信踢出二十多腿，速度越踢越快。哥舒信挡下开头那十多脚，最后那几下只能不管不顾地硬扛下来。

哥舒信不顾对方的拳脚，自己也是奋力挥掌劈向对方脖子。两人同时一晃，各自退出三步。几乎同时，二人再次挥拳，互换三十多招，空气中爆发出"噼啪"的裂空声。

忽然，陈月平大吼一声，手臂上泛起一阵白光，按住哥舒信肩膀的力量也大了两倍不止。他稍稍用力，便将哥舒信甩出。哥舒信灵动一闪，人在半空居然稳住身形，眼中红芒闪动，右手做刀状狂野劈下。

砰！两股力量一碰，陈月平被推出十多米远，但他借着这股大力朝着街角飞奔。周围的应急车辆向这里涌动，而不明事态的百姓却由于爆炸声拼命朝外走，街道被堵得水泄不通。哥舒信追了一个街口始终不能拉近两人的距离，在接近第十区的街道，陈月平再次不见踪迹。

两次了啊，这家伙是会隐形还是会变形术？哥舒信面色阴沉地想着。

闻讯赶来的老鲨拉着唐飞的手上下打量，确认对方没有大问题才松了口气。艾玛看在眼里心里一紧。

这次爆炸产生了严重的后果，李东阳和樊虎臣当场身亡，艾玛虽然被唐飞的光盾护住，但也受了不轻的冲击。靠近现场的两个警员殉职，西城警局的上层宣布将陈月平定为头号要犯，而未知罪案调查科也发出银色通缉令追捕他。

一连十天，陈月平连续作案多起，第九、第十区内多个外星人的店铺被炸。爆炸并没有引起什么人员伤亡，因为他都是选择在午夜时分侵入这些店铺，只是他到底取走了什么，就没人知道了。

"这家伙是真疯了。"艾玛看着那些烫手的报告，苦笑叹息。

唐飞道："他目前的行为，已经脱离了之前的作案模式，也说明之前的案子可能不是他做的。"

"之前的案子，凶手主要用的是刀，且只针对个人作案，而现在，却主要用爆破手段作案。目前周翎已经被我们看管起来，但不抓获陈月平我们就无法给其定罪。"如果说之前的凶杀案只是第十分局自己的事，如今这一连串的爆炸案，足以让整个西城焦头烂额。艾玛已经没有了先前的锐气，她甚至不敢在警局里坐着。

停了一会儿，艾玛才说："周翎名下的产业我们已经布控了，还是找不到陈月平。陈月平工厂名下的厂房仓库，也找不到他。"

"这次交给阿信吧。"唐飞说。

审讯室里，哥舒信将一杯六安瓜片放在周翎面前。

"你们先前说好的，只要我帮助查案，就会照顾我和孩子。现在我把陈月平供出来了，你们却把我孩子抱走，你们没有信用！"尽管住了几天拘留所，但周翎头发梳得干干净净，衣服也是一尘不染。她面色愤怒，话语依旧缓慢。

"先喝茶。这次问完话，我让你见孩子。"哥舒信说。

"我还能相信你们？"周翎反问。

"你必须信，"哥舒信笑了笑，"如果想要今天见到小石头，你就要好好回答问题。来，喝杯茶，暖暖身子。"

周翎看了眼茶杯，挑剔道："茶叶不错，可惜被你泡坏了。我以为你是懂茶的人。"

"我可以拿器具来让你泡，我们一边喝茶一边谈。"哥舒信说。

"还能这样？"周翎问。

哥舒信笑道："先前审问你的那两个警察，因为捉拿陈月平不力被降职了，现在是我来管这个案子。我认为这个案子，你们夫妻二人都有涉及，主犯当然是陈月平，而你一早就知道他在作案。鉴于你有孩子要照顾，我会向检察官求情，给你提供比较好的条件，前提是你要帮我捉到陈月平。"

"这和之前的说法差不多。"

"你之后将离开拘留所，回到自己家做保护性看管，这样你们母子也能团聚。这条件好太多了。"哥舒信说。

"真的？"周翎终于有了反应。

哥舒信拿出一个平板，上头直播着周翎孩子在家里的画面："回答好问题，你就可以回家了。"

"你问吧。"周翎爱怜地看着孩子，慢慢调整了坐姿。

哥舒信将抽屉里的茶具拿出来，笑道："边喝茶边说吧。"

"他平时话不多，没想到那么擅长和犯人沟通。"外头观察的艾玛小声说。

唐飞道："他曾是风名东城的年度探员，捉拿过各种各样的怪物。他身上能让你吃惊的地方太多了。"

"这世界好人总是要受各种磨难。"艾玛轻叹了口气。

"我们让他进去，当然是有所依仗的。"唐飞喝了口咖啡，"老鲨翻了陈月平的老底，有了新的发现。"

"从前有前辈说，每个人做事总有他的理由，"哥舒信说，"所以我相信，陈月

163

平也好，你也好，并不是一开始就想杀人的。"

"是他杀人，不是我。"周翎纠正他说。

"对，陈月平是凶手。我们相信他和几年前的克林顿凶杀案有关。"哥舒信看着周翎行云流水的泡茶手法，低声道，"你和他是什么时候认识的？"

周翎道："我和他认识早了。"

"我以为你十九岁的时候……"

周翎道："我十九岁和他结婚，但我认识他很早。我十二岁的时候住在春晖福利院，那时候就认识了他。"

"那么早？那时候他多大？"哥舒信问。

"那时候他十八岁吧，他比我大六岁。"周翎说。

"他比你大那么多？"

周翎道："是的，那时候我刚到春晖不久，那里办了一场慈善会，让社区的大人来做公益，我就偷了一辆车想要悄悄离开风名城。"

"你真是有雄心壮志。"哥舒信说。

周翎递给他一杯茶，笑道："我那时候只想离开春晖，连风名有多大也不知道，但我刚把车开出路口……就出事了。"

"你居然能把车开出孤儿院，你们门卫是摆设啊。"哥舒信说。

"门卫什么时候不是摆设？"周翎抿了口茶，"现在的味道就对了。车子开出一个路口，突然有人乱穿马路。我猛打了一下方向盘，结果边上又撞来一部小皮卡，于是我的车就斜飞了出去。"

"有没有那么夸张？"

"绝对没有夸张，当时我只感觉眼前闪起了白光。醒过来时，陈月平抱着我，"周翎面带红晕地回忆着，"我就那么傻傻地看着他……"

"后来呢？"哥舒信问，心里则想着那道白光。

"后来，陈月平常来看我。他当时在做义工，所以经常出现在春晖。因为有他在，我少吃了很多苦。"

"春晖有人欺负你？"哥舒信问。

"孤儿院里的孩子被欺负难道是新闻？"周翎道，"大约一年后，陈月平对我说他要离开一段时间，过些日子再回来找我，因为他要出去办事。我让他带我走，但他说那时候他还不能照顾我，等他回来的时候，他保证会给我幸福。我当然是不相信的，这世上骗人的家伙太多了。"

"你觉得他说谎了？所以你当时很生气。"

"也没有很生气，只是有点失望。在他离开后，我的确又吃了很多苦。"周翎在心里默默叹了口气，没人知道那时候她为陈月平的离去流了多少眼泪。

"春晖福利院里，谁伤害你最多？"

"这种事谁说得清。"

"你可以多说几个名字。"哥舒信说。

"有个叫老蔡的护工，最喜欢欺负孩子，他是我们的噩梦。"周翎面色阴沉，手指颤了颤。

"蔡文强是所有孩子的噩梦，他已经死了很多年了，听说是喝醉了，滚下楼梯摔死的。"

周翎把茶水倒了，重新沏了一泡茶："恶有恶报。我们可以不说这些吗？"

"那陈月平什么时候回来的？"

"我十四岁的时候，被爸爸妈妈领养了。这件事比较出人意料，因为一般在福利院领养孩子的，都会选择年龄小一点的。我已经十四岁了，通常是没人要的，但我爸爸妈妈是真的想要一个孩子。我已经等了陈月平一年多，那颗等他的心已经死了。"

"那么快就死心了？"

"是啊，女人嘛，爱得快，忘记得也快。"周翎笑了笑，"然后，我就开始了真正的生活。上正常的学校，有了正常的家。爆炸的时候我在念大学，要不然，我就和爸爸妈妈一起去了。"周翎深吸口气，心里莫名一抽。

"说到家人，陈月平的家人是什么情况？"

周翎道："他没有家人。他出生的地方常年打仗，所以很小就成了孤儿。他刚认识我的时候，要养活自己都难，更别说要照顾我了，所以他要先去赚钱。"

"现在地球上哪里常年打仗？"

"非洲吧……"周翎说。

"他哪里长得像非洲人？陈月平和你是什么时候重逢的？"哥舒信问。

周翎道："我刚上大一，他就来找我了。他在我们学校边上开了一家电子用品店，我在没有课的时候，就整天和他腻在一起，所以大一我就做起了老板娘。那时候，真是开心啊。他进货我跟着，他打扫卫生我跟着，他喝酒我也跟着。"

"男人一般不希望女朋友整天跟着。"哥舒信说。

"他是我男人，也是我叔叔，他不一样。"周翎说，"大爆炸之后，我就搬过去和他住了。"

"他有没有显露出暴力倾向？家里有没有你不能去的区域！"哥舒信问。

周翎说："他对我一直很温柔。现在的房子是我和他结婚后买的，当然没有不能去的地方。"

"我想你在拘留所这几天，肯定不知道他做了些什么。"哥舒信把几场爆炸的照片摆在女人面前，"他已经不再满足于简单地杀人，而是在制造爆炸。"

"这不是我的老公。"周翎沉声说。

"你对你老公了解多少？"哥舒信问。

周翎微笑道："他大我六岁。摩羯座，工作狂。身高一米七五，体重七十五公斤，右手是习惯手。后背上文了一条鲸鱼。汉族，孤儿，凤名本地人。有爱心，爱读书，手很灵巧，机械狂人。没有流行细胞，听老歌，会围棋，懂书法。爱吃肉，爱喝汽水，不赌博，不抽烟，不爱睡懒觉，不爱走路吃零食。喜欢苗条的长腿女人，喜欢孩子。讨厌武器，讨厌整理房间。他其实很爱爆粗口，但在我面前从来不说。"

"还有吗？"

"他是个有正义感的人，和我不同。我的童年比较坎坷，也没有一技之长。他是可以自己解决所有问题的人。他爱我。他喝咖啡爱放很多糖，吃再多的肉也不长胖。他喜欢黑色和白色，不过最喜欢的还是白色。我不是他的第一个女人，但这十年里我是他唯一的女人。我们的家，也是他唯一的家。"

"他的爱好也许是真的，但是他的档案是假的。"哥舒信递上一份表格。

"什么意思？"周翎瞪起眼睛。

"自己看。"哥舒信指了指表格。

表格显示陈月平的所有档案都是后来制作进去的。他的身份以及所有的活动资料都是从 2007 年开始，之前的是空白，后面的则如周翎所说。

"我又怎么知道这不是你们造的假？"周翎反问。

"我没有必要这么做，希望你有机会亲口问他。"哥舒信低声道，"现在他在风名的处境很糟糕，西城警局下达了一旦发现他就当场击毙的命令，如果你能帮我找到他，或者提供找到他的线索，不仅你的日子会好过得多，他也不一定会死。毕竟，他虽然杀了人，但还要经过审判才能量刑，而风名西城是没有死刑的。"

周翎纠结地想了想，慢慢道："你能保证他不会死？"

"我不能保证什么。也许你们无法在家里幸福团聚，但好歹是个机会。"哥舒信顿了顿，认真地说道，"这个男人改变了你凄冷的人生，你是否要还他一线生机。"

周翎眼里闪现一丝莫名的迷茫，沉默了有两分钟的时间，才低声道："我真不知怎么帮你抓他。如果你没有别的问题，并且不放我回家，我也不抱怨什么。但是……也许，只是也许，你如果让我回家带孩子，说不定陈月平会来看我们。我在拘留所他是肯定不会来的。"

审讯室的另一端，唐飞皱起眉头道："她似乎对陈月平档案的造假并不意外，她知道的远比我们认为的要多。"

艾玛小声说："就如你所说，若要钓鱼，就要把她送回家。哥舒也的确问出了一些东西。"

"你们真准备把周翎放回家？"老班达拉斯看着斯库利带来的案件简报问。

斯库利说："已经回家了。一方面是唐飞觉得，让周翎回家，这老婆和孩子就在熟悉的地方，可以有钓鱼机会。另一方面，你看这张图就明白了。"

她拿出一张数据分析图，是陈月平抢劫的枪械店的位置分布。

斯库利继续说："陈月平的行动是围绕第九、十区的中间地带展开的，具体位置更靠近第十区的旧城区。我们慢慢收紧了外围的封锁，引他在熟悉的区域活动，他很快就会暴露行踪。"

"这么说，你们猜测他会在这个红圈范围里作案？"堂·班达拉斯问。

"是的，这里涉及一家枪械店，两间外星仓库，我们已经放好了捕兽陷阱。"斯库利道。

班达拉斯说："有重点吗？如果是三个地方分兵部署，太浪费人力了。"

斯库利说："有的，我们从他爆炸过的地点，以及他个人拥有的技术能力分析，认为陈月平有可能是在收集材料做一个大型设备。"

"什么设备？"班达拉斯问。

斯库利道："老鲨说可能是一个带逃生舱的飞行器。"

"居然是这种东西？他为什么要制造这种东西？难道他还想带着老婆孩子逃离地球？"堂·班达拉斯点起雪茄，"这真是不好理解。"

斯库利说："我们是从他第一次爆炸取走的充能盒联想到的，充能盒可能是某个发动机的组成部分。如果是这样，我们推测他会将下个目标定在外星仓库，因为里面有制造飞船发动机的核心材料。我们给红色区域内的三个可能目标做了编号，分了 A、B、C 三组人来部署。"

"这么说你们都布置好了？"班达拉斯问。

"是的。上次艾玛受伤……"

"我明白那是意外，"班达拉斯打断她，"我当然不愿意发生这种事，但她是警察，受伤是难免的事儿。好好干，斯库利，抓住那个混蛋。"

唐飞并不认同老鲨的猜测，他觉得凑材料制造一艘飞行器，还不如去抢一艘，毕竟在仙女岛找一下，如果不是太挑剔总有可以用的飞船。但他也同意大家的意见，陈月平的确在收集零件，而第九区的外星贸易仓库是极有可能的打击目标。

"只是不知道他到底在找什么设备，要不然就简单了。"唐飞说。

哥舒信说："我觉得，即便我们事先埋伏，事情也不会那么简单。我在查访的时候，从陈家的邻居那里了解到，他是个十分聪明的家伙，而且围棋功力特别高强。在坊间有这么句话，能把围棋下好的人什么都能做好，因为他做一步会计划六七步。"

艾玛皱眉道："你是说，他已经估计到我们的布置？"

"是的，"哥舒信道，"问题就在他是不是一定要拿那件我们不知道的东西。"

"被你这么一说，我有点担心了。"唐飞说。

艾玛好奇道："你担心什么？"

"打仗也好，下棋也好，都要求知己知彼。我们并不了解陈月平，但他了解我们。"唐飞看着仓库的传送门小声说。

艾玛说："我已事先把制造飞船有关的东西都搬走了，他即便来了也是空手而归。"

哥舒信道："尽管他很狡猾，但我觉得你不用过于担心，目前的情况也是他原本没想到的。"

如果陈月平听到他们的这些对话，一定会对未知罪案调查科很佩服。他的确在找一些零件，但并不是为了造飞船。如唐飞说的，自己造飞船不如去抢一艘。

陈月平站在楼顶，看着远端自家那栋小楼，面色沉重。他一直没有离开太远，而警方如他预期的那样把妻儿送了回来，即便对方是在钓鱼，但只要是送回了家，那就有机会。

现在差不多可以行动了。陈月平回到书桌前，摆弄一下键盘，按下启动按钮。三台和他身高体型一样的机器人穿戴上风衣和面具，一个接一个地走上街道。

深夜十一点，唐飞忽然接连收到报告："第十区一家民用仓库被爆炸。""报告！第九区的立交桥被炸！"

艾玛飞快地问道："可有人员伤亡？"

"没有人员伤亡，但立交桥爆炸时正好有车辆经过。"警员汇报说。

"情况不对，是声东击西，"唐飞说，"继续按兵不动。"

"第九区的希亚典当行被炸，丢失大量物品。"又有报告说。

艾玛看看唐飞，低声问："还不去吗？我们会不会错了？"

"不，我们列的预知目标出错概率很小。"唐飞想了想，又在联络器里叮嘱道，"哥舒信，你留守在陈家，发生任何事都不能走开。"

唐飞忽然很怀念从前的 E 科，那时候一个案子可以出动许多人，而现在这里的人手太少了。

之后，静默了有半个小时，艾玛已经坐立不安。突然警铃大作，唐飞直掠向库房前的传送门。

一道白影贴着传送门而入，唐飞同时杀了进去。里面的白影并不去库房，而是不由分说地提枪转身一阵扫射。唐飞极速飞奔，激光弹擦着他的衣袂落在后方，但他的跑动路线仿佛被对方精确计算到，路线上的子弹越来越密集。

该死，怎么会这样？唐飞陡然改变前进路线，试图停顿一下。就在他停顿的一刹那，一枚子弹迎面射来！

唐飞向后一仰，脑袋避了过去，左手甩出一柄飞刀，但同时肩头中弹。护体光盾一闪，巨大的冲击力把他轰出六七米远。唐飞肩膀一阵剧痛，差点变成独臂……他倒吸一口冷气，极速翻滚，连续做出六七个规避动作，才挪到一个大柜子边。飞刀没有中？他急匆匆瞄了敌人一眼，他的飞刀赫然钉在对方的胸口，但敌人并没有倒下，甚至射击的架势仍旧非常稳定。

这是什么鬼……唐飞开启"智能视角"，靠近到对方十米左右的位置。系统提示，面前为生化机器。那身着白衣的机器人，有双明亮但并无生气的眼睛。

唐飞按动衣领上的徽章，打开电波干扰，对面的机器人忽然停顿了两秒钟。唐飞贴地飞掠，一警棍砸在对方腿上，机器人的左腿顿时失去行动力，但它手上的自动步枪依旧猛烈开火。

唐飞掌心多了一柄短刀，他一刀将步枪劈成两截，飞起一脚将对方踢翻。机器人挣扎爬起，唐飞连续出拳，将它的脖子和胸口的部件多处击毁。

机器人毁损的线路从皮肤下露出，电路闪动出诡异的火花，机器人倒在原地抽动着，总算没有再站起来。

这时，艾玛从传送门进来，一脸焦急地道："唐飞，在 C 号地点发现白衣人入侵。弟兄们已经把他包围住了，但对方太厉害，六七个弟兄受了伤。我们快过去！"她说到这里才看到地上的机器人残骸，吃惊道，"这是什么？"

"这是陈月平的产品，看来我们这里也是他声东击西的目标。"唐飞冷笑，"这家伙为了调动我们真是不遗余力。"

"赶快去 C 号吧，那边撑不住了。"艾玛说。

唐飞点了点头。

陈月平看着唐飞和几个警员一起离开 A 号仓库，而他分派到这里的机器人在原地静止不动，监控摄像显示，保密区此刻空无一人。计划完成了一半，此刻的 A 号仓库已没有警方把守，谁也没想到，他会连续攻击一个地方两次。

陈月平略带小心地进入仓库外围，一路来到传送门前都平安无事。唐飞很谨慎地将传送门封锁，但这难不倒陈月平。他取出一个骇客盒子，只用了十秒钟就重启了传送门。他平心静气地进入仓库的保密区，他的那台机器人安静地躺在地上。

如预期的那样，这里已经不再设防，陈月平展开搜索，在第九个保险柜的中间架子上找到了一个盒子。他打开盒子检查了一下，满意地点了点头，飘身跳下梯子，大步朝外走。

就在陈月平通过传送门时，却看到唐飞面带微笑，好整以暇地等在另一边，周围是二十个荷枪实弹的西城警员。

"我明明看到你离开了。难道你认定我的目标是这家？"陈月平问。

唐飞笑道："你看到的是穿着我们未知罪案调查科制服的艾玛，我的确认定你会来这家。"

"为什么？"

唐飞说："你的声东击西弄得西城风声鹤唳，但我相信我们推算出的三家目标地点。"

"但刚才那家也是你推算的目标吧？"陈月平问。

"我差点就信了。我听说，你被几十个警察围住了，于是就想，你本人无论如何都会比机器人强一点，不可能被几个警察堵住的。"唐飞对身边众人抱了抱拳，"失礼了，各位。我倒不是百分百确定你一定会来这里，我只是多等了十分钟。也许你的耐心再好个十分钟，就轮到我陷入自我怀疑了。"

"看来我运气不好。"陈月平笑说。

唐飞道："那么你问好了，就该我问了。陈先生，你到底是何方神圣？"

"你不需要知道。要抓我就来吧！"陈月平淡然一笑。

"是吗？来自半神星球的你。"警棍在手里转了一圈，唐飞箭步上前。

陈月平心里一沉，手里忽然弹出一柄一米长的光剑，气定神闲地向前一指，警棍竟然被削成两截。唐飞吃了一惊，这未知罪案调查科的警棍是特殊材料制成，即便是大砍刀来劈也是斩不断的。

　　陈月平上前一步，剑锋指向唐飞的面门。唐飞侧身让过，手心多了一柄短刀，但短刀和光剑一碰，也断了。光剑继续向前，眼看要刺入唐飞胸口。那制服里的光盾再次弹出，但这次和从前不同，光盾也无法阻拦光剑的进攻。

　　唐飞深吸口气，向后退出五米，发现徽章系统居然被这一击打崩溃了。这到底是什么？

　　周围的警员见此情形立即开火，陈月平从容舞动光剑，带起狂飙般的剑风，那些子弹被蓝色的光剑尽数挡下。陈月平趁势冲向外围，但唐飞又拦在他近前。这一次两人身影交错，尽管光剑犀利无比，但唐飞并不强攻，只是游走在陈月平周围，不时飞出一枚钢针，他用这种绵里藏针的办法将陈月平困在了包围圈。

　　另一边，艾玛紧急呼叫哥舒信过来支援。陈月平眼中开始露出一丝不安，他加速了脚步，加快了剑招，但不论他有多快，即便能冲出仓库的外墙，宽阔的街道上等待他的是更多的警察。成排的警车作为路障，挡住周围的道路，他更是插翅难飞。

　　陈月平大吼一声，光剑狂野地劈出三剑，唐飞用之前的节奏飘然闪开。陈月平冷笑，忽然反方向冲向拦路的警车，剑锋从蓝色变成红色，红光仿佛长枪凌厉刺出。前头的那部警车被剑锋扫中，瞬间化作一摊铁水。他紧跟着急朝前走，连续击毁多辆警车。

　　唐飞从后掠至，陈月平长啸一声，双手握剑拦腰横扫。唐飞凌空避过剑锋，陈月平剑锋连换多个方向，唐飞被逼退，但甩手飞刀直奔陈月平的咽喉。陈月平几乎从不可能的角度转了个身，反方向跳上房顶，飞刀插在他的左肩。陈月平感到身子一沉，强提一口气不让速度变慢，而是更快地掠向远端。

　　忽然，远方的霓虹中，一道黑色的身影仿佛流星划破夜空。

　　哥舒信人若长刀，带着漫天刀风破空而来！

　　陈月平红色的剑锋呼啸刺出，却被哥舒信的左手打得光芒一暗。陈月平被一股前所未遇的怪力推回地面，嘴角溢出一抹鲜血。他摸了一把胸口的盒子，那几经波折取到的东西居然碎了。陈月平眼里露出愤怒，那是一种穷途末路的眼神。

哥舒信眼里战意涌动，毫不停歇地凌空又是一击。陈月平双手握剑，大吼向前，剑锋和哥舒信的拳头碰在一处，发出"轰隆"一声。陈月平被震出五步，哥舒信只是晃了一晃。

"地球上居然有你这样的家伙。"陈月平叹息道。

"最近我经常听到这种话，"哥舒信冷笑，"只能说你们这些外星人，妄自尊大。"

陈月平冷笑道："你们以为这样就能抓我？"他深吸口气，身上的气息陡然攀升，那种恐怖而嗜血的气息让周围的警员心头一惊。

就在这时，左面那栋九层楼的建筑忽然倒塌，厚重的尘埃里，本该被封锁的天空突然出现一个机甲战士。那人一身黑色的连体铠甲，连面孔也遮盖着，在一片混乱里，低空掠来拉起陈月平就走。

唐飞和哥舒信同时冲向那黑甲战士，对方五指张开打出一排子弹。等唐飞他们避过子弹，他一个盘旋已经高速飞走了。唐飞和哥舒信只能在地上追着敌人的影子，没多久对方就不见踪迹。

"他居然不是一个人，"唐飞懊恼道，"这不可能。"

哥舒信皱起眉头，第一时间朝着陈家跑去，一面跑一面联系看守陈家的警察，得到了周翎和孩子没有出现问题的回复。

第十五章

碎 灵 族

碎灵族的谚语说：滴水之恩，当涌泉相报。我受她这一盆水的拯救，就该给她一辈子的安全。

第十三区，某建筑地下室。

"大鱼，我找得你好苦，没想到你居然在地球上过小日子。"黑甲战士的头盔下是一张凶狠的面孔。

"小章鱼……"陈月平淡然道，"我猜到会是你来找我，不过你也来得太迟了。"

被他叫作小章鱼的黑甲战士足比他高出一个头，一头黑色的卷发，说话声音粗豪。他们说话时，地下室里又走出两个穿着战斗服的人，一个是身材矮小的三眼族，另一个和章鱼一样高大，面目则仿佛大理石雕刻一般轮廓分明。

"这是獠牙佣兵第五队的队长托马斯·芬克，三眼族是他的狙击手马克·德文。"章鱼介绍说，"二位，这就是我的好兄弟，我们战灵佣兵团的王牌白鲸，不过我习惯叫他大鱼。我这次的任务就是找他归队。"

陈月平冲二人点了点头，他没想到还有外人。

托马斯·芬克笑了笑说："你好。久仰大名。白鲸，既然章鱼找到了你，是否即刻归队？"

陈月平慢慢道："我处理好私事就归队。"

章鱼原本有些紧张的情绪顿时得到了缓解，微笑道："我就知道只要找到你，就不会有别的废话。"

芬克摆了摆手，又问："你的私事是什么？"

"我安排好家人就可以归队。"陈月平说。

"事实上，我让章鱼去支援你之前，对你在地球的情况做了些了解。"芬克低声道，"你有了妻子和儿子。目前因为杀人，你正被未知罪案调查科通缉。"

陈月平并不回答，只是沉默地看着对方。

"不要误会，我对你的个人生活没有什么意见。佣兵团的佣兵并没有什么规定说不可以有家人。"芬克笑着说，"我很高兴，你的处境和我们的任务有交集。"

"什么交集？"陈月平问。

芬克说："我们獠牙佣兵团和战灵佣兵团都受雇于银牛角，而银牛角目前和地球的未知罪案调查科发生了一些纠纷。不久之前，半神星球的两个乐族死在未知罪案调查科的探员手里，我们獠牙佣兵团也损失了人。"

"獠牙军团，以牙还牙。"三眼的德文说道。

芬克说："我们得到了银牛角高层的命令，杀死唐飞——这个多次破坏了银牛角生意的家伙。"

"你要我参与你们的行动，杀死唐飞？"陈月平问。

"是的，鉴于他一直在追捕你，我想我们可以布置一次伏击。"芬克笑着说，"只要他死了，想必地球人对你的追捕也会告一段落。"

陈月平思索道："你的想法没问题，具体计划我们要好好想想。"

"很好，那我们就算是达成了一致。"芬克拍了拍陈月平的肩膀，"上头常说你是战灵军团里少有的聪明人，期待和你的合作。"

陈月平道："我有点私事，想和章鱼说几句，如果你们不介意……"

芬克笑了笑和德文离开了房间。

"我知道你有点不开心，"章鱼说道，"但相信我，你没得选择。"

"有那么明显吗？"陈月平苦笑。

"我们认识有多久了？用地球年来说，并肩作战至少两百年了吧？你说呢？"章鱼慢慢道，"你苏醒之后并没有第一时间归队，可见你有一些特别的想法。"

陈月平点头道："章鱼，我有点厌倦了。我们从小就在战灵佣兵团，追随着上头的命令，从一个星球征服到下一个星球。每天除了杀戮就是杀戮，这样的日子我过够了。还记得上一个战场吗？海神星球。我们杀了多少海族？到现在只要看到水，我仍能闻到海神的尸臭味。"

"对你来说上一个战场是海神星，对我来说已经是瓦尔萨特星了。"章鱼拉了把椅子坐下，"我只想知道你是如何掉队的，这几年到底发生了什么让你选择了静默。"

陈月平沉吟片刻，低声道："如果我必须归队，我不希望和你的谈话出现在报告里。"

章鱼道："当然，我需要写报告讲述我们是如何在地球上失散的，但那仅仅是为了以后的行动不再出错，我不会提及你的隐私。"

"我信得过你。"陈月平道，"还记得之前我们在海神星的任务结束，被要求回归本源，然后悄悄前往瓦尔萨特吗？"

章鱼道："当然记得。我们碎灵族是一种容易变异的灵体，可以根据环境来凝结成适合生存的形态。瓦尔萨特和海神星的生存环境不同，我们需要回归本源，然后等到了瓦尔萨特，再将身体激活成适应那个星球的形态。"

"从海神星到瓦尔萨特路途漫漫，我们要从地球的传送门进入暗影星，然后从暗影星前往暗银河的瓦尔萨特。我们被存储在地球的一种益智玩具围棋里，作为玩具商品穿越地球的国家和城市。"

"银牛角说，这样的运兵方式是最低调，也是最安全的。"章鱼点头道。

陈月平道："我们每个战灵士兵，以棋子为单位被运输着。一副围棋有一百八十一颗黑子，一百八十颗白子，所以一副围棋就能运送三百多名战灵士兵。我们一共送去了五千的士兵，但不巧的是，地球上的未知罪案调查科严打星际走私，所以银牛角在风名市的仓库被突击查没，和我们这些围棋一起的许多物资全被国际刑警组织查没。好在并没有人知道，我们这些围棋里蕴藏着摧毁一切的力量。不久以后，这些被查没的货物被送去了慈善机构，这些围棋被送给福利院的孤儿做玩具。"

章鱼说："后面的事我知道，银牛角等风波平息后，逐一找回了重要物品，包括我们这些棋子。但是当我们被运到瓦尔萨特星球，却发现缺少了你。这是怎么回事，按道理你没有可能提前醒来的。"

陈月平道："地球环境比较复杂，我们的封印在长途旅行后也并不牢固。当我们这盒围棋落到春晖福利院，因为我这枚棋子上有个鲸鱼图案，所以被一个孩子取走了。她每天带着棋子玩耍，经常用清水清洗棋子，所以我被激活了。"

"你变成围棋后，还带着鲸鱼花纹？"章鱼皱眉道。

陈月平道："是的。尽管我也不理解，但的确是这样。当我苏醒后没多久，我就发现银牛角来找围棋了，所以我就藏匿起来。"

"为什么？"章鱼问。

陈月平道："我忽然厌倦了杀戮。我已经有三百年没有好好休息过了，我不想再杀戮，所以我选择过几天自由的日子。"

章鱼表情复杂地看着对方，慢慢道："那个孩子就是你的妻子吗？"

"是。滴水之恩涌泉相报，她给了我自由，我陪她一辈子。"陈月平道，"地球人只有不到一百年的寿命，时间很快的。"

章鱼想了想，说道："我对你的事不了解，也不知口口声声说厌倦杀戮的人，怎么又招惹了未知罪案调查科，但是你既然答应了芬克杀唐飞，就不能反悔了。"

"我需要你们保障我妻子和儿子的安全。"陈月平道。

章鱼苦笑道："不论是战灵还是獠牙佣兵团，虽然没有明文规定，但我们默认是不许成家的。尽管芬克刚才那样说，但你也知道有些规矩并不是写下来的。"

陈月平道："我懂。我仍希望你和芬克确认一下。只要得到了确认，我就拿自己做诱饵，帮你们猎杀唐飞。"

章鱼笑着拿出一瓶烧酒道："最近你过得好吗？"

"很久没有体会过的自由滋味，只有自己尝过才了解。"陈月平说。

章鱼若有所思之后，轻轻摇了摇头。

章鱼走开了一下，陈月平揉了揉面孔，眼中透出浓烈的困倦。好不容易得来的生活就要没有了……

大鱼还记得，那是一个阳光和煦的午后，一阵清凉的洗礼后，他在地球苏醒。第一眼看到的并不是战灵兵团的熟悉面庞，而是一张清秀中带点哀伤的小圆脸。那个孩子拿着一枚白子一遍遍地在水盆里清洗，他的意识也就越来越清晰。

虽然不知哪里出了错，但陈月平心底里松了口气。他总算不用马上去面对那血与火的战场，总算得到了片刻的自由。不过，要怎样做，才能让这自由不是一小会儿，也不是几天，而是长久的自由呢？

在征战了那么多年后，大鱼认为自己值得拥有自由的生命，于是，他选择不联系任何人，并且留在地球。

碎灵族的谚语说：滴水之恩，当涌泉相报。我受她这一盆水的拯救，就该给她一辈子的安全。

"我发誓，会守护你的安全。"大鱼默默看着阳光下鲜花般的女孩。

章鱼的声音打断了他的思绪："芬克说，接受你的条件。你的妻子和儿子是我们战灵佣兵团的家事，他是不会参与的。你帮他杀唐飞，他保证你家人的安全。"

陈月平写了一份作战计划，笑道："大约就是这样子，有要调整的我们再联系。另外我还有个要求，你能不能帮我找一台阿尔法9。"

"阿尔法9能量矩阵？你有什么用？"章鱼问。

陈月平道："我制造了一个逃生设备，差一台高功率的引擎盒。在我回到组织前，我需要安排家人的后路。"

"你运气不错，我的飞船上有这东西。你稍等一下。"章鱼笑道。

未知罪案调查科忙碌了一天，仍找不到陈月平的踪迹。老鲨研究了陈月平得到的那个盒子，里头是一个生化矩阵，一般来说这和造飞船没有什么关系。

忽然，老鲨的电脑上跳出一封邮件，她看了之后立即通知唐飞，唐飞毫不犹豫地独自前往克顿广场。

他一路来到大楼的顶层天台，站在西侧的栏杆向下望去，赫然可以看到两个街口外的陈家。若是仔细看，甚至能看到那边小楼上的人影。

"唐飞先生，你果然有胆识。"陈月平的声音在未知罪案调查科的联络器里响起。

"过奖。原来你平时就是在这里总览全局？"唐飞问。

"说不上总览全局，"陈月平道，"只不过在被你赶得像野狗一样的日子里，我是靠家里的灯光活着的。"

唐飞笑道："自首吧。我允许你今晚在家里过夜。"

"我不是来自首的，而是有个交易想和你做。"陈月平说。

唐飞道："交易？"

陈月平说："昨晚支援我的人，来自獠牙佣兵团，而獠牙兵团受雇于银牛角，他们到地球有一个任务。"

"什么任务？"

"杀你。"陈月平说，"我帮你猎杀那些獠牙兵团的人，你给我自由。"

唐飞道："这不可能。"

"为什么？"陈月平问。

"其一，你和周翎的手上有那么多人命案，身为执法人员我不可能和你做这样的交易。"唐飞停了一下，又道，"其二，若按你所说，银牛角雇了人来杀我，这会是个长期风险。你帮我对付了这批佣兵还会有下一批，但你不会帮我猎杀之后所有的杀手。"

陈月平道："是我杀的人，和我妻子无关。"

"我们真要这么说谎吗？"唐飞冷笑，"你逃亡后作案的方式和之前那几起杀人案完全不同。杀人的是周翎，替她清除证据的是你。"

"你没有证据能证明这一点。作为执法人员，凡事不都得讲证据？再说了，我们杀的是一些为富不仁的家伙，那些人是死有余辜。"

唐飞道："一个人该不该死，不是由你说了算的。"

陈月平笑道："唐飞先生，你有孩子吗？"

"没有。"

陈月平道："我的孩子才四岁，即便是在我亡命逃亡的日子，他也能开心地玩玩具。他太小了，不能同时失去父母。之前的案子，我一人承担，只要你承诺不追究周翎的责任。獠牙兵团的战士是很强大的，这次来的又是王牌杀手。这些杀手和地球人不同，他们毫无感情，为了杀一个人，会不惜屠一座城。如果你希望地球能减少来自银河的威胁，请你考虑我的交易。"

"你能帮我捕猎獠牙兵团，能帮我抓捕银牛角的高层吗？"唐飞问。

陈月平道："我会发一份关于獠牙兵团和地球上银牛角首脑的资料给你，捕猎獠牙的计划也会一起给你。"

唐飞道："可以。我会向法官求情对周翎从轻处理，但我不能保证她不被追究。不过，你的孩子，我能保证他一定会得到照顾。"

陈月平沉默了一会儿，低声道："等我的邮件。"

回到办公室，唐飞收到了陈月平的邮件。

邮件里的计划是这样的，陈月平会告诉獠牙兵团的人，他将和唐飞在战马广场见面，当面谈妥陈月平一家的无罪交易，在他们见面之时，獠牙兵团可猎杀唐飞。陈月平和唐飞约定，当他们见面的时候，他会引诱獠牙佣兵来猎杀他，至于能不能捉住这些杀手，就得看唐飞自己的本事了。

邮件里附上了獠牙佣兵托马斯·芬克、马克·德文，战灵佣兵章鱼的照片资料，以及地球银牛角高层安德烈·夏鸿恩的介绍。

"冰人"托马斯·芬克，獠牙佣兵第五队的队长，银牛角在太阳系的金牌杀手。此人体内有强大的寒气波动，格斗时可以冰封对手。

马克·德文，身形瘦小的三眼人，獠牙队的狙击手，擅长操纵各种机甲和枪械。

章鱼，碎灵族，战灵兵团第三大队队长。此人身形高大，面目凶狠，发质黑卷，统率力强，擅长使用战斧。

夏鸿恩，半人马座阿尔法野马星人，1999年随难民潮来到地球，成为银牛角地球事务的负责人。

此外还有太阳系银牛角高层的名单大约十二人。

银牛角是银河帝国的货币，该货币一面是帝国开国皇帝的头像，一面是个银色的牛角。随着外星移民的增多，星际犯罪组织也到了地球。银河系排名前五的犯罪集团"银牛角"是其中最强大的一个。这是一个银河黑帮帝国，手下甚至拥有三个雇佣军兵团，以及数百个资源星球。银牛角从普通的奢侈品、日用品、科学技术到毒品、军火买卖，甚至雇佣杀人和贩卖奴隶，可以说是无所不为。

夏鸿恩手下控制有近三百个星际佣兵，所涉及的业务主要是"人口输送""军火走私"。

在邮件最后附有一张战马广场的立体成像图，行动时间为，明日下午三点。在开战前，广场内只可以有唐飞到场，若是发现其他警察，敌人肯定不会出现。

艾玛怒道："这也能算是作战计划？他为什么不干脆点告诉我们对方的战术？"

"他说我不知道对方战术，才能有更真实的临场反应，"唐飞说，"但这也让我无法确定他的真实意图。"

"明天是周六，下午三点是商场人最多的时间，这个计划有点不靠谱。"老鲨说，"如果我们在商场外围布置，从开始交火到抵达战马广场的二十一层天台，至少需要十分钟。"

艾玛说："如果我们安排空中支援，那就只要三分钟。加上哥舒信，我们可以一战。"

唐飞摇头道："哥舒信必须留在周翎那里，我们不能排除他将我们调动起来，趁机带家人逃走的可能。"

"所以这次你一个人去？"艾玛摇头，"这不行。刚才你一个人去克顿广场，就已经太冒险了。我不知道就罢了，现在既然知道了，怎么能让你再冒险？"

"相信我，比这危险十倍的事我也经历过。你放心，做了这个职业，我的警惕性就从没放松过。"唐飞道。

艾玛斜眼看他道："你还是那个软糖吗？怎么变了个人似的？"

唐飞挠了挠头，自从他到了未知罪案调查科，的确从没软过。他伸出胳臂道："我现在是硬糖，很硬。不信你摸。"

"滚蛋，太污了好吗？"老鲨啐道。

"总之你不能一个人去。"艾玛说。

"你们可以准备好空中支援。"唐飞道，"在知道有陷阱的情况下，我会坚持不了三分钟？"

"越来越污了……听不下去了。"联络器另一边，哥舒信摸头道。

"阿信，你是支持我的吧？"唐飞说。

"叫得那么亲热，你拉选票吗？"艾玛说。

哥舒信道："我觉得唐飞被出卖的可能性只有百分之五十。"

"一半的机会还不够大？"艾玛怒道。

哥舒信说："但你要想，我们还有一半的机会抓住银牛角的人，并且搞定陈月平，你也能平息最近西城的混乱，就知道这笔交易不亏。"

"可是……"艾玛怔道。

"太不够哥们儿了，你是想说几个星际佣兵加上陈月平，比我有价值？"唐飞怒道。

"得了吧，你可没有银牛角加陈月平有价值。怎么，你到底想不想去？"哥舒信反问。

"我……×！"唐飞笑骂，"我当然要去的。"

"那我们要研究一下其他人如何配合你，最主要的……"哥舒信停顿了一下。

唐飞道："你不要为了追求戏剧性效果就突然停顿。"

哥舒信道："最主要的是，陈月平如果从一开始就打算出卖你，你如何置之死地而后生。"

艾玛说："我们可以战术推演一下。敌人有三个厉害的佣兵，还有一些喽啰。"

老鲨说："不是一些，银牛角在地球上有几百佣兵。就算来不了一百个，来几十个还是可能的。"

"所以我们有什么？"艾玛说。

唐飞说："我就算不能一个打三个厉害的佣兵，不还有陈月平吗？"

"那么话就又说回来了，陈月平如果是敌人呢？"艾玛说。

唐飞说："你怎么不说，说不定警察里也有坏人。"

老鲨正色道："这不是一回事，你能严肃点吗？"

唐飞道："这样……班达拉斯小姐，你能不能麻烦堂·班达拉斯多给我们一点支援。"

"你想要什么？不对，应该说是那个说起来德高望重的老人家，手里有什么能对付外星人？"艾玛挠头问。

唐飞道："我不要他手里的异能小分队，但他至少能派个飞艇部队来壮壮声势。"

"好，这毕竟是我们西城警局的事，"艾玛想了想，"我问一下试试。"

唐飞抱拳道："那就拜托了，毕竟多一点援军总是好的。"

"好吧，你好像又变回软糖了。"艾玛说。

"哥舒信，你从陈家到战马广场要多久？"老鲨问。

哥舒信道："一共七个街口，我要三分钟。"

"不管怎么说，唐飞都要撑过三分钟。"老鲨吸了口气说。她并不看好什么援军，飞艇再多，能阻止顶尖高手的，还只能靠自己的高手。

"怎么，你认为他还撑不到三分钟？"哥舒信反问。

"可以不要那么污了吗？被你们打败了。"艾玛砸了下杯子，明明是很严肃的事啊。

老鲨说："你还要算上冲上战马广场顶楼的时间。"

"你在那里预留好飞行器，我就不会多过半分钟。"哥舒信说。

老鲨说："所以，唐飞一旦发现陈月平有诈就召唤阿信。"

唐飞肃然道："我明白。哥舒信，你没有收到我的信号前，必须保护陈家的安全。"

艾玛问："你不是认为周翎是凶手之一吗？为什么那么坚定地要保护她？"

"陈家有个四岁的孩子啊，何况目前法庭还没给陈月平和周翎定罪。"唐飞沉声道，"我始终认为哪怕亲妈是连环杀手，那也比没有妈好。"

周六下午两点五十左右，唐飞出现在第十区的战马广场。

战马广场是第十区的重要商圈，由五栋商务楼和一个花园广场组成。广场上有一座高达十米的战马雕像，该战马仰天长啸前蹄上扬，战马广场因此得名。五栋楼中间那栋最高的二十一层建筑就是战马广场 A 楼。

尽管第十区最近事件不断，但周末时段仍有大量的人群在商圈休闲购物。唐飞走在人群中，心里生出一种游离的感觉，因为他已经很久没有放松过了。人总是要长大，但有时候，成长的代价实在太大了。从菜鸟到现在的高级探员，他是多么想回到过去，做一个无忧无虑的菜鸟。如果可以回到十年前，他愿意付出一切代价，去过那种有老大决定一切，自己只需要完成最后一击的日子。

只可惜，世上的事没有如果。

唐飞乘坐观光电梯来到二十一层，通过僻静的安全通道来到不对外开放的顶楼天台。他从天台看下去，下面的人群好像蚂蚁一样。所谓蝼蚁……唐飞知道在命运之手下面，自己也是蝼蚁，只是，他希望在下次暴风雨来临时，自己能成为那个替人遮风挡雨的人，而不是像从前……

.

"唐飞，二十八岁，前异现场调查科成员，如今是未知罪案调查科外星重案组组长。"陈月平轻声介绍唐飞的情况，"他也是中国古老的武学门派唐门的传人，擅长使用钢针、飞刀等投掷武器。行动迅捷、下手精准是他的特长。"

"战马广场周围十公里的领空被管制了，是不是说明，他似乎并不信任你。"德文笑道，"我们要从天空狙击他，就必须接管领空，这多少有些麻烦。"

陈月平反问道："他能准时赴约已经很有诚意，换作是你，你会完全信任我吗？"

"他们要取得制空权，至少保证唐飞部分区域的安全，这不算什么麻烦事。我猜他们认为我们是暗自行动，所以不会闹出多大的动静。"芬克笑道，"可惜他们这个判断本身就是错的。"

陈月平道："不了解我们星际佣兵的人，当然猜不到我们的战术。"

"好了，接下来重复一遍作战计划。"芬克道。

所有人认真听命。

芬克道："我们目前的位置是战马广场地下室。大鱼去楼上见唐飞，吸引他的注意力。德文驾驶飞行器在空中对其进行射杀。保险起见，德文会进行无差别火力攻击，大鱼你注意保护自己。德文闯入对方警戒线后，由章鱼驾驶另一架飞行器保护他的安全。万一无差别射击没有杀死唐飞，我和大鱼同时出手将其击杀。击杀敌人后，各自分散撤退，回到银牛角基地集合。都明白了吗？"

"明白。"

芬克道："接下来核对时间，一千个地球秒后，行动开始。"

众人分头行动。芬克转换联络器频道，又道："目前看大鱼没有问题，但为以防万一，章鱼你在行动展开后先一步去他家，控制他的家属。"

章鱼道："这样不妥吧，会刺激大鱼的。"

芬克道："你认为杀了唐飞，他就会老实和你归队吗？"

"这……"章鱼道，"那德文这里谁掩护他？"

"整个行动不超过200个地球秒，我可以照顾自己。"德文说。

章鱼犹豫了一下，又道："大鱼的感情波动超出了正常数值，如果我们善待他，他可能会回队伍的，但如果用强，我怕会有不必要的麻烦。"

芬克低声道："你无须为他隐瞒。他之前是主动失联，也就是逃兵，既然是逃兵，就没有讨价还价的余地。即便是你和我，换到了他的位置，上头也不会姑息的，所以除非他这次能立功，不然就是数罪并罚。章鱼，你多带几组人去，陈家并不是不设防的，那边有个叫哥舒信的高级守卫。"

"谁守卫也不怕。"章鱼说。

"你重点攻击他的右侧，那个人的右手是义肢。"芬克吩咐说。

陈月平并不知道芬克的计划，但是作为一个经验丰富的老雇佣兵，他从不会把自己的生死放在别人手里。他只是仍在犹豫，是否该用唐飞的性命，来换取上层的信任。芬克在佣兵们的心里是出了名的心狠手辣，他的未来决不能交给这个人。

走上天台之前，陈月平拨通了唐飞的联络器。

"我有问题问你。放心，这个波段我设了保护，没人能监控，你可以大胆地回答。"

唐飞道："什么？"

"我查了你的底细，你是异现场调查科的前成员，你的团队在几年前某个战役里全军覆没。"

"并没有全军覆没。"唐飞打断他说。

"抱歉，是我口误，但至少异现场调查科已经不存在了。你别生气，我想跟你说的是，据我所知，引起那起事件的幕后黑手与未知罪案调查科或多或少有些关系。"

唐飞冷笑道："你知道些什么？你一个外星人，一个在风名市隐姓埋名的家伙能知道什么机密？别告诉我你又骇了哪台电脑。"

陈月平道："这你就错了，我还真知道一些。我调查过几年前的仙女岛爆炸事件，克林顿不是我杀的，但是我知道船上的黑暗物质是谁拿走的。"

唐飞抬起头望着天空浮动的云层，沉声道："是谁？"

"是银牛角。"

"我凭什么相信你？"唐飞问。

"信不信无所谓，我只是告诉你，未知罪案调查科里有人和银牛角勾结，而你一个前异现场调查科的探员，加入未知罪案调查科的真实目的是什么，我要一个答案。"

唐飞低声道："为了做正确的事。"

"那么只要你帮我对付了银牛角的佣兵，我就告诉你那时候的真相。"陈月平慢慢走出阴影，站在唐飞面前，"你能相信我，独自来到这里，我很感谢，可惜这是一个陷阱，獠牙佣兵团对你志在必得。"

"我以为，你让我来这里真是为了捉拿他们。"唐飞面色微微有些怒意。

"是的，你如果能不死的话。"陈月平笑了笑，对唐飞举起了枪。

唐飞目光收缩，他知道自己要配合对方演戏，才能有更大的鱼上钩，但是大鱼在哪里？

在陈月平击发手枪的同时，半空中忽然出现一道光束，唐飞冲着楼顶的水箱飞快一闪。

光束击空，落在大水箱上，汹涌的水柱从破碎的水箱喷出。唐飞借着水花，飞快移动步伐。

德文皱了皱眉，陈月平只要晚开枪一秒钟，他就可以锁定对方，但陈月平偏偏早行动了一步。德文按动扳机向着楼顶猛烈开火！

只是一瞬间，天台上成了一片火海，那水箱喷出的水柱被高温烧成了水汽。唐飞打开光盾退向栏杆，陈月平则不见了踪迹。唐飞心理暗道，那家伙到底是什么意思？

"呼叫空中掩护！"唐飞一面躲避，一面大叫。

未知罪案调查科准备的三架飞艇从远空紧急飞来，德文冷笑着操控着飞碟，从诡异的角度旋转划出，弹无虚发地将支援过来的飞艇纷纷击落。

饶是如此，空中封锁的火力毕竟停顿了一下，唐飞趁机攀上栏杆，试图从楼顶跃下。忽然，他感觉周围空气骤冷，芬克在他后方一拳猛击而来。唐飞行动略有迟缓，但他陡然发力挣断栏杆，从高空坠落。

芬克仿佛一只大鸟横空掠出，唐飞背对着地面手指连弹，"叮叮叮……"射出五支钢针。

猝不及防下，芬克在半空凭空挪动两米，左臂仍旧中了一枚。唐飞加速下坠，芬克闷哼一声，钢针随着他身上的寒冰护甲脱落。

芬克冷笑道："有点意思啊。"他仿佛火箭般加速追去。

突然，陈月平无声无息地出现在芬克后方，他手一挥，光剑斩向对方的后心。芬克霍然转身，双掌一合把那锋利无比的光剑夹住。

"大鱼，你这是要造反？不想想家人吗？"芬克嘲弄道，光剑上浮现出一层薄冰。

"那又怎样？反正我怎么做，你们都容不得他们母子。"陈月平剑锋光芒绽放。

"既然如此，我也懒得骗你，但就凭你也想造反？不自量力！"

两人在半空中，电光石火地交手六七招，芬克一脚踢中陈月平的肩膀，将他踢上了天台。而后，芬克仿佛一只大鸟，扑向地面的唐飞。

在这一连串的激战后，天台上爆发出爆炸的巨响，广场上的人群纷纷抬头往上望。唐飞在联络器里飞快道："陈月平没有问题，但是芬克强得离谱。紧急疏散广场人群。"

"我们没有空中优势了。对方不知从哪里来的，只一个照面就击落了三架飞艇。西城警局还有多少空中力量我们还不知道，艾玛正给老班达拉斯打电话，要求支援！"老鲨一面触发战马广场的警报，一面呼叫哥舒信，"阿信，你那边怎么样？"

哥舒信原本坐在院子里，看着陈石下棋。四岁的小男生学了五个月的围棋，用周翎的话说是有几分天赋。哥舒信除了知道围棋的基本规则外，拿棋的动作还不如孩子专业，至于棋力更是惨不忍睹。

用黑子的小男孩一面吃着哥舒信的白子，一面嘴里还念念有词："First blood…Double kill…Triple kill…Quatary kill! Penta kill! Legendary!"让哥舒信一脑门子黑线。

这真是无忧无虑的年纪啊！哥舒信思绪不由地游历到棋盘之外。很久以前，他跟着养父去武当访友，因为不熟悉环境而遇到了"铁刀"。说起来，那时候的事好像神话故事一样，如今却只剩下他孤单一个。虽然，这几个月他和唐飞、老鲨、斯库利也逐渐建立起友谊，但这同时也带给他一些说不清的焦虑。生活总是好事和坏事交替前来，可是你从不知道坏事会如何降临。

也许不该这么说。哥舒信揉了揉眼睛，觉得还是应该乐观一点。就如"阿甘正传"里说的，生活就像盒子里的巧克力，你不打开永远不知道它是什么味道。

"你盯着我看做什么？我又不是五颜六色的气球咯。"孩子奶声奶气地说，"我又不是好看的玩具咯。"

小男生的语言能力很强，不管说什么都有意无意地炫耀着自己掌握的句子。

哥舒信当然不会和他计较，而是很认真地道："我只是觉得你下棋很好。"

"没有啊，我爸爸说我很粗心，因为他教的手筋我都听不懂。"小男孩皱着眉头说。

哥舒信笑了笑，眉头一扬，觉察到屋外忽然来了不少人。

"石头，躲到你爸爸的山洞去，没有叔叔叫你不许出来。"他说。

"为什么呀？你是要和我捉迷藏吗？"小孩兴奋地问。

哥舒信道："是的。如果你赢了，叔叔给你买糖。"

小孩立刻屁颠屁颠地往院子大树下的地窖跑去。哥舒信耳边不断传来脚步声，他忽然奔过去拉住孩子，把腰间的警棍交给他："有陌生人来找你，就用棍子打他，但千万别打到自己啊。"

"你以为我傻？"小孩欢呼一声，拉开盖子进入地窖。

这个地窖平日里陈月平是不让孩子进去的，虽然原因不明，但哥舒信能看出地窖经过精心布置，那块盖子可以防止热感应扫描，用来藏人是最好不过的。不过他观察了好久，也没弄明白里面还有其他什么玄机。

五个黑衣人从前院侵入，另有五个黑衣人带着机甲飞翼从空中侵入。

哥舒信杀气凛然地腾空而起，不断起落出招，只几秒钟就把那些机甲飞翼击毙。他没想到，也就这么一会儿，陈家前院已经沦陷了。

说到战斗力，西城警察本来并不算弱者，但他们对付大街上普通的混混可以，遇到星际雇佣兵就完全起不到作用。那些雇佣兵屏蔽了通讯系统，星际武器更是火力足、射速快，几个点射就将屋外的防御墙扫得稀里哗啦，护卫陈家的三个警员被尽数击毙。

周翎一路朝后院跑，却被黑衣人拦腰抱住。她转手刺出一把光剑，但手腕被一只大手握住，光剑也落在别人手里。

"老实一点，或许你还能活着见到你男人。"章鱼冰冷的声音说道，一把将她丢给后面跟着的两个黑衣人。

周翎哪里肯老实，拼命发力挣扎，但两个黑衣人一左一右抓着她的胳膊，让她动弹不得。

忽然，哥舒信如魔神一般从后方冲来，那两个黑衣人反应不及，人已经被抛出三米之外，撞在墙上。他刚抓住周翎，边上忽然暴风般打来一拳。哥舒信侧身回手，右手拦住拳头，两人同时一晃。

章鱼一声暴喝，力道二次爆发！

砰！哥舒信被撞退五米，半边身子发麻。章鱼将周翎夺回，交给身后的黑衣人。他摸着发麻的拳头，冷笑道："听说你很厉害？其实不过如此。"

哥舒信看着周翎被夺走，心中升起莫名的愤怒，眼中猩红之意涌动，左手带起狂野的刀风！

章鱼面色微变，仍旧展开双臂朝前迎击，但仿佛狂风暴雨般的刀风瞬间将其笼罩。

血光乍起，章鱼的两条胳膊被斩落，胸口也中了一击，哥舒信高速掠向走出房门的黑衣人。

当他重新夺回周翎，身后的血雨腥风里竟响起诡异的声音。

章鱼迅速生出新的手臂，且新生的手臂还带着不规则的扭曲。哥舒信把周翎护在身后，章鱼握着两把短斧，露出狠毒的微笑朝他冲来。这一次，他攻击的目标不只是哥舒信，连同周翎也带了进去。

哥舒信一声断喝，左手做刀状，接下章鱼的所有攻击。他身影闪动，带着周翎脱离攻击，飞身退到后院，天空中却落下更多的机甲战士。

周翎被敌人击发的光弹扫中，肩头有血缓缓渗透衣服。哥舒信身形转动，连续斩翻多个敌人。所谓机甲，在他手里仿佛纸做的。

章鱼战斧车轮般舞动，一个跳跃斩向哥舒信的右肩。哥舒信右手拉着周翎，诡异地后撤一步，身体周围形成一个气场旋涡。章鱼所有的攻击莫名其妙地斩向别处，哥舒信身形微移，左手趁机从他后背切入。

蓝色的血水飞溅，但那家伙猛然一个抽身，重伤之下的伤口竟然迅速愈合。短斧的斧柄斜过来一击打在哥舒信的肋骨上，哥舒信疼得一咧嘴，而原本就站立不住的周翎被那力道带动，倒在地上。章鱼乘势双斧怒劈，斧光笼罩哥舒信的右侧身体。

哥舒信眼中猩红涌动，炽烈的刀光于左手炸裂，仿若千军万马肆虐的战意昂扬冲起。

章鱼被那股庞大的力量抛起十多米，身上冒出十余道刀痕，两柄战斧破损落地。

哥舒信转身冲向已将周翎带出院子的机甲战士，但那些黑衣战士只留一个夹带人质，其他人都悍不畏死地朝他冲去。哥舒信跨出五步斩翻六人，章鱼居然又出现在面前。

"你很厉害，但是阻止不了我。"章鱼阴恻恻一笑，双斧虽然破损，但他仍旧如一座小山般挡在路的前方。

哥舒信身形掠起，凄厉的刀风响彻院落。章鱼无奈后退，但他退出的二十多步，每一步仍旧拦在哥舒信前头。哥舒信愤怒长啸，青红色的刀芒将章鱼的肩头破开，再回过头，周翎已被掠去高空，消失不见。

章鱼在一片血雾中重新愈合，诡异地一笑，率领残部跃空撤退。

哥舒信犹豫了一下并没有追击，毕竟陈石还躲在树下的地窖里："周翎被星际佣兵掳走。重复，周翎被掳走。陈石还在我这里。"

哥舒信走回大树下的地窖，他能感受到下面那个害怕的幼小生命。该怎么对他说，妈妈被坏人抓走了呢？

芬克从高空落下，一脚狠狠踩向唐飞。唐飞灵动转身，一柄飞刀飞向敌人咽喉。芬克的动作仿佛把自己送向刀锋，他在千钧一发之际果断转身，但仍旧无法避过飞刀。

砰！芬克的胸前出现一层冰甲，封住了刀锋。但他眉头很快就皱了起来，因为飞刀居然突破冰甲，对他造成了伤害。

"飞刀有毒。"芬克感到一阵晕眩，他大喝一声稳住身形。

陈月平的光剑无声无息地刺向他后心，芬克匆忙一让避过要害，手肘击中陈月平的胸膛。两人同时一晃，各自退出几步。

唐飞冲上前去，被芬克一拳击退，那拳头足把唐飞震退十余步，肩膀关节也脱臼了。

"你从一开始就想杀我？"芬克对陈月平冷笑道。

陈月平道："要不然呢？"

芬克道："可惜，你虽然苏醒了，但没有注射战灵的强化药剂，战斗力远不如巅峰时期。要不然，也许你真有机会。"

"即便如此，总要试一试！"陈月平道。

芬克傲然一笑，身上结成一层蓝色的冰甲，衬托得他整个人闪闪放光。周围的空中忽然降下十个黑甲战士，把唐飞和陈月平分别围住。

陈月平眯着眼睛，胸有成竹地举起左手，淡淡精芒四散开来，一声昂扬的马嘶声在广场上响起！

那十米高的战马像四蹄翻起跃出高台，仿佛天马破空而至！想要阻挡他的两个黑甲武士，被巨大的马蹄直接踹飞。

"你真以为这种破烂能阻挡我？"芬克双掌闪动，那雄壮的战马被冰封在一个十多米见方的冰块里。

陈月平淡然一笑，身上泛起晶莹的白华，那战马身上的冰封瞬间融解。

更多的黑甲人冲上前来，唐飞双手频频击发各色暗器，那些敌人连续倒地，不敢继续逼近。

这时，老鲨和艾玛率领三十多部警车包围了四周，荷枪实弹的西城警员严阵以待地包围着芬克和陈月平。

芬克冷笑道："我原本不想杀太多人，但你们既然自己送上来，就怪不得我。"

他打了个响指，德文的轻型攻击飞碟脱离隐形停在半空，黑洞洞的炮口让人心悸。

现场仿佛一触即爆的火药桶，但没有人愿意第一个动手。

忽然，空中出现了更多的飞艇，斯库利用扩音器大声道："芬克先生，据我所知，银牛角在地球上的星际佣兵不超过三百人，你这次怕是出动了有五十个？如果玉石俱焚，你的上司不拿你问罪才怪。"

唐飞稍稍松了两口气，看来是艾玛要求的援兵到了。

"玉石俱焚？你太看得起自己了，地球人。"说话间，芬克眉头不经意地又皱了一下，方才那一飞刀出乎意料地疼。

斯库利道："你可能知道我们风名城有很多特殊的家伙，但你知道为什么这里平时看来还很太平吗？因为风名城对于破坏平衡的力量会做特别处理，这也是风名城敢做外星特区的原因之一。"

芬克来地球之前当然听说过这些，但他并不理解所谓的特别处理是什么。

斯库利道："我简单地跟你解释一下，风名是一个独立于世界的地方，所以这里可以做一些暴力的事。如果你以为靠力量可以解决一切，那么风名会告诉你什么是力量。银牛角在风名的一切，不管合法的不合法的，全都会被取缔。"

"你威胁我？"芬克说。

斯库利说："这不算威胁，你们银牛角的老大也曾经想和我做朋友，可见他也不想把吃饭的锅砸了，因为那样大家都没饭吃，你说呢？除非你以为自己可以毁了风名城。恕我直言，就凭你怕是做不到。"

芬克深吸口气，他当然记得来地球前曾经被高层告诫过的一些事。他微微扬头道："那今天这事？"

斯库利道："今天风和日丽，天气很好，什么也没发生。"

芬克目光扫过四周，发现哥舒信也悄悄来到此地，那个人给他极大的压力。他小声地在自己的联络器里问了几句，然后悠然笑道："好，那就什么也没发生吧。"

他挥了挥手，身边的机甲战士纷纷撤出战马广场。芬克消失之前，低声对陈月平说了几句，陈月平登时皱起眉头，面色一片煞白。

即便耳朵里带着翻译器，唐飞他们也没听懂那种外星语。陈月平按下护腕的按钮，身上居然也出现银牛角的机甲，与芬克一同离开。

唐飞多次呼叫先前的频道，都如石沉大海。面前的战马重新变回石像，但石像恢复原始状态几秒钟后，突然溃成碎片。唐飞转而望向哥舒信。

哥舒信道："我刚才汇报过了，周翎被外星人劫走。敌人太多，装备也高出警局的配置一个级别，我们预设的防线根本不能阻拦他们。"

唐飞皱着眉头，没好气地看了眼来到广场的斯库利，问道："你带了那么多人来，就是护送他们撤退的？"

"请你注意自己的语气。"斯库利冷冷道，"我的确带来不少飞艇，但其实没什么战斗力，最后没有把这个商圈毁掉已经谢天谢地了。唐飞先生，下次再有这种事，请你老实申报给上级，否则未知罪案调查科的衣服你也不用穿了。"

唐飞手指按在衣领的徽章上，作势就要摘下。老鲨赶紧拉住他，劝解道："大家都少说一句。案子必须要办完。陈月平估计是因为妻子而被胁迫了。现在的问题是，接下来这些宇宙佣兵要做什么？"

"现在我们的目标已经从陈月平升级到獠牙佣兵团，我们一定要更团结。"艾玛说。

唐飞挠了挠头，嘟囔道："我认为，既然向总部申请了援兵，这个任务就是上头承认的，为什么要我背锅？"

"唐飞先生，请注意你的言辞。什么背锅？上头的事不都是我来扛的吗！"斯库利无可奈何地也抱怨了一句，然后道，"先回去开会。现在我也加入你们的专案组了。"

"斯库利科长……"艾玛小声问。

斯库利摊手道："你爸爸说，事情越来越大了，必须尽快解决问题。你们这几个家伙，只会把问题扩大。"

艾玛撇了撇嘴道："的确是他的风格，要成绩的时候就派任务，出了事就装不知道。"

唐飞笑了笑，看向斯库利，冷着脸道："这次是对方主动伏击我，我们顺水推舟而已！"

"没错。"艾玛和他同仇敌忾。

"你们这些人……"斯库利理了理金发，皱起鼻子苦笑。

第十六章

血 洒 长 桥

突然！飞船猛地下坠，整个重力系统也同时出错。传送舱的底盖自动弹开，驾驶室发出警报声："还有十秒启动自我毁灭装置……"

"芬克离去前对陈月平说的是半神星球的碎灵族语言。碎灵族在宇宙里算是一个很小的族群，半神星球外的碎灵族不超过一万人。我们的翻译器里没有这种语言的备案。"老鲨解释道，"简单说，当时芬克告诉陈月平，他的妻子周翎已经在银牛角手里，但只要陈月平替他办一件事，就不用担心他女人的安全。"

"这下变成猜谜游戏了。你们说银牛角要陈月平办什么事？"唐飞问。

"难道不是让他杀你？"斯库利说。

"他们原班人马已经对我出过一次手，短时间里应该不会再重复一次。"唐飞指了指芬克的照片，"首先，他不一定能够完全信任陈月平。第二，他怎么也得换下思路，如果同样的布置失败第二次，人家会说他脑残。"

"没什么人敢说獠牙佣兵脑残。獠牙佣兵团以牙还牙，有仇必报，他还会计划杀你是必然的。"斯库利冷笑说。

"我宁愿猜银牛角要陈月平做的是其他事。"唐飞指了指自己的脑袋，"我的直觉。"

"好。大家都说说看。"斯库利说。

哔！唐飞的桌子上发出一声轻响。

艾玛道："这事情要从两个方面看：第一，有什么事是银牛角想要做，但獠牙兵团没有陈月平擅长的；第二，陈月平本身有哪些强项。"

斯库利道："不如先说陈月平有什么强项，每人说一条，老鲨你先。"

"他对老婆好，算吗？"老鲨笑道。

"严肃点……"斯库利说。

老鲨道："呃……我觉得他擅长计算机，能熟练骇入各个系统。"

艾玛道："他能制造生化机器人，几乎可以乱真。他单兵能力很强，比那个芬克也差不了多少。"

"一口气说两条，那我说什么？"唐飞问。

"你和他打交道最多，你也可以说两条。"斯库利道。

"你们还记得我们每次追踪陈月平的时候，最后他都会突然消失不见吗？"唐飞问。

"当然，你之前说是因为他非常熟悉第十区的地形，并且能够操控石头。"斯库利说。

"操控石头并不能让他凭空消失。"唐飞道，"所谓熟悉地形也没办法消失得那么彻底。我这次近距离观察了一下，他会潜行术。"

"就是接近隐形的潜行术？"艾玛问。

唐飞道："是的，他整个人可以变到透明状态，所以不是隐形，是潜行。"

"他能维持多久？"哥舒信问。

唐飞道："这不好说。我觉得一分钟是没问题的。当时天台上一片混乱，他很好地隐藏了自己，然后突然现身攻击芬克。"

斯库利道："所以他真的是非常难缠。你还有别的补充吗？"

唐飞说："说不好。这个人很聪明，简直聪明到了变态的地步。若不是芬克的冰甲太厚，他就得手了。"

斯库利看向哥舒信道："你也说一条。"

"那么多条还不够吗？"哥舒信摇头道，"我没什么可以补充的，若一定要说，那就是他是个很有计划的人，做一件事前常预先想三四步。我个人觉得，周翎最后会落在银牛角手里，这一点他应该计算到了。"

这时唐飞的桌子上又发出了"哔"的声音。

"唐飞先生，你的手机响了几次了，要看一眼吗？"斯库利问。

"对不起，应该是是垃圾广告，我清理一下。"唐飞点开手机正要清除短信，却发现收到的是陈月平的留言。他看完消息，皱着眉头，满脸的狐疑："怎么会这样？他说，如果我收到这条消息，说明我们抓捕芬克失败，并且出现了让他非常被动的转折，比如他的家人落入银牛角手里或者别的什么事。"

"我说了，他做一件事会提前预想三四步。"哥舒信说。

"可是，人怎么能聪明到这个地步？"唐飞说。

"他不是人，原则上说，他是外星生物。"斯库利焦急地道，"他有说接下来如何解决吗？"

唐飞点头道："他说，如果他被逼无奈又去给银牛角工作，那么工作地点很可能不在地球了。如果可能，他希望我们帮助他援救家人。但是……如果他的工作仍旧是在地球上，他希望我们想一下，地球上的银牛角他们最想要的东西或者最希望解决的问题是什么，因为潜行术可以帮助银牛角得到那些平时可望不可及的东西。他在做事前，估计没有机会再给我们传递消息。他强调他是真的不愿意回去做雇佣兵，不愿意再去过那种失去自由只有打仗的日子。"

"银牛角最想得到的东西！"斯库利嘴里重复了两遍，心里微微一颤，立即跑出办公室去打电话。

她是想到了什么？老鲨带着疑问看向唐飞。

唐飞道："最近半年，我们严打银牛角的走私，扫荡了对方十一个货仓，三个走私口岸。银牛角最希望让未知罪案调查科停手，可是未知罪案调查科不是一个人说了算的部门，所以除非他们收买所有高层，否则不可能达到这个目的。我们作为外星重案组，肯定是对方的眼中钉。包括我的前任格林在内，他们最希望我们这些重案组的人死。"

"你就说你的答案吧！别废话了！"艾玛大声道。

哥舒信道："他是想说，银牛角要那件络绎的传家宝。"

"涉及络绎的案子，你是说暗星桥配件？"老鲨思索道。

唐飞道："不错，那件藏在风名未知罪案调查科地下金库的东西，就是组成暗星桥的配件。据说暗星桥是一种传送阵，该传送阵一共有九个配件，一旦开启会有极恐怖的力量降临。"

"九个配件？为什么我知道的版本是六个？"哥舒信道。

唐飞说："不管是几个，关键是我们有几个？银牛角有几个？还有，银牛角想要这东西做什么？"

"我们得到一个情报，"斯库利走进来道，"银牛角接了单生意，运送暗银河的军团到我们的银河。地球的地理环境适合构建传送门，那个传送阵可以开启相关的传送门。最早的传说里，传送阵由九件物品组成，但哥舒信说的六件可能才是真的，因为我们综合各方面的情报，只找到了六件配件的消息。这种银河系里的传说，流传到我们这里的时候，出现偏差也是没办法的事。"

老鲨道："那接下来的问题是，芬克作为獠牙佣兵团的高级头目，他的目标是不是终极传送阵？"

斯库利笑道："不论他们的终极目的是什么，班达拉斯先生说了，必须严防死守，而你们都要参与防守。"

艾玛说："如果要防守，那对芬克和陈月平就不能主动抓捕了。"

"很遗憾，的确如此，但我们之间的战斗仍在继续。"斯库利说。

唐飞笑了笑道："那就是说，我们有机会见识一下未知罪案调查科的秘密了。"

"不，你只负责外围警戒。"斯库利稍作停顿，见唐飞的笑容瞬间卡在脸上，又说，"对你来说，有个好消息，班达拉斯先生决定给你升级一下武器。一个小时后，你可以去保险库挑选想要的装备。哥舒信，你也一样。"

未知罪案调查科大楼在西城警局防卫中心大楼的边上。确切地说，西城警局在西城一区原本有九幢大楼，分了一幢楼给未知罪案调查科，而未知罪案调查科将他们的保险库放在了该楼的地下。保险库分五层，一楼和二楼是现金和日常物品储备，从三楼开始才是真正"重要"的东西。

一进入三楼，唐飞发现所有的通讯设备信号都被中断，连他那银河级别的徽章也没有什么动静。一个红色皮肤的胖男人接待了他们。

"自我介绍一下，我叫雷诺，是这一层的主管。上头说让我挑一些好东西给你们，所以我给你们准备了这些东西，"他从桌子下取出两个手提箱，分别指了指，"唐飞的，哥舒信的。检查一下，有不明白的可以问我。"

唐飞摸摸鼻子，似乎有些失望。他本以为自己会像电影那样，来到一个挂满各式武器的地方，结果这里简直像停尸房一样冷清干净。

"快一点，我还有事要忙。"雷诺催促道。

唐飞打开箱子，看到里面只有一盒暗器带，上头摆着大约三十发极细的针形子弹。他手指拈起一枚子弹，抖手就甩了出去！

砰！子弹破空而出正中大门门栓，仓库的铁门轰隆关上。

"哎！要死啊！这光针弹里可是有毒气的。"雷诺大叫道。

唐飞道："新玩意儿效果不错，但只有三十枚，太少太少！阿信，他给了你什么？"

哥舒信打开箱子，里面是一柄红色的砍刀，半米长的刀身，半米长的刀柄。

"你眼力不错，知道他是个耍刀的，但是你别以为用这两样就能打发我们走。"唐飞提高嗓门道，"班达拉斯先生亲口对我说的，我们来这里可以自己挑选满意的武器。"

"有吗？不可能的吧！"雷诺道。

"你要不要打电话给他？亲口跟他说？"唐飞拿出手机，翻开艾玛的号码，"班达拉斯大人最近心情可不太好。"

"见鬼了，我干吗要和他说话？"雷诺挠头妥协道，"你还想要什么？"

"我能自己看看吗？"唐飞说。

雷诺犹豫了一下，叹气道："我可以带你们看看。来吧。"

唐飞走在对方身后，对哥舒信一笑。哥舒信依旧面无表情，他只是弹了弹刀锋，那红色短刀就断为两截。

"我们只能在这一层看，你们还可以再选一件东西。"雷诺一边走一边说，"仓库的东西是按照宇宙里各种族的武器来摆放的。这个蓝色柜子属于银河联盟的半人马座阿尔法，这是离地球比较近的文明，他们喜欢用激光武器，主要是光剑、光刀和死光射线武器。我听说你们的对手是獠牙佣兵团，他们常用的是死光射线。"

"刚才你给我的光针弹就是这里的？"唐飞问。

"不，光针弹是属于银河帝国的武器。"雷诺指着对面的黑色柜子说。

"银河帝国人喜欢冷兵器，当然，都是进化了的带有暗黑力量的冷兵器。光针弹的炸药可以破除单兵轻甲，并会对银河系里大多数的生物产生麻醉作用。麻醉剂是空气传播的，杀伤效果、威力非比寻常。"

"也就是它没击中敌人，也能造成杀伤？"唐飞问。

"是的。在它离开你的弹夹，也就是那条装备链后，三秒内必须出手。你如果大量使用该武器，请注意风向。"雷诺指着那些巨大的盔甲和盾牌，"这些是帝国的单兵装备，他们虽然很好，但不符合你们的尺寸。"

"帝国人就不用小型武器了？"唐飞问。

"帝国人天生高大，小型装备真不多。"雷诺道。

"那这个摆在最里面的柜子呢？是不是最厉害？"唐飞拽着雷诺直往里头走。

"别动手。"雷诺一巴掌打开这个兴奋的年轻人，面色稍显神秘地道，"这里面是暗银河流落出来的东西。"

"暗银河！"唐飞激动地冲到柜子前，看到柜子里面摆着三种像碎片一样的东西。一枚类似箭头一样的棱角物，一块弯如月牙的刀剑残片以及一片很黑沉的破布。

唐飞摸摸下巴，低声道："敢情，你们只有暗银河的垃圾。"

"暗银河的东西本就稀少，这是为了藏品的全面性才放了一些在这里。"雷诺苦笑道，"这些是在暗银河外围找到的，因为只是残片，所以实际作用的确不大。"

唐飞指着那块破布问："这是什么？"

"这是某一件铠甲的碎片，之前可能是护臂之类的东西，因为材料特殊所以摆在这里。说实话，因为太小了，也不适合再加工成什么。比如，即便是你这样的体格，连个护肩也不够用的。"

"你这里能加工吗？"唐飞问，他用那块刀锋残片在布片上划了几下，什么痕迹也没出现。

"简单的东西可以。"雷诺怯怯地说。

唐飞将手掌在布片上比画了一下，说道："我要拿它做个手套。"

"勉强够做一只吧……"

"一只就一只。这东西看着能挡下光剑。"唐飞说。

雷诺皱眉道："那可不一定……"然后他扭头对哥舒信道，"你看上什么了？"

哥舒信无所谓地耸了耸肩："我没什么兴趣，我的份额让给他好了。他那么没用，的确要多点装备才能保命。"

雷诺吃惊地看着哥舒信，他没想到对方一开口说话就那么毒舌。唐飞听完，不仅没生气，反而很高兴，继续朝前挑选物品了。

他们三人正说着话，地下忽然响起"轰隆"一声。紧接着，仓库的警报器狂暴响起。

"是五层仓库的重力闸，有人入侵！"雷诺变色道。

唐飞抓起暗银河的那块碎布，缠绕在手掌上大步朝地下五楼跑。

"那块东西还没改装，你拿着做什么用？"雷诺在他身后喊。

"这样就行了。"唐飞举起手掌，一边跑一边道，"通知上头封锁所有出口，记得，你还欠我一件装备！"

"这还用我通知吗？"雷诺懊恼道。

"要的。"哥舒信拍了拍他的肩膀，紧追着唐飞冲向最底层的仓库。当他们绕过紧急封锁一路跑到地下五层，一股强大的气浪袭来，当下将二人高高掀起。

地下的巨大响动正是陈月平的侵入造成的。芬克对他的要求很简单，就是拿到前些时候被未知罪案调查科得到的传送配件。银牛角并不清楚未知罪案调查科手里到底有多少暗星桥的配件，所以命令陈月平，只要能在仓库找到的就都带出来。

芬克之所以要求陈月平去做这件事，是因为除了强攻，要无声无息地入侵到地下五层，就得依靠他的"潜行"技能。陈月平可以潜行大约30个地球秒，足够他通过库门前那条长达五十米的安全走廊，至于电子密码锁和仿生密码，由银牛角解决。陈月平的条件是，如果他拿回暗星桥的配件，那么银牛角就要给他们夫妻自由。芬克毫不犹豫地答应了。

陈月平只用了四十分钟，就成功入侵到地下五层的保险库内。

五层保险库的东西不多，一共十个柜子。陈月平翻到第三个时，找到了放暗星桥配件的抽屉。他怔了怔，因为他没想到未知罪案调查科居然已经收集了五件，而理论上只要加上银牛角的那件，银牛角就可以启动暗银河的通道了。

陈月平犹豫了一秒钟，只取了两件放进背包里。然而，就在他拿起抽屉里的东西时，外头厚重的保险柜大门忽然合拢了。从声音判断，外头一定加了更麻烦的封锁。

未知罪案调查科的反应很快，他们第一时间加强了防备。陈月平对唐飞的行为感到欣慰，但是若就这么被关在保险库里，那他的妻子周翎将迎来悲惨的命运。陈月平并没有带重武器进来，因为厉害的武器都无法通过外围安检，那柄光剑也是改成了象牙剑柄才得以逃避探测。

剑锋凝聚成一股苍然萧瑟的力量，红光扫向厚重的铁门。仓库大门无声无息地融解为一堆铁水，但是外头居然还有暗沉的闸门。

陈月平心头一沉，连出三剑失败后，他不再继续尝试。

这里作为底层宝库，一定会有些用得到的东西。陈月平快速搜索四周，打开一个又一个柜子，拉开一个又一个抽屉。尽管未知罪案调查科的收藏不少，但能解决当前问题，并且他能使用的极少。

算一下未知罪案调查科存在的时间，他们不该只有这些藏品啊。陈月平面色阴沉地看着四周，挽起右手的袖子，从右臂皮肤下取出一枚白色棋子。那枚棋子的鲸鱼纹路闪起白色光辉，扫描四周后，他发现了一个隐藏的箱子。

箱子里有两枚黑色的圆球，约拇指大小，球面上有着仿若葵花的花纹，圆球边上则是一面淡金色的镜子。

"这里居然有星图和暗光雷……"陈月平怔道，然后露出了淡淡的微笑。

房间里的空气正变得稀薄，他没有时间去搜寻更多东西，陈月平退到房间最深处，打开护甲防护，将一枚暗光雷抛向闸门。

什么声音也没有，甚至连火光和烟尘也没有，面前已经是敞亮的天空。

这枚暗光雷炸出了一个直径大约五十米的洞口，直接把上方广场的光线传了下来。陈月平吸了口气，舒展一下被震麻的身体，带着习惯性的微笑跑出保险库。

"这动静真是大。"唐飞皱眉看着四周。

"为什么牢房和保险库都放在地下深处？有没有人给我科普下？"哥舒信抱着胳膊说。

"大地给人安全感？"唐飞笑道。

哥舒信皱眉道："我不喜欢地下，一点也不喜欢。"

二人一前一后在通道远端等着陈月平。

"你们来得有点快，"陈月平道，"但如果你们想杀死或者抓捕芬克，就得让我走。"

"陈先生，你上次也是这么说的，结果呢？"唐飞看着陈月平的背包，"你拿了不该拿的东西，我又怎么能放你走？"

陈月平眯起眼睛，慢慢道："第一，我必须拿一些东西换我老婆。在我救出老婆的同时，芬克会追击我，然后你才有机会击毙他。第二……"他停顿了一下，"保险库里五个暗星桥配件，我只拿了两件，已经很说明问题了。哟，看你们的表情，估计也不知道未知罪案调查科已经有五个配件了？"

唐飞看了哥舒信一眼，哥舒信立即进入保险库。很快，他出来点了点头。

唐飞道："即便你给了芬克东西，你又如何能保证可以脱离他的掌控？"

"你忘记了，我走一步会想三步。在芬克的飞船上，我已经做好了布置。"陈月平认真地看着对方，"你要做的就是信任我。"

唐飞想了想，同样认真地说："有一个问题。等我抓到了芬克，你和周翎仍旧要为你们手里的人命负责。一件事归一件事。"

"这个我懂。"陈月平慢慢靠近唐飞，然后递给对方一个袋子，"里头有两件东西。一个是信号接收器，你可以根据它找到我的位置，追击我的芬克一定在附近。另一件……这么说吧，鉴于你之前表现出的实力，我不太看好你能活捉芬克，所以这另一件东西，可以帮助你杀了他。"

"那是什么？"唐飞问。

"就是帮我炸开这条路的东西。"陈月平说着就朝外走。

唐飞忽然在后面高声道:"你答应会告诉我的消息什么时候说？"

"等我脱身,就会给你消息。如果我死了,你也一定会收到我的留言。放心吧,唐飞先生。"陈月平举起手,做出发誓的动作。

目送对方离开,哥舒信轻声问:"你还真是相信他。他掌握了什么秘密？"

唐飞道:"不是我相信他,是穷途末路的人会不屑于再说谎。"

周翎望着飞行器外的云层,依稀又想起了和陈月平重逢的那一天。同样风和日丽的天,懒散悠闲的自己,看到对方正从车上搬下一口口大箱子。很难解释当时她的心情,她原以为再也无法看到他了,结果这个人就这么毫无预兆地又出现在自己的生活里。

陈月平说,当时他就是回来找她的,因为从当初第一次见面开始,他就发誓要保护她。

"我会保护你一辈子,我说的话,永远都算数。"男人前几日在家里后院重新说了一遍很久以前的誓言,"不管你是弱不禁风的小女子,还是一个犯下杀人罪的凶手,说了要保护你一辈子,就是一辈子。"

她从来没想过自己的男人会是个外星雇佣兵,让她猜一百次也不可能朝这个方向猜。如果给个机会重新选择,自己还会不会动手杀人,答案是会的。周翎心里曾经有些后悔,但她知道,也许她能忍住一次,却绝对不可能一直忍耐下去。

几年前,养父母的死给了她太大的打击,所以她按照推理小说的桥段,制造了皮尔斯·克林顿的死亡,用抢劫杀人来掩盖真相。初次杀人对她来说并不顺利,因为克林顿居然是外星人,他的车也比预想的坚固。好在陈月平第一次离开前,给了她一把光剑,那把光剑替她融解了对方的车门。

后来陈月平告诉她,克林顿不该为她养父母的死负责,并且要求她藏好这颗杀戮的心,好好过他们的日子。

这个家伙就是有未卜先知的本事,每次不管我做了什么坏事,他都能知道。但难的是,他总是包容我的一切,这样的男人找遍宇宙也是难得。

杀人是一件会上瘾的事,这一次研究所的爆炸事件,再次激起了周翎内心的

"正义"。绝对的正义必须声张，那些为富不仁的家伙必须死！

"你是疯了还是怎么了？我们原本可以太太平平过日子！"几年都没有说过一句重话的老公大声训斥她。

她的确无话可说，因为她居然接二连三地杀人。

"我只是控制不住自己。"她在男人面前哭成了泪人，而男人呢？除了训斥了她一通，接下来就是替她布局掩饰。这一次，两人心里都有一个默认的预感，也许这一次"逃"不掉了。

看着自己幼小的儿子，陈月平黯淡的眼睛忽然一亮："也许，我们可以带着孩子逃到宇宙深处去。"

"不管去哪里，我都是你的老婆。"周翎这么说。

"这是当然了，"陈月平道，"不过一旦事情闹大，恐怕不止会有警察来追我们。"

"不止会有警察……还有什么人？"周翎问，但男人并没有对她解释。

周翎现在才明白所谓"不止警察来"是说的什么。不远处那个高大的外星人，即便离着五米远仍散发着逼人的寒意，这些人比哥舒信和唐飞他们看着要危险多了。我真的了解自家男人吗？如果不够了解，那么这段婚姻算什么？或许我不了解也没关系，只要他能对我好，可是，现在算不算是我毁掉了自家的幸福？我心里的正义，难道不该存在于这个世上吗？周翎心乱如麻。

"你不用太过担心，你的男人很快就会来接你。我收到消息，他的任务很顺利。"章鱼小声说道。

这个相貌丑陋的家伙是这里唯一一对她态度和缓的人，但也正是他把自己从家里抓来。周翎微微点了点头，女人的直觉告诉她，即便陈月平完成任务回来，这里的事也不会轻易了结。

章鱼并不继续开解她，他心里有点乱，因为他不明白陈月平为何要为这个女人放弃了自由的机会。拖家带口的人还谈什么自由？

三分钟过去，飞行器的传送舱忽然光芒闪烁，陈月平的身影出现在舱内。

"你得手了？那里有几件？"芬克问。

陈月平道："有三件，可惜时间仓促，在对方的阻挠下我只拿到两件。"

"没有全拿来？那可真是可惜。"芬克伸出手。

"请给我妻子自由。"陈月平道。

芬克笑了笑，低声道："我既然答应了你，自然会做到。"

章鱼推了周翎一把，放她回到陈月平身边："大鱼，你答应我归队的。"

陈月平冷笑道："若你没有背着我抓我的家人，也许归队还可以谈，但是你们又为何要这么做？"

芬克道："不要废话，东西给我。"

陈月平将袋子抛出，丢在芬克手里。芬克检查了一下，笑了笑道："可惜了，只有两枚。"

"的确可惜，不过这本来是你的工作吧？我算是帮你完成了一部分。"陈月平说。

芬克道："是上头布置的工作。大鱼或者说陈月平先生，组织有规矩，佣兵是不能自己退役的。我现在给你一个选择，只要你留下来，我保证你们夫妻的安全。"

"你刚才不是说你不会反悔吗？"陈月平冷笑。

"夏鸿恩先生告诉我，未知罪案调查科有五枚配件，他还说了，佣兵天生就是没有自由的。不仅是你，你的孩子也是一样。难道你忘记了自己的出身？"芬克摊手道，"我可以遵守自己的承诺，把你的女人放回你身边。但是你的自由，抱歉，你从来也没有自由。"

"这你可说了不算，我既然敢回来，就说明我有办法离开。"陈月平握住老婆的手，温柔地看了她一眼，然后自信满满地扫视四周。

芬克狐疑地看了看章鱼，章鱼则摇了摇头。

突然！飞船猛地下坠，整个重力系统也同时出错。传送舱的底盖自动弹开，驾驶室发出警报声：还有十秒启动自我毁灭装置……

陈月平悄无声息地拉着周翎跃入传送舱下方的天空，两枚子弹贴着他的身体划过。他拉着女人在狂风中摆动了几秒，随后消失不见。

十、九、八、七……芬克和章鱼同时弹射出飞行器，几乎同时飞行器自爆成了碎片。

一旁警戒的德文驾驶另一艘飞碟过来接应他们，还没上船，芬克就气急败坏道："不用管我，找到他！击毙他！"

德文的飞碟旋转了两圈，低声道："已经锁定，完成开火。对方已坠落，搜寻立刻展开！"

"人在哪里？"芬克整理凌乱的发型，愤怒道。

"风名东城，李唐区，开元街，距离开元大桥一个街区。他移动速度不快，说明我刚才命中了他。"德文汇报道。

"派出所有战士。"芬克说。

章鱼忐忑地看着芬克说："抱歉，芬克大人。我……检查过系统，没有发现被入侵，但大鱼的确很擅长信息战。"

"去杀了他，不然你也要死。"芬克冰冷道。有尊严的他不能灰头土脸地去追那个逃兵。

德文躬身施礼，恭敬地离开船舱。

陈月平背着妻子飞掠在东城的长街上，两边行人纷纷侧目。不等众人反应过来，二人已经跑了过去。背后妻子的气息在变弱，他明白方才敌人的子弹一定是打中了她。

"一定要坚持住，我们还有一个路口就能到开元大桥，那边有唐飞。"陈月平喃喃自语。

"我会坚持的，若这点还做不到，怎么做……"周翎一如既往的温柔，只是话到一半就没了声音。

陈月平暗自着急，开元大桥终于出现在视线远端。

那座大桥宽十米，长一百零八米，有三十六个镇桥狮，在桥的两端各有一个镇桥武士的塑像，整座桥仿佛一条白色苍龙横跨傲来河。

陈月平距离大桥二十米左右，陡然止步。

大桥上有三十多个黑甲战士从天而降，而章鱼提着一柄两米长的战斧，脚踩飞行器出现在身后。

"回头吧！大鱼！我们还可以去征服那些腐朽的星球！"章鱼高声道。

"腐朽的星球？早已腐朽的是我们。"陈月平在心里道。他微微摇头，不管身后的人，径直朝前冲去。他知道自己不能有片刻停留，因为一旦芬克来了就真走不掉了。

陈月平虽然带着妻子，但行动仍然极为迅疾。光剑在手里舞动，他从那些黑甲战士间穿过，剑锋扫去对方衣甲，三息之间，他就冲上桥头。

章鱼脚下的飞行器激射，大斧从半空劈下，雷霆万钧般破其项背。

陈月平指尖念力涌动，那站在桥端五米高的塑像陡然变成活物，长矛刺向章鱼。

章鱼身体猛烈旋转，战斧反向劈向那战士，两件兵器碰撞发出轰隆一声！塑像不知是什么材料做的，居然硬接下了战斧的攻击。章鱼看到陈月平这么一瞬就到了桥的中段，他大吼一声，战斧爆裂出红色的火光，将那石头武士的长矛斩为两段。大斧顺势划出凌厉的攻势，直接将石头武士击碎。

碎石落下桥去，激起极大的水花。

陈月平眼角余光看到章鱼二次靠近，他长啸一声，大桥石墩上的镇桥狮子一瞬间全部复活！那些狮子，有的金色，有的银色，有的踩着水波，有的踏着火焰，有的一身铠甲，有的光芒闪烁，三十六只石狮子竟然个个不同。

"你居然一早就在这里布置下了石种！"章鱼愤怒道。碎灵族可以将石头焕发出生命的力量，但必须提前布置好"石种"才能产生效果，而石种来自碎灵族的生命之力。

陈月平并不回答，事实上，多年来他未雨绸缪，在风名众多塑像里都布置了石种。虽然他因此生命之力有所减弱，但从最近的逃亡看，正是那些事先的安排，给了他极大的支持。

章鱼的大斧左砍右劈，场面十分胶着，狮子实在太多，他敌不过，终是被石狮群的连环攻击击退了二十多步。

陈月平深吸口气，终于来到大桥的另一头，但就在这时，一艘银色的飞碟出现在空中，芬克提着一柄黑色长剑从天而降！

几乎在同时，警笛声狂暴响起，风名东城和西城的防卫力量纷纷赶到。一批东城战士将黑甲外星佣兵堵在东面，而西城这边则冲向了芬克。

芬克不动声色地做了个手势，银色飞碟突然开火，十多个西城警员血洒桥头，奔赴此地的警车也相继爆炸。

芬克长剑一指，狂风般的波动指向陈月平。陈月平抱着周翎就地一滚，越过桥头，身后地面留下一条长达两米的剑痕。

周翎面色一黯，吐出一大口鲜血。血水洒在陈月平胸口，让男人心头一颤。

"我支持不下去了……没办法，既然杀了人，就要有交代。没有我……没有我西城的警察就没有追捕你的理由。"女人断断续续地说。

"不要胡说，我做了那么多案子，他们不可能放过我。"陈月平说。

女人道："你是因为我才做的案子。我本该给你一个幸福普通的生活……我错了，我真的错了。"

"别胡思乱想，唐飞很快会到，他们会送你去医院的。"陈月平捧着妻子的头，温柔地道。

"照顾好我们的儿子，别忘记我。"周翎轻轻地松开了抓住男人衣襟的手。

"周翎！周翎……"陈月平眼角滑落些许泪珠。对妻子的感情，是他在地球上最珍视的东西，而地球上的人和事，也的确改变了他这个碎灵族外星人的内心。

世上美好的事物那么少，为何你们一定要从我手里夺走？陈月平面无表情地将妻子的尸体放到地上，然后冰冷地望着芬克。

"你不用这样看着我，我早说了，你们都得死。"芬克傲然道，"你也不用跟我说什么感情，既然碎灵族喜欢玩报恩的游戏，那你的命和你这一身本领都是组织给的，你难道不该回报组织的恩情？"

"组织的恩情？数百年来，我为组织杀了数以万计的生命，我做得够多了。"

芬克冷笑道："还不够。这次你破坏了规矩，为了章鱼他们以后不会仿效你，你必须死。"

这时，章鱼也已摆脱了石狮子的纠缠，到了桥这边，而空中飞碟的火力已经牢牢锁定了陈月平。

"没人可以救你。"芬克下结论说。

陈月平仰天狂笑，化作一道白虹冲向芬克。芬克半侧身，回旋起身子，一腿接下陈月平的攻击，顺势一脚扫在他的胸口。陈月平被扫出十多米远，重重地落在地上，吐出一口蓝色的鲜血。

"你分了那么多生命之力在石头上，本身实力下降太多。不用我出手，现在章鱼就能杀你。"芬克拍了拍衣服，"看在你交出两件暗星桥配件的分儿上，许你速死。"

芬克将眼神飘向章鱼，章鱼深吸口气，提着战斧，气势汹汹地走向陈月平。

陈月平仗剑上前，沉声道："我要杀了你，替周翎报仇！"

"报仇？她又不是我杀的。"章鱼怒道，"在你心里，女人比战友重要？"

两人的兵器碰在一处，激荡交手二十多招，二人身上同时见血。章鱼一斧头劈在陈月平肩膀上，陈月平的剑锋则穿透了对方胸膛。

芬克身边众人聚拢，他傲然望向远方奔来的警察，低声道："战灵兵团最厉害的战士自相残杀，这真是少见啊。"

联络器里德文道："未知罪案调查科接近了，要速战速决。"

"好！你动手！"芬克说。

德文看着瞄准镜里的陈月平，果断按下扳机。一道光束悄无声息地击中陈月平后心，将其击倒在地。

"你们做什么？只有我能杀他！"章鱼冲着飞碟大吼。

芬克道："注意你的措辞。现在取下他的头，人就是你杀的。"

章鱼愤怒地大口呼吸着，但终究还是转过身，重新冲着陈月平举起斧头："给你向战灵殿忏悔的机会。"

满嘴是血的陈月平慢慢站起道："我没什么好忏悔的，我至少为自己的自由努力过，你呢？"

章鱼的大斧呼啸落下……

突然，一枚光针钉在章鱼的手腕上。章鱼一怔，望向不远处的唐飞。砰！光针在他手腕中爆炸开来，将他的手腕炸出了骨头。章鱼吃痛，一脚踢翻陈月平。手腕迅速恢复，人又向唐飞冲去。

"你的对手是我，我们上次还没打完。"哥舒信在唐飞之前拦下章鱼。

唐飞飞奔向陈月平，诸多外星雇佣兵立即过来围堵，却被他的光针以迅雷不及掩耳之势击倒。眼看他就要接近陈月平，芬克拦在前方，黑色长剑直刺他的面门。

"自不量力。"芬克说。

"是吗？"唐飞直奔冰人。

天空中，德文见到这个场景微微皱眉，他重新在瞄准镜里寻找陈月平，但那家伙居然消失了……

陈月平的声音在未知罪案调查科的联络频道里响起："不管地上你们能不能对付芬克，天上那架飞碟必须解决，否则所有人都会死。"

"同意。"哥舒信说。

"我来解决。"斯库利和艾玛同时回复。大约十秒钟后，二十多架无人飞行器从西城呼啸而过，飞向开元大桥。

当德文好不容易重新锁定陈月平的位置时，他只剩下了一枪的时间。德文毫不犹豫地选择开火，陈月平手臂上展开一道光盾，尽管人被子弹的冲击力撞得飞起，但光盾却将攻击挡下。

就在德文击发时，佣兵的飞碟被十多架无人飞行器锁定。那飞碟左躲右闪仍旧挨了两发炮弹，只得迫降。

地上的战斗也很快分出胜负。章鱼这次面对的是没有后顾之忧且气势全开的哥舒信，哥舒信提着半截石头长矛，疾风暴雨的攻击从四面八方涌动。章鱼好像面对大海怒涛的小鱼，除了等待风暴平息，没有任何办法，但哥舒信的攻击无穷无尽，直接将他撕成碎片。

章鱼看着自己分成十数块的躯体，试图等待愈合的机会，但哥舒信对其展开的疯狂攻击并未停止，而是继续将那十多块切成了三十多块。西城警局的人背着火焰喷射器过来配合，一起将他的残骸烧成了灰烬。

另一边，唐飞和芬克打得如火如荼。原本不被在意的钢针换成"光针弹"，芬克应付起来十分棘手。且不说，每一枚暗器都从极为刁钻的角度飞向芬克的各个关节，这些暗器哪怕没能击中敌人也会在半空中爆炸，爆炸带起一层淡淡的青烟，也足以让芬克的行动变得迟缓。芬克仿佛一头受伤的巨兽，左冲右扑却捕捉不到唐飞的位置。

"这家伙变强了……可是仅仅换了武器不可能变得那么强……难道他一早在隐藏实力？"芬克忽然大吼一声，不再躲闪光针，而是任由那些暗器落在身上。

光针在芬克身上爆炸，发出一连串沉闷的爆炸声，但他衣甲上的冰层却能保护他不受大的影响。芬克凝神再出手，黑色大剑如影随形地刺向唐飞的胸口。

唐飞向后飞退，双手连珠飞扬，把光针和钢针混合弹出，可是所有的东西在靠近芬克的时候都会变得迟缓。獠牙佣兵身上冒着寒意，仿佛凛冬降临无可抵挡。

唐飞背后就是大桥栏杆，后退速度自然为之一慢。黑色大剑破开针雨，刺向唐飞咽喉。唐飞突然伸出包着一块碎布的手掌，那块碎布堪堪包住他的四根手指和半片手掌，却将那无所不破的剑锋徒手接下！

芬克二次发力，唐飞的后背几乎要撞破栏杆，他大喝道："阿信！"

杀了章鱼后就进入静默的哥舒信突然出现在芬克的身侧，昂然如一千个太阳爆炸的刀芒从他左手绽放出来，万马奔腾的磅礴杀意席卷而至！

远端大桥东面有人失声道："天啊！破军！"

芬克咆哮着转身，黑色大剑挣脱出唐飞手掌，仿佛黑色飞龙斩向哥舒信。

"砰……"两人之间爆炸开刺眼的光芒，哥舒信和芬克各退十多米。二人胸口各现出一道凄惨的伤口，芬克的黑色大剑居然断了！

"这颗星球籍籍无名，没想到……"芬克低声叹着，他的身上慢慢浮现出蓝色的冰甲，嘴角露出血色的獠牙。他的伤口恢复得不如章鱼快，但的确在以肉眼看得出的速度愈合。

"怪物……"哥舒信骂道。若是手里有兵器，刚才就一刀斩了他。

芬克冷笑一声，手提断剑，速度加快一倍再次出手。

"八风不动！"哥舒信心里低喝，天地之力与他并存，刀芒再次在掌心聚拢，漫天风云化作刀意，凝聚于桥头。

联络器里陈月平忽然道："唐飞，就是现在！"

锵！两人再次交换一招。哥舒信和芬克各自退出二十多步，与此同时，一块黑黝黝的石头以诡异的方向飞向芬克的后脑。

芬克冷笑回身，将石头一把抓住，但在他抓住黑石的一瞬，脸上表情瞬间凝固……

一股气浪毁天灭地般从黑石上爆发，但什么声音也没有发出，只是有摧毁一切的恐怖力量肆虐于空气中。距离爆炸中心最近的哥舒信仿佛一个破包裹般被击飞三十多米，若非在唐飞出手前，陈月平那一喊让哥舒信启动了光盾，他绝对会粉身碎骨。

唐飞艰难地靠近爆炸中心，看着尘埃中心消失不见的冰人芬克，长长地舒了口气。

"你这狗娘养的混蛋，差点连老子一起炸死！唐门的家伙就会暗箭伤人。"哥舒信看他的表情，气不打一处来。

"喊……"唐飞反唇相讥道，"你如果能稳虐他，用得着我出大杀器？"

"再给老子一招，老子就能斩了他。"哥舒信怒道。

"你屁话再多，我……"唐飞说到一半，心底倏然一惊。

空气间忽然亮起仿佛冰晶般的许多碎片，那些碎片迅速凝聚成人形，重新变回了芬克的样子。

"你们真是好大的胆子！"芬克近乎于咆哮道。

哥舒信和唐飞明显感到对方气息并不稳定，不约而同一起出手。芬克掌心出现一道光盾，将两人拦在五米之外。

芬克身上光芒一暗，他把一个蓝色小盒子抛在地上。盒子散开，出现了许多古怪符号的光影，芬克踏前一步在光影中消失不见。

"×……还是跑了……"哥舒信忍不住道。

"你不是说再给你一招就斩了他吗？现在呢？"唐飞冷笑道。

"条件不同了好吗！"哥舒信怒道。

"你们两个别吵了，先看看有没有暗星桥配件的碎片，再确认一下陈月平的情况。"斯库利在联络器里命令道。

"好嘞。"唐飞看了眼委顿在桥边、抱着妻子尸体的陈月平，又看看四周，汇报道，"陈月平没事，但是暗星桥碎片毛也没看到。"

他话音刚落，整座开元大桥忽然一阵晃动，很快全部崩坍。唐飞跌跌撞撞地跑到安全的地方，犹自看着芬克消失的位置懊恼不已。

第十七章

格 林 之 死

唐飞用力打开棺木，里面是一具腐朽的男尸，奇特的是死者的面容几乎没有变化。

老鲨用"智能视角"做了扫描，低声道："不是凯斯·格林。"

陈月平目送妻子的尸体被送走，神情恢复到正常的状态。他并不抗拒戴上手铐，只是在得知家里遇袭后，儿子陈石就一直躲在地窖里不肯出来，就提出能否回家见一下儿子。

唐飞和艾玛商量了一下，同意了这个要求。于是，唐飞和哥舒信亲自押送陈月平回家。

艾玛依依不舍地看着唐飞，因为她知道案子结束后，要想再合作可不容易。

老鲨若无其事地做起了电灯泡，替唐飞挡下了女警察。

"我知道他从前的女朋友苏七七死了。"艾玛咬着嘴唇说。

老鲨道："尽管他很需要一个能照顾他的女人，他也不谈恋爱。"

艾玛道："我可以照顾他。"

"既然下定决心就争取一下吧。"老鲨笑道，"对我说有什么用？"

艾玛冷笑道："对你说当然有用，别以为我没注意到你看他的眼神。"

"哟！什么眼神？"老鲨挑衅般地反问。

艾玛瞪眼道："就好像他是你男人。"

老鲨眯起眼睛，靠近对方道："那你猜，他真的是吗？"说着，她仰头大笑。

她俩说话间，唐飞和陈月平已经坐上警车，哥舒信一如既往地在外围警戒。

唐飞道："关于案子，我有一些事要和你确认。这里距离你家不算远，我们长话短说。"

"你问。"

"案子是周翎做的，开始你并未直接参与对吗？"唐飞问。

"为什么这么认为？"

唐飞道："你妻子的作案手法，和你之后的作案手法不同。从性格上说，她更像那个被感情左右的人，你则做事更严密。从酒吧杀人的案子看，若是你做的，不会留下孩子的图画。"

"你说得对。但我不想多做解释。"陈月平淡然道。

唐飞道："你不用多解释，只需要简单回答就够了。还有一件事，几年前，仙女岛港口爆炸的责任人克林顿是不是你们杀的？或者说是不是周翎杀的？"

"是她杀的。若是我，会做得更职业一些，比如连尸体也会毁去。"陈月平眉头轻皱，"周翎那次杀人是为了私人恩怨，我没有什么好指责她。好在几年前，不是你们做调查，不然我们哪来这些年的太平生活。"

"我也希望几年前我们参与了调查，这样至少不会让你们夫妻一错再错，也不会有后来枉死的人，你们的孩子也不会目睹现在的一幕。真不知道他长大以后会怎样理解雇佣兵，理解银牛角，还有自己的父亲。"唐飞用极为平静的语气说着，面色却微带一点惋惜。

陈月平微愣了一下，唐飞知道自己的话说到对方心里了，话锋一转，开始继续问："下面是几个关于银牛角的问题。银牛角拥有多少佣兵？"

陈月平微微舒了一口气，答道："他们有三个直属佣兵团，每个佣兵团一万人。从银河系的角度看，人数固然不多，但他们还可以雇用其他佣兵团，所以人数其实也可以是个趋近于无穷的数。你得明白，他们如果有这个意愿，那占领地球就是可能的。"

"那么夸张？那他们何不直接占领地球？"唐飞冷笑道。

"这要看值不值得。占领一个星球容易，但管理星球却需要巨大的开销。黑暗时代毁掉一个星球没有人管，现在却不是。地球的运气好，因为难民潮的关系，这里被银河联盟和银河帝国所关注，所以不是真正的乡下，而且从地缘上说，地球是受联盟保护的。不过，最重要的一点是银牛角的高层应该还没感觉到这里的重要性。"

"地球到底重不重要？"唐飞问。

"这个不好回答。地球位于银河联盟核心地带之外，但是地球上的生命很特别。这是一个用精神传承建立起来的文明，即传承文明。银河系的文明主要分两种，一种是靠力量征服建立的文明体系，一种是靠精神传承建立的。地球人与其他种族相比，最特殊的是你们的情感系统，这个系统不太好定位，听说在遥远的银河，那些星球征服者们还在衡量战争的价值。"

"战争的价值……"唐飞想了想又问，"像芬克这样战力的雇佣兵多吗？"

"他算是头目了，战力不错，但比他强的也大有人在。不过，如我所说，他们没有理由，也没有必要来到偏远的地球。"

唐飞笑道："×！我们在地球也不算最强的，比我们强的大有人在。"

"好了，不用拐弯抹角了，问你最想问的问题吧。"陈月平说。

"你说仙女岛港口爆炸的时候，其中一条船上拥有黑暗物质武器，而当时那武器被银牛角盗走了。我要知道是谁以及这武器最后落在谁手里？"唐飞正色道。

"当时，银牛角和未知罪案调查科以及失落者里面的一个大人物联手，将一件黑暗物质武器运去了美国。"陈月平稍微停顿了一下，"那件武器是一门暗物质炮，类似于你刚才用的暗影雷光弹，但是威力更大射程更远，足够悄无声息地毁去一片街区。这件武器，不论多么强大的人，如果没有事先准备东西做好防护，只能是化作尘埃。别认为我在瞎说，我没想到芬克能经得起暗光雷一击，他的体质在半神星球也算是特殊体。"

唐飞嘴角抽动了一下，低声道："不纠结那些，我要具体的名字。"

"等我见过儿子就告诉你。"陈月平咬了咬牙道。

唐飞陡然握紧拳头，陈月平忙举起手："你之前也算是帮过我，我没想跟你耍花招。说实话，这件事我之前并不知道，只是在那个月忽然有人请我去那条船取东西，我才大约了解了一下情况。我可以告诉你当时银牛角联络人的名字。"

　　"银牛角请你办事？你的身份难道不是秘密？"唐飞问。

　　陈月平道："我的身份当然是秘密，他的身份也是，只不过我更擅长调查。你是在怀疑我吗？"

　　唐飞道："对不起，你继续说。"

　　陈月平道："那个人叫凯斯·格林，是从前西城警局的大头目。"

　　"什么！"唐飞说。

　　接下来的时间，唐飞脑海一片混乱，他没想到陈月平会给出一个他熟悉的名字。正是因为凯斯·格林的案子，他才会被调到未知罪案调查科。尽管当时案子还有一些疑点，案子也公认是解决了的，但如果陈月平说的是真的，凯斯·格林早就是银牛角的人，那他就不会因为触及银牛角的机密而被灭口。

　　唐飞想破脑袋也无法把那个已经确认死亡的人和他在追寻的幕后黑手联系起来。

　　当陈月平进入地窖和儿子见面时，四岁的孩子看到爸爸回家，终于打开了地窖的门。这几日他就像小动物一样躲在里面，谁来了也不开门。

　　斯库利只能在外头摆上食物，远远退后让他自取。孩子只是不断地问两句话，爸爸妈妈回来了吗？坏人还会来吗？这让女人忍不住多次掉泪。

　　而今陈月平回来，小石头疯了一样抱住他的腿，放声大哭。孩子软糯的声音哭得有些嘶哑，让陈月平的眼泪也止不住地流。他抱起儿子，悄悄掩上地窖的门。

　　唐飞在外头连续拨打了许多电话，哥舒信几次想和他交流都被无视了。

　　唐飞终于打完电话，看到哥舒信冷着脸站在一边，才问道："怎么？"

　　"他已经进去十五分钟了。有点不妥。"哥舒信说。

　　"能有什么不妥，难道他还能从那里头溜走？地窖你不是查过很多遍了吗？"唐飞说。

　　哥舒信摇头道："总觉得不对劲。"

两人正说着，大地突然晃了一晃，一道白光从那棵树下蹿上天空！

唐飞和哥舒信同时冲向地窖，那地窖整个消失不见，只留下十米见方的一个大坑。

哥舒信看着大坑周边的机械布置，苦笑道："这是个星际传送装置，他的终极计划一直是完成这个装置。"

唐飞的手机嘟嘟响起，里面留存着一封陈月平的邮件。

"唐飞先生，你收到这条信息时，我已经带着家人前往漫漫银河。感谢你的信任，也感谢你帮我打败了星际佣兵。附件里是一份来自你们未知罪案调查科宝库的星图，也许你日后用得到，不要告诉别人。预祝你复仇顺利。若有一天，你也前往银河，也许我们后会有期。白鲸顿首。"

唐飞收起消息，抬头看着满天星斗的茫茫夜空，低声道："他走得倒是潇洒，我们这里可有大麻烦了。"

"你留言说，要重新查格林的案子？怎么回事？"斯库利打电话来问。

"一个好消息，一个坏消息，你要先听哪个？"唐飞问。

斯库利怒道："我为了陈月平在开元大桥的事，正应付东城的官僚。你最好有正经理由，让我抛下他们来给你打这个电话。现在，先说坏消息。"

"坏消息是，陈月平在家里安装了星际传送阵，他和儿子逃走了。"唐飞沉声道，"好消息是，他走之前告诉我，格林很早以前就是银牛角的人，那我不得不认为格林的案子并没有结束，需要重新调查。"

"这他妈算什么好消息？明明是两个坏消息！该死！"斯库利愤怒地连爆粗口。

唐飞等对方平息了情绪，才道："我要对格林重新验尸。"

"验尸申请不会那么快。你先回总部，我有些东西给你。"斯库利压低声音道。

芬克回到银牛角的总部，他很久没有受过那么重的伤了，全身上下的灼痛感让他脾气异常暴躁。

闻讯赶来的夏鸿恩皱眉看着他道："唐飞有那么厉害吗？这怎么弄的？"

芬克灌下一杯银河烈酒："他们有暗光手雷。若非我天生拥有半神之体，只怕

218

已经尸骨无存了。"

"章鱼……"

"章鱼死了。"芬克说。

"这么说，若要解决唐飞，我们又要请求支援了。"夏鸿恩叹了口气。

"不，这次是意外。他们下次绝不会得手。"芬克说。

"如果下次他们又有什么秘密武器呢？"夏鸿恩不以为然，"不能靠蛮力了。"

芬克露出纠结的表情，低声道："我不想向总部求援。"

"我明白。我也不想……"夏鸿恩沉吟片刻，"我来想办法，地球上的问题，就交给本地的怪物。也许你不相信，这里有一些即便在银河深处也算是非常厉害的家伙。"

"银河级？这种生物留在地球做什么？"芬克问。

"谁知道呢，他是那边的先遣队。"

"那边……是指暗银河？"芬克问。

"是的，他很久前就来到地球。不对，是很久很久以前。虽然让他替我们做事的机会不大，但还是要试试。"夏鸿恩微笑着拨打联络器。

唐飞和哥舒信回到未知罪案调查科总部后，老鲨和哥舒信一起重新整理案件资料，唐飞来到斯库利的办公室。

"这是格林的档案，其中包括大约十页的内部调查。"斯库利把一个文件袋放在他面前。

"内部调查？你是说你们早就怀疑格林？"唐飞问。

斯库利道："半年以前，因为他的工作失误导致一次稽查行动失败，有人提出对格林进行内部调查。这项调查我被排除在外，所以我并不清楚进度。调查小组刚查出他拥有一个星际账户，格林就在巴黎殉职。"

"调查因为他的殉职就结束了？"唐飞问。

斯库利道："这是默认程序，一旦警务人员殉职就不再对其追查。死者的名誉不容有损。"

"这我知道，但现在不得不查。"唐飞说。

"你小心行事。"斯库利停顿了一下,"这次陈月平逃跑了,芬克也没有被杀死,这些事需要有人负责。"

"我会负责。"唐飞说。

"陈月平的逃跑你来担责,芬克的问题我来扛。这样你至少还能留在外星重案组。"

唐飞说:"如果他们不要我留在重案组,我也无所谓。"

斯库利理了一下金发,笑道:"胡说,如果你被赶走,那岂不是说银牛角胜利了?绝对不行,银牛角必须一查到底。"

开馆验尸连夜进行,未知罪案调查科甚至没有通知格林的家属。

墓碑边的泥土被挖开,在明亮的照明灯下,唐飞等待斯库利下令。

"最好不要出错。"斯库利深深地吸了一口气,说道:"做吧。"

唐飞用力打开棺木,里面是一具腐朽的男尸,奇特的是死者的面容几乎没有变化。

老鲨用"智能视角"做了扫描,低声道:"不是凯斯·格林。"她伸手小心地摸索对方腐烂的面孔,拎起一张沾着腐肉的透明薄片,"易容面具,这种东西的序列号可以做线索。"

唐飞拨打哥舒信的电话,说道:"巴黎的法医卡特什么情况?"

"随时可以抓捕。"哥舒信看着霓虹灯下醉酒的法医回答。

"行动。"唐飞道。

大约两分钟后,哥舒信回答道:"已经完成抓捕,我们在回风名的路上了。"

唐飞望向监督行动的斯库利,金发美女沉声道:"一查到底,不管会牵涉出多少人。"

"我会小心行事。"唐飞道。

第十八章

风 暴 角

"也许是个陷阱。我们挖开了格林的墓碑，全世界都知道我们在做什么，银牛角显

然也是知道的。"唐飞摊开左手看了看掌心，慢慢道，"但不能不去。"

"把事情发生的经过重新说一遍。"唐飞面无表情地坐在审讯室里道。

"我已经对哥舒先生说过一遍了。"法医卡特怯生生地说。

"重新说一遍。"唐飞说。

"那是在三个月前，格林忽然要我帮忙，"卡特调整呼吸，"他说银牛角陷害
他，所以他要离开未知罪案调查科。我问他，需要我怎么帮他，他说，他需要
诈死。"

"他说是银牛角陷害他？"

"是的，原话是'银牛角逼我离开这里'。"卡特低声道，"他说，在之后的几
天他会在巴黎执行任务，而银牛角会在那里击杀他。他已经提前做好了准备，唯
一的问题是尸体需要有人确认，这件事他需要我去做。我一开始当然是拒绝的，
可是他和我合作了那么久，我和他关系不错，所以看不得他受委屈……"

"是吗？他是威胁了你吧！"唐飞打断他道。

"是的……他抓住了我工作上的把柄，说我如果不帮他，那我这份工作也不用做了。"法医卡特叹了口气，"我只能听他的。我有老婆孩子要养，不能没有工作。"

"所以，他还给了你钱！"唐飞问。

"十万欧元，他给了十万欧元。"法医见自己又被揭穿一个罪行，恨恨地道，"他还给了我时间准备替换的尸体。他运气不错，大约一周之后我就找到了一具和他体型差不多的流浪汉的尸体，然后，我打电话通知了他。他告诉我，接下来的事情比较简单，他会给我一张易容面具，只要我用在尸体上，大家都会认为尸体就是他。我要做的就是填一些表格，打几个电话。"法医忽然满眼希望地看着唐飞，"我没有杀人，我只是帮助一个老朋友。"

"我没说你杀人。"唐飞淡淡道，"重新说一遍，你确定他来见你的时候是独自来的？"

"第一次是独自来的，第二次他是和米歇尔·秦桦一起来的。"卡特说。

"重新说一遍，多一点细节。"唐飞说。

卡特皱着眉，把先前的话重新组织说了一遍："格林给了钱之后，跟我说，我和他不会再见了，因为他不会再来欧洲。"卡特想了想，忽然道，"在他离开我办公室的时候，米歇尔说，恭喜他会去一个充满了希望的地方。"

充满希望的地方？这算什么地方？唐飞走出审讯室，一脸的失望。

在审讯室另一边监督的斯库利也皱眉思索："我觉得卡特可能给了我们线索，但我们还想不出来是什么。"

这时，老鲨走进来道："我查了易容面具的编码，是银河帝国的科技，在地球上非常少见，风名岛的科技店也没有同款装备。"

"风名没有，这就难查了。"唐飞道。

老鲨说："我是这么看的，地球最大的星际黑市在风暴角，那边有一个银河帝国产品的供应商，我们可以去那边查一下。"

"风暴角！对！就是风暴角！"斯库利忽然叫道。

"怎么？"唐飞问。

"你知道风暴角吗？"斯库利不等唐飞回答，就直接道，"风暴角就是好望角，是非洲的一个外星聚居点。如果这个面具来自风暴角，那么格林要去的一个充满希望的地方，很可能就是好望角。"

"好望角我知道，但好望角就是风暴角？"唐飞皱眉说。

"确切地说，好望角本来叫风暴角，是在大航海时代才改名叫好望角的。我们这里说的风暴角倒不是我们日常提到的那个地方，而是那片海域的一个隐秘区域。"

"隐秘区域！就像是不在地图上出现的风名岛？"唐飞问。

老鲨道："是的。风名虽然是第一个外星人官方聚居点，但外星人在很久以前就来了地球。不知为什么，他们把基地建在了那边的大海里。通过海上风暴，他们隐藏了这个区域，所以外人是进不去的。"

唐飞道："你们认为格林是去到那边了？"

斯库利道："虽然只是猜测，但如果格林没有离开地球，风暴角就是他最好的栖身之地。"

"怎么才能确定这个猜测？"唐飞问。

老鲨道："我们发出通缉令，那样只要有我们分部的地方，都会收到格林的画像以及 DNA 样本。脸可以改，但 DNA 不会变。如果他确实在风暴角，那边的线人会发回确认。"

唐飞道："这样有点守株待兔，不如我去那边调查一下。"

斯库利道："你最好有点耐心，芬克他们还在地球，他们不会对你善罢甘休。"

"最新消息，未知罪案调查科又在查格林。"夏鸿恩大致向芬克解释了一下之前的事，然后道，"这让我有了个计划。"

芬克笑了笑道："格林在风暴角，如果能把唐飞和哥舒信引到风暴角去，我们就能做点特别的事了。"

"芬克，你真是了解我。"夏鸿恩喝着威士忌，按开通讯器，"通知未知罪案调查科格林的位置，告诉风暴角的伙计，准备招待客人。"

"我们在风暴角的管事是夏无敌？"芬克问。

"是的。我那个侄子头脑比较简单，但身手很不错。"夏鸿恩微笑道，"他目前在风暴监狱担任典狱长。"

"我会对他客气一点的。"芬克笑着起身。

"多谢。"夏鸿恩笑了笑，又认真地道，"芬克先生，我们去风暴角有传送通道，但在你去之前，你还有更重要的事要做。"

"风暴角的简迪发来消息，在风暴监狱发现我们通缉令上的人。我们和那边没有引渡条款，所以需要我们自己过去确认。"老鲨不安道，"我想过可能会有消息，但这才三天，进展也太快了。"

"也许是个陷阱。我们挖开了格林的墓碑，全世界都知道我们在做什么，银牛角显然也是知道的。"唐飞摊开左手，看了看掌心，慢慢道，"但不能不去。"

"你当然可以不去，我不能再失去一个重案组组长。"斯库利说。

"如果出了意外，哥舒信可以做组长。"唐飞笑道。

哥舒信指着小腿道："别开玩笑了，你见过哪个组长脚上戴着脚镣的？这次你不用去，就像抓那个法医一样，我去。"

斯库利犹豫了一下："这种事……如果一定要做，你们两个必须一起去。对方有芬克这样的高手，你们单独行动会很危险。"

"当然一定要做。"唐飞说，"你们帮我熟悉一下风暴角吧。"

"我也没去过，怎么帮你熟悉？我们连那边的准确地图也没有。"老鲨苦笑着说。

斯库利道："我们在那里有联络人，但我还是认为这次行动太危险。"

"有危险，才更需要警察吧！"哥舒信笑着说。

"这句话应该是我的台词。"唐飞一拳打向哥舒信。

"软糖这拳头一点都不软，领导放心，保证完成任务。"哥舒信拍了拍被捶了一拳的胸口，对唐飞挑了挑眉，"出发吧！事不宜迟。"

"等我联络一下，你们也要稍作准备。"斯库利叹了口气说。

唐飞想了想，低声对斯库利说了两句，女人皱着眉头，慢慢点了点头。

二十分钟后，唐飞前往蛇岛监狱看望杨梦。

斯库利和老鲨继续会议，她认真叮嘱了许多。风暴角的情况非常复杂，到时候他们一定要照顾好自己。风暴角监狱虽然和未知罪案调查科联系并不紧密，但里头关的都是经过审判的外星罪犯。那是那个城市的正规监狱，除非万不得已，不要把监狱闹乱了，万一那些犯人恢复自由，对地球可绝对不是小问题。

老鲨一一答应，斯库利仍然放不下心。

金发女人认真地道："你们小组这几个人，我最信任你了。老鲨，你是唯一一个能管住唐飞和哥舒信的。你们每次出发我都很纠结，一方面是担心你们出事，另一方面也是担心你们给我惹祸。"

"放心吧……我们会有分寸。"老鲨苦笑道。

杨梦安静地听完唐飞的汇报，低声道："有点麻烦。你确定一定要去风暴角？"

"我进未知罪案调查科是顶了格林的位置，现在他明显有问题，我只有抓住他才能安心继续干下去。"唐飞慢慢道，"我也知道很危险，但有些事必须去做。"

杨梦叹口气："你希望我帮你什么？"

"关于风暴角，你能告诉我些什么？"唐飞反问。

杨梦道："我在筹建风名外星聚居点之前，曾经去风暴角考察过一次。回来后，风名仙女岛我一点也没有参照那边的样子。"

"风暴角有那么糟糕？"唐飞皱眉。

杨梦笑道："风暴角就好像封建时期的欧洲，那边是按照银河帝国的方式管控外星人。要说世界上还有哪里和那边有点像，那就是风名东城了。风暴角是禁止使用枪械和高科技设备的。"

"那么原始？"唐飞问。

"不是原始，是保守。"杨梦道，"东城你去过，那边原始吗？"

"不，东城虽然只能用马车，不能开汽车，只能用刀剑，不能用枪械，但并不影响正常生活。东城的生活相对简单安静，但不能说不好。"

"没错，不过风暴角不如东城。风暴角的很多事情虽然有法令禁止，但执法者比较随心所欲。比如说，东城有规定不能公开使用移动通讯设备和禁止枪械，东城里便不会看见这些东西。风暴角有同样的法令，但没有人执行，所以街面上就相当混乱。对了，他们那边甚至允许奴隶买卖。至于风暴角的监狱，更是最为混乱的地方。"杨梦说到这里，低声道，"你确定会去监狱？"

"不得不去。"唐飞说。

杨梦道："我想你还没住过大牢吧？作为一个在监狱里很多年的老人，我告诉你，在大牢里没有比忍耐更重要的力量了。"

唐飞笑道："我是去做调查，不是去坐牢。"

"伸出手。"杨梦拿出一个金属盒子说。

唐飞抬起右手。

杨梦将盒子按在他的手背上，唐飞感到火辣辣的一阵灼痛，一道暗青的刺青烙在上面，图像模糊似乎是一盏油灯的样子，不过那道光影只是在皮肤上一闪而逝。

"风暴监狱又叫法老陵墓，是一个古老的金字塔改建的。在那里有我们失落者的人。"

"好像哪里都有失落者。"唐飞说。

"当然。江湖夜雨十年灯，我执掌失落者二十年，安排了很多事。"杨梦仿佛想起了什么往事，忽然陷入了沉默。

唐飞等了一会儿，发现对方不再说话，起身就要离开。杨梦在他背后道："那个人你熟。"

"是谁？"

"见到了自然知道。"杨梦淡然一笑，"阿飞，下次再来找我帮忙，请把阿信带来。"

风暴角建立的时间已经没人知道，有人说是几百年前，也有人说已经有几千年了，并且时间可以追溯到埃及金字塔时代，还有人说这里在人类诞生之前就已存在，风暴角是外星人制造人类的基地。

这些传说已经无从稽考，但有一点可以确定，这里是外星人在地球上的一个情报集散点。类似二战时期的卡萨布兰卡，风暴角就是这样一个神秘而危险的地方。

未知罪案调查科在风名市和风暴角之间并没有传送阵，所以他们必须先前往南非首都开普敦，然后从那里乘飞行器去风暴角。

精致如大蜻蜓一般的飞行器划过碧浪的海天线，一头冲入波涛汹涌的飓风中。紧接着光芒一闪，海浪分成两半，飞行器划入大海深处。

"七七……"唐飞挣扎了一下，从睡梦中惊醒，他表情苦涩地看着四周，在心底叹了口气。他并没有回到过去，身边熟悉的人早已不在了，诸葛羽、苏七七、罗灵儿、丁奇、白先生……都不在了。

"难得你一上飞机就能睡着，"老鲨调侃道，"难不成要叫你睡神了？"

唐飞揉了揉眼睛，低声道："只是梦到了很久以前的事。"

"E科？"老鲨问。

唐飞点了点头，刚才那个梦有些奇怪。他梦到了那一年去英国奥隆戈监狱最后的一战，在各种力量的争夺中，自己孤身潜入了异神之门。他又一次真切地看到了几处简单的石屋，以及黑茫茫的森林……

为什么在这个时候，会梦到奥隆戈？只是因为要去的地方同样是监狱吗？如果所有事重来一遍，他能不能改变过去？

老鲨轻轻握了握他的手，低声道："放轻松点。"

"这是一个封闭的城市，银牛角会把我们到达的情况摸得清清楚楚。这次行动完全是自投罗网哎。"哥舒信忽然道。

唐飞道："那你还来？"

"我烂命一条怕什么？"哥舒信笑了笑，"我很好奇银牛角会怎么动手，会直接把我们的飞行器打下来吗？"

唐飞道："这不是我们的私人飞行器，这里有三十多人，包括几个银河系的大人物，为了我们不值得。"

"换我就直接把飞行器打下来。"哥舒信邪气地一笑。

穿过三千米的海水，眼前光芒闪动，一座气势恢宏的城市出现在下方。

城市的中心是三座巨大的金字塔，和埃及的古老金字塔如出一辙，只是那金碧辉煌的感觉一点也没有腐败的气息。

"金字塔。"老鲨说。

唐飞看了看飞行器的上方，海水组成了新的蓝天，给他一种梦幻的感觉。

未知罪案调查科在风暴角的联络人是一个叫简迪的希亚星人，唐飞他们离开飞行器，接机的简迪身边居然是三匹棕色的战马。

"马是这里的交通工具，你们都会骑马吧？你们的工作证明允许在此停留十天，请小心行事。"简迪飞快地道，"出了机场，外头就开始限制使用科技产品。使用移动电话的时候，隐蔽一点。不要打架生事。"

"如果是禁止使用就该屏蔽信号。"唐飞说。

"帝国当然有信号屏蔽，可来这里的都是能人，封锁信号是挡不住高手的。不过，这里的信号的确不太好。"简迪又拿出一个坐标，"落脚的地点在这里，风暴城的道路还算清楚，我就不送你们去了。"

"你很赶时间吗？"老鲨皱眉道，"斯库利说，你会尽可能地帮助我们。"

简迪懒洋洋地道："金发美女有这么说？那你们可就要失望了。事实上我每天要接待二十拨客人，忙得焦头烂额的，时间怎么也不够用。"

"在你走之前，可以帮我多换一些现金吗？我用外头的钱和你换。"唐飞拿出一张黑金卡。

简迪刷了一下金额，眼睛放光，但又似乎有些不好意思地道："比行情高两成。"

唐飞见此人果然上钩了，当即笑了笑，说道："没问题，反正我没有时间去银行换钱。"

"你真是好人。还需要什么？我还有点时间。"简迪殷勤问道。

唐飞道："我要一份风暴监狱的资料，包括牢房地图，要有管道图。我还要一套在这里能用的计算机。"

"计算机给你。"简迪从怀里拿出一个魔方大小的东西，"地图我会发到计算机上。"

"谢谢。"唐飞说。

"去监狱挖人不是好主意。"简迪临走的时候，忽然回身道，"看在你很大方的分儿上，我告诉你一件事，风暴监狱过几天在羚羊街修路，会有大量的囚徒参与。如果碰巧你们要找的人在那里，那才是你们的好机会。即便他不在，你也可以和管监狱的人聊一聊。"

"你能帮我们约典狱长吗？"唐飞问。

"当然，给钱就行。"简迪眨了眨眼说。

唐飞道："那麻烦你安排一下。"

"该相信他吗？"等简迪走后，老鲨问。

唐飞道："未知罪案调查科在这里没有别的办法，我们权且先相信他。"

机场到他们的住处并不远，一路上看到了许多之前没有见过的外星种族，尤其是每个街口的守卫都有两米以上的身高，一身金色的铠甲非常气派。

"按我们之前的了解，普通的地球刀剑是砍不开这些铠甲的。"唐飞小声道。

"那要看是谁在用。"哥舒信说。

唐飞道："我只是不明白，地球不是在银河联盟的疆域里吗？怎么这里是帝国说了算？"

"从没有资料解释过这件事，我怀疑有一段历史被抹杀了。"老鲨看着周围的街道，慢慢道，"这里带武器的人很多，大家小心。"

战马的速度超出预期，而他们担心的银牛角的攻击并没有来，唐飞他们很快就安顿下来。

"人生地不熟，我们先分头行动熟悉环境，自由活动两个小时。"唐飞指着腕表，"现在核对时间，开普敦时间 14 点 31 分，两小时后回到这里交换情报。"

老鲨道："都别走远，万一遇到事可以来得及支援。"

三人核对时间后分头行动。老鲨在房间里布置下警报系统，并且通过外星文明部的卫星布置了网络。她确认，简迪给的计算机是干净的，并且很快就更新了地图系统，将之传送到唐飞和哥舒信的徽章上。

"这里是老鲨，这里是老鲨。临时系统已经建立，确认接入后，我就能得到你们的视角。"老鲨在联络器里重复了两遍，很快她桌上的显示器亮起两个街道的景象。

砰！马路两边子弹横飞。几个身形仿佛方块般的大个子抢匪，他们手里各提一把步枪冲出附近的银行，周围的玻璃橱窗被打得支离破碎，连续有行人倒地。

长街另一端有金甲骑士高速奔来，挥动狼牙棒将一个抢匪的脑袋砸开，另两个抢匪一左一右夺路而逃。

金甲骑士举起狼牙棒，棒头迅速变成炮筒，一道光束喷出，一个抢匪的头颅像西瓜一样爆裂开。另一个抢匪眼看跑远了，忽然，从街边掠起一道灰色的身影，一只灰白毛色的大狗直接将他扑倒在地。那大狗算上尾巴足有两米长，像豹子一般结实，身上还披着轻便的铠甲。

金甲骑士呼哨一声，周围有其他甲士蜂蛹而上，将抢匪锁起。

"吓死我了，我还以为是哥舒信你惹事了。"老鲨看着屏幕，心有余悸地道。

"这里的治安太差了……我才走了三条街，就遇到了两起事件。"哥舒信撇嘴，"这些金甲卫兵让我想到了东城府衙，只是他们的装备更好。"

"唐飞，你那边好像很安静。"老鲨问。

"是的。我打听到马上就是银河帝国的新年，每年到这个时候，城里会特别乱。"唐飞坐在咖啡馆的大伞下，喝着当地饮料看风景，手边则是他采购的当地武器。

"新年会乱？"老鲨奇道。

唐飞道："有很多在这里混饭吃的人，准备捞一票回老家过年。似曾相识吗？"

"你好，检查护照。"一个铁甲军士忽然出现在太阳伞下。

唐飞看了眼一旁的另一个铁甲军士，默然拿出身份卡。

"这里的身份检查有那么频繁？你才在街上几分钟？"老鲨嘀咕道。

"收好徽章，关闭频道。"哥舒信提醒道。

唐飞已经没有时间关闭频道了，但徽章在他衣领下并不起眼的地方，所以暂且没事。铁甲军士看了一下身份卡，转而递给身后另一个人。

"你要和我走一趟。"铁甲军士说。

"为什么？我这是十天时间的工作签证，这才第一天。"唐飞说。

铁甲军士道："我发现你的签证时间到期，至于你来了几天和我无关。不要乱动，举起手抱住头。"

这是银牛角的行动，唐飞目光收缩，敏锐地发现除了眼前两个甲士，街道远端还有更多人隐藏。他指尖钢针闪动，一针钉在对方大腿，纵身飞向街道另一边，然后突然一个变向飞跃上房。

"哔哔哔！"另一个甲士吹起哨子，天上忽然出现一张大网，拦在唐飞移动的路线上。唐飞深吸口气，凭空挪开两米躲开大网。

突然一柄大刀出现在他后方，唐飞紧急回身，一掌接下刀锋。砰！犀利的刀风将他振飞出去。周围奔出几十个甲士，一半人手持圆盾长矛，一半人端着弩机。

提刀的大汉冷笑道："束手就擒吧！"他一开口，脸上的刀疤就跟着抽动。

对方在他们一到风暴角的时候就布置了一切，所以那个简迪一定有问题，如果是那样，就不能指望通过简迪去风暴监狱了。唐飞看着四周，心念急转。

联络频道里哥舒信道："坚持一下，我马上到。"

"我投降！"唐飞高声说。

"什么？""什么意思？"哥舒信和老鲨同时叫到。

唐飞轻声道："定位我，找到我，看他们送我去哪里。老鲨，你迅速转移，那里不安全。"然后他举起双手，对那刀疤脸道，"我投降，但你要告诉我，为什么抓我？"

"很好，我会给你解释的机会。"刀疤脸笑了笑，露出残缺不全的牙齿。

士兵过来没收唐飞的武器，给他戴上镣铐。远端迅速靠近的哥舒信，只能按耐住出手的冲动，看着唐飞被押走。

"我马上回来。"哥舒信决定立即回到暂居点，但他刚离开小巷，忽然眉头一皱。

在路边的暗影里站着个矮小的男子，那人留着小胡子其貌不扬，手扶着剑柄侧头看着哥舒信。

两人如同毒蛇和野狼沉默对望片刻，矮个男子一笑退走，哥舒信居然没找到出手的机会。

"老鲨你怎么样？我这里遇到高手跟踪。马上回来。"哥舒信在联络器里飞快地说。

"不要回这里了，我随时联系你。"老鲨说，"我会去找简迪，具体地点一会儿通知你。"

"你一个人没问题？"哥舒信皱眉道。

老鲨道："你忘记格林的面具在我这儿吗？我随时可以变化身份，你不用担心。给你个任务，我要摸清敌人实力，你看有没有办法调查风暴监狱。"

"了解。"哥舒信并不拖泥带水，但他隐约觉得老鲨和之前有些不同。

疤脸人派了几个部下进入未知罪案调查科的临时据点，很快部下报告说，里头空无一人，也没有留下可用的装备。

"动作真快。"疤脸人皱眉望向道路另一边前来会合的矮个剑手，"你也没收获？"

"这次收了银牛角多少钱？他可是给了我们一个难搞的家伙。"矮个剑手说。

"有多难搞？你也搞不定？"疤脸人吃惊道。

矮个剑手笑了笑说："告诉他们，价格翻倍，不然让他们找别人。"

被摘掉眼罩时，唐飞已经身处风暴监狱。他手腕被换上了重力手铐，那是一种暗红色透明材质的能量镣铐，本身没什么重量，但可以压制佩戴人的力量。戴上它后，唐飞身上能用的力量不到一成。他目光扫过四周，此地有随机移动的无人机摄像头和坚固的合金栅栏，只这两样就很麻烦了。

疤脸人换上了一身狱卒的衣服，他的肩章显示为队长级别。过道那边，一个矮个犯人交出武器，换上囚徒编号"10013"的蓝衣服，脚步轻松地走向走廊尽头。

唐飞这边的标准程序有条不紊地进行着，所有个人物品被没收，留下掌纹、DNA、照片后，换上了囚徒编号"18056"的蓝衣服。从头到尾没人和他说一句话，更没人回答他的问题。直到这些都做好了，疤脸人才重新出现在他面前。

"大多数人遭遇这些都是哭天抢地的，你倒是很镇定。"疤脸人笑道。

"哭天抢地有用吗？你能说一下抓我的理由吗？"唐飞说。

"你得罪了银牛角，所以你被抓来风暴监狱。"疤脸人摘下帽子，挠了挠光头，"你被定为 A 级罪犯，所以这辈子也不会出去了。至于会不会死，这不是我关心的事，你也不用关心，因为你做不了自己的主。介绍一下我自己，我叫基恩，是这里的守备队长。你从今天起归我管。下面我说一遍这里的规矩，只说一遍。"

唐飞冷笑不语。

"在这里要服从命令，我让你做什么都要做。"基恩拍了拍腰间的警棍，"你自己不论想做什么，都要打报告。这里不许聚众闹事，不许随地大小便，不许性交，不许嗑药。规矩上讲，也不许说他娘的脏话，但我都克制不住，所以这条无所谓。打架的会被惩罚，一次三鞭。性交一次三鞭，嗑药一次三鞭。犯任何错，三鞭子起步。不犯错，只要我不高兴，也是一次三鞭。这里典狱长夏先生最大，我第二。明白了吗？"

"明白。"唐飞道，"我不想闹事，但什么时候能见典狱长，或者能处理我的案子？"

"你明白个屁，你的案子不会做处理。"基恩的口水喷了唐飞一脸，然后对边上的狱卒说，"抽他三鞭，然后带去笼子。"

狱卒示意唐飞站到房间的南墙边，把手放在墙上，背对着外面。唐飞按捺住情绪，慢慢挪动脚步。突然，手腕一沉整个身子仿佛被抽空，他不由自主地扶住墙壁。

狱卒抖开手里的高压鞭，对他就是一下。唐飞整个人被击飞起来，重重地摔在地上。三下之后，唐飞的灵魂和身体仿佛分开了一般。

"好了，现在我相信你体内没有多余力量了。"基恩点了点头，"欢迎来到风暴角。"

第十九章

监 狱 风 云

唐飞全身骨头都痛得呻吟了一下，手腕一翻抓住对方另一只手，身子旋动把敌人推出去。与此同时，他头上挨了一长凳，砸得眼前一黑。

"你是怎么找到我的？"一身酒气的简迪看着老鲨，酒骤然醒了一半。

老鲨笑道："你用唐飞的卡在银行兑换了帝国币，然后那张有帝国币的卡被我锁定了。我发现你最近进账了不少钱。说吧，银牛角给了你多少，让你出卖我们？"

"出卖你们，不要乱说话。"简迪看看四周，确定只有老鲨一个，才昂起头道，"你是说你们刚落脚，就遇到了袭击？我对天发誓，绝对和我没有关系。"

"我什么也没说，但除了你没有别人能出卖我们。"老鲨摇头道。

简迪冷笑道："美女，我听说唐飞已经被抓了。你一个人就敢来找我，是不是胆子太大了？"

"我一个人，你能怎么样？"老鲨问。

"我也不能怎么样，我最多请你到我家住几天。"简迪拔出枪，舔了舔舌头。

"是吗？"老鲨微微一笑，学着对方的样子，舔了舔舌头，然后一个怪异的场

234

景出现在简迪眼前——面前的未知罪案调查科美女居然变成了自己的样子。简迪看到眼前这个和自己一模一样的家伙，不敢相信地揉了揉眼睛。

老鲨趁着简迪愣神的瞬间纵身上前，踢飞他的手枪，一掌切在对方脖子上。简迪闷哼倒地。

"若不想死，给我你在风暴城里所有的资源。"老鲨看看四下无人，将他拖入马车，直奔简迪的住所。

唐飞站在牢房前，耳边是此起彼伏的口哨声。他想象过很多次，自己身陷囹圄的场景，但现在才是活生生的现实。

扶着他的是个有着尖耳朵的蓝皮人，看衣服应该是个囚徒。"18056不用假装神志不清，我知道你听得见。我见过很多新来的囚犯，相信我，没人在乎你能不能挺住那三鞭子，因为不管怎么样，难熬的都在后头。"

唐飞瞟了他一眼，低声道："我叫唐飞。"

"我叫石豹，住你上铺。"蓝皮人露出白森森的尖牙。

"快点走，不许说话。"抽唐飞鞭子的狱卒站在高处喝道。

"知道了，老大！"石豹举手道。他拖着唐飞来到第三层的牢房，走进一个只有六平米的铁笼子。

这里除了一张双层的行军床和一个马桶，没有任何其他东西。

"我们三层关押的都不是普通犯人，你能来自然是不简单的人物。你有两个小时休息，接下来的事决定你的生死。"石豹说。

"好的。"唐飞趴在床上，这床铺僵硬寒冷，他却觉得很舒服。

"你不问是什么事？"石豹笑道。

"到时候就知道了，不是吗？"唐飞说。

石豹说："每个月会有一批犯人进入风暴监狱，通常一层和二层各有五个。当天夜里，这十个人要打上一架，最后站着的人会赢得囚徒的尊重。今天不是迎新日，只有你一个犯人入狱。"

"我们三层也要打？那我要和谁打？"唐飞淡然问道。

"当然要打，但和谁打我不知道。你被抓进来一定有原因，这个原因通常是有人要你死，所以一层大概率会派一个硬手。"石豹看了他一眼，笑道，"你不担心？"

"担心有什么用？"唐飞反问。他看着铁笼外头，心里都是诸葛羽说话的样子。他在想，老大当年在奥隆戈监狱住了那么久，这些事他都经历过吗？

监狱，这个他一直好奇又恐惧的地方，终于还是住了进来。

"我觉得你应该担心。晚饭时间已经过了，你饿着肚子，又挨了三鞭，身子已经弱了一些。对方以杀死你为目的，你就活不过去。"石豹看着唐飞的脸，希望能看到一些变化，但是他失望了。唐飞鼻息沉稳，发出轻微的鼾声。

隔壁笼子传来敲击声，一个沙哑的嗓子道："豹子，一层人选定了，是屠夫曼森。"

曼森！一层的家伙是势在必得啊。石豹摸着胡子，又看了看呼呼大睡的唐飞，思索起来。

"目前赔率一赔十，你押多少？"对方问。

"我押一包香烟，押新来的。"石豹缓缓道。

"你知道是曼森还押新丁？才一包吗？"那人好笑道。

"是啊，好歹是我的同屋，就当送他上路了。"石豹慢慢道，"如果他不是我带进笼子的，我才不管他。"

沙哑嗓子的人停了一会儿，忽然道："失落者说，你可以多押一点。"

"多少？"石豹诧异道。

"你有多少都押了。"那人笑道。

"我……×！"石豹撇嘴，"那我多押一包。"

两个小时很快过去，监狱进入熄灯时间，周围异常安静。这份安静大约持续了二十分钟，随着一层大厅的灯光亮起，沉重的脚步声走过楼道。

石豹低声道："唐飞，地狱犬来了。"

地狱犬？唐飞翻身坐起，看着铁门外的狱卒。

"18056，你的时间到了。好好打。"地狱犬三十来岁，有一双野狗般的三角眼，一条机械臂裸露在外，神情颇有几分兴奋。

唐飞笑了笑，不言不语地跟着对方去到一层。

一层大厅里的凳子早被清空，留出一块五十平米左右的空地。两边过道的囚室被打开，大批囚犯拥挤在过道上等待接下来的比斗。在过道的另一边走来一个身高两米左右的大个子，那家伙长着长长的獠牙，有着一张老虎般的面孔。

"较量时间三分钟，以最后站着的人为胜，什么手段都可以，生死不论。"地狱犬说着快速后退。他后退的时候，两边的过道就开始鼓噪。

屠夫曼森咆哮冲来！

"不用解开手铐吗？"唐飞一面心里嘀咕，一面闪过对方的攻击，但他明明躲过了攻击，面颊却滴出了鲜血。

曼森冷冷一笑，双掌一展，隔着三米远凌空打出气劲。唐飞"砰"的一下被振飞出去。曼森毫不停顿飞掠扑至，一掌切向唐飞的脖子。

唐飞就地一滚，躲到边上桌子底下。曼森一声虎吼，竟然将桌子掀飞出去。唐飞拉过一把椅子，猛砸向对方脑袋。

曼森用手挡住椅子半步不退，同时一拳击中唐飞的肚子，唐飞连续退出十多步。曼森一个旋风腿舞起，正劈在唐飞的肩膀上，唐飞闷哼一声半跪在地。曼森皱起眉头，因为他觉得这一下应该能把对方打翻才对。

唐飞像泥鳅一般顺势向前一滑，一肘击中对方裆部。曼森身子一晃，唐飞奋力，一举将对方掀翻在地。

曼森大叫一声，一拍地面弹起身子。唐飞如陀螺般旋转，连续踢中对方五脚。曼森眼睛一黑，奋力稳住身子，居然重新站稳。唐飞的下一腿被他一拳击退。

唐飞倒吸一口冷气，一个翻身站在桌面上，手里多了一条椅子腿。

曼森喘着粗气，恨声道："你死定了。"

唐飞抹去嘴角血迹，身上爆发出骨节归位的声音。

"他挨了至少三拳，居然还能站着！"牢房里有人嘀咕道，"这家伙今天真的挨了三鞭子？"

"没人能逃过那顿鞭子。"另一人说。

"曼森，你没吃饱饭吗？我可押了你一百包烟呢！"一个粗豪的声音道。

"曼森，你这只病猫，快点杀了他！"还有人道。

"18056加油！"也有人不合时宜地叫道。

"都闭嘴！"曼森面色冰冷，只有他知道刚才挨的那几脚有多重，他到现在连移动脚步都困难，更别说上前打了。他小心地瞥了眼角落里的疤脸基恩，知道这场战斗自己输不起。

忽然，他的手铐发出不为人知的轻响。曼森深吸口气，慢慢调整脚步，整个人身上弥漫起一层红色的气息。

发生了什么？唐飞看了眼基恩，但曼森已经冲了上来。他的速度比之前快了有三倍，整个人仿佛燃烧着的猛兽！

唐飞根本无力躲闪，他身子蜷缩成一团，仿佛一个皮球般借着对方的力量弹起。人在半空，变了三个方向。曼森咆哮着落在一片桌椅中，重新转身再次掠起。突然一截断木头打向他的面门，他抬手想要遮挡，但那木头来得太快，从他两手之间穿过，正中他的眼睛。

噗！尖木刺入曼森的左眼，贯穿了他的头颅！曼森连叫声也没发出，就仰天倒地。

"天啊！""上帝啊！""赞美撒旦！""屠夫曼森被杀了！""太精彩了！"

唐飞揉着受伤的骨头，半蹲下身看向远处的基恩和地狱犬，摆了可不可以结束的动作。

"基恩，刚才作弊我看到了，你就那么着急赢我的薪水？"地狱犬惊魂未定地道。

"这家伙戴着重力手铐，还可以做出刚才那种动作？他是什么怪物？"基恩轻声问。

"我不知道，但他有这种身手，本不该那么容易被你抓来。愿赌服输赔十倍，你这个月的薪水归我了。"地狱犬说着走到场中，将唐飞往他的笼子里带。他拉紧唐飞的手铐时看了眼对方的手背，那里似乎有块东西。

远在风名的未知罪案调查科办公室。

"你是说唐飞被抓进了风暴监狱，而我给你们的联络人是银牛角的人？"斯库利懊恼地抓着金发，"现在你需要我做什么？我和那边没有职责的关联，让风暴监狱立即放人恐怕做不到。"

"唐飞是自愿被抓的，他发现简迪有问题后，认为只有深入虎穴才能找到格林。我觉得，我们必须在尽可能短的时间里把他弄出来。"老鲨稍作停顿，"尽可能短的意思是，不超过三天。"

斯库利说："你的意思是，对方抓了他而没有当场格杀，说明不会立即杀他，但时间久了仍旧会有问题？"

"是的。对方或许是想利用监狱折磨他和杀死他，但唐飞不会那么容易死。他在执行任务前，告诉我他在监狱里有些办法。"

"你这么说……我也想起来，他出发前去见过杨梦，也许他有办法。"斯库利点头，"你现在需要我提供什么？"

老鲨说："我要一艘飞船在风暴角外等我们。我还需要官方向风暴城的高层施压，让他们命令监狱释放唐飞。尽管效果可能不大，但有人出面牵制总能让对方多一些顾虑。"

斯库利道："我这就去找班达拉斯先生，让他出面交涉。"

老鲨挂断联络器，一旁的哥舒信道："总部的帮助怕是指望不上。"

"我明白，所以我会想办法进入监狱。"老鲨说。

"你有什么办法？"哥舒信笑道。

老鲨按了下面具，俏脸变成了简迪的脸，她再按一次，变成了疤脸基恩的脸："这就是抓走唐飞的人，姓名资料还不确定，但有面具我能做很多事。"

哥舒信道："有面具并不能让你完美模仿汉子，不如把面具给我，我去做卧底。"

"我给你多弄了一张。"老鲨另外取了一张面具给对方，然后道，"你知道易容改扮的三准则吗？"

"还真不知道。"哥舒信说。

老鲨说："第一，确保不和真人同时出现。第二，了解你要替代的人，若是长期替换要做到神似。第三，扮演自己最适合的角色。"

"我明白了。"哥舒信拿着面具微微出神，忽然道，"犯罪学博士还懂易容术，真让人吃惊啊。"

"女人必须要有让人吃惊的本事，"老鲨笑道，"我一个姐姐教我的。"

"你很担心唐飞吧？"

老鲨舒展了一下身子，露出慵懒的表情："若要担心他，怕是一辈子也不省心，我们还是想想怎么救他吧。"

哥舒信嘴角扯出一抹淡淡的笑，随即，笑意又消失不见："地下室的简迪怎么处理？我认为杀了比较好。你下得了手吗？"

"我绝不会手软，但我们也许还用得着他，留他一命以防万一。"她的确是下不去手，但也不喜欢哥舒信杀人。他们毕竟是执法者，不是恐怖分子。老鲨叹了口气："简迪家里的电脑设备很好，我可以用它攻陷监狱的安保系统，看看唐飞到底在哪儿，再想想有没有更适合的进入监狱的方法。"

"需要多久？"哥舒信问。

老鲨说："几个小时肯定要的，这段时间里，你来思考救了唐飞后的撤退路线。"

"更适合进入监狱的方法？你吗？以我多年来蹲大牢的经验，监狱里通常是没有女人的，除非是女牢。"哥舒信摸着下巴，慢慢道，"不过，如果典狱长的年纪不大，那么也许会有女助理、女医生什么的。"

森林、石屋、此起彼伏的光影、若隐若现的浩瀚巨门……

唐飞从水中冒起，挣扎着游向岸边，但人已失去力量。苏七七跳入水中，奋力将他拉出水面。

金属栅栏发出沉闷的响声，唐飞睁开眼睛，仍旧是梦，仿若真实的旧梦。边上石豹不知从哪里弄到了二十包香烟。

"托你的福，我好久没有这样的大胜了！"石豹眼睛在放光。

唐飞抹去额头的冷汗，慢慢道："那么多烟要抽到什么时候？而且一旦他们检查笼子，还不得给你全部没收？"

"香烟不是违禁品，或者说，并不在狱卒必须没收的范围内。"石豹笑嘻嘻地道，"谁也不能离开风暴角，烟当然越多越好。"

"谁也不能离开？这里关的到底是什么犯人？"唐飞问。

石豹道："以前是地球上犯了大事的外星罪犯，后来被银河系的大势力当作流放地用。"

唐飞看着远处微亮的天窗，慢慢道："今天做什么？"

石豹笑道："那要看他们把你放到哪里。有的地方好混，有的地方难熬。如果他们一心想整死你，那你不管在什么地方都会有麻烦。"

"那倒是不无聊了。"唐飞眯起眼睛道。

"你到底得罪了谁？犯了什么事？"石豹问。

唐飞笑道："老子没有得罪谁，也许是得罪了上帝吧。前几年，把撒旦挂在嘴边的时间太多了。"

"能不扯淡吗？"石豹撇了撇嘴说。

唐飞沉默了一下道："银牛角。"

石豹怔了怔，随即笑了起来，拍着唐飞的肩膀道："那你死定了。也许你真的得罪了上帝。"

唐飞道："谁说不是。"

早餐时间，就餐区的人大多数一脸的困倦，石豹带着唐飞坐在角落的一张桌子。唐飞注意到，有资历的人才能有桌子，许多囚徒只能端着盘子蹲在走道吃饭。

坐着吃饭的囚徒，泾渭分明地分成三拨。有着人类面孔的一个区，有着兽类面孔的一个区，还有一个小圈子的人表情都比较木讷，但从外形看并没有什么特殊的地方。

唐飞又看到了入狱时见过的矮个子囚徒，那家伙独自一人占着一张桌子，饭菜也与众不同。

"那家伙算是怎么回事？"唐飞问。

"谁？"

"10013。"唐飞说。

石豹道："别惹他，他是典狱长的犯人，我们都叫他十三。他是这里特殊的一个，没人知道这人的来历，只知道他曾经一个人打翻了二十个生化机器人，而自

241

己毫发无损。可以说是异常能打。"

"他戴着手铐？"唐飞说。

"那当然，不然有什么厉害的？"石豹反问。

"那些面无表情的就是生化机器人？"唐飞又问。

"机器人，生化机器人。"石豹说，"他们脾气怪得很。看在你初来乍到的分儿上，我让鸭子给你上一课。"

"好呀，我就来给你上一课。"不等唐飞开口，边上的胖子就开口道。

这个叫鸭子的胖子，就是昨晚找石豹下注的嗓子沙哑的男人。他有一张扁嘴，说话声音沙哑低沉。此人入狱前是希亚星的走私商，如今是风暴监狱紫星帮的小头目。

"风暴监狱的势力划分，就是银河系的势力划分。简单清楚。"鸭子笑嘻嘻地道，"先分种族，人族、异族和机械族。再分势力，也就是帝国系和联盟系。简单明了。"

"的确很简单。"唐飞点头。

"人族分三大帮会，星海帮、铁甲帮、紫星帮。"鸭子指了指自己，"我就是紫星帮的。铁甲来自帝国，紫星来自联盟，星海则两边都有。除了这三大帮会，这里还有一个疯子建立的小帮会叫失落者。"

失落者……唐飞舀了口面糊放到嘴里，皱眉道："居然不难吃。"

"不难吃皱眉做什么？"石豹问。

"我以为会很难吃。"唐飞指了指面颊，"这是我吃惊的表情。"

"不仅不难吃，而且有营养，因为监狱指望我们多干活。"石豹说，"你不是问今天干什么吗？你如果运气好，可能什么都不用干，因为我们这片区域，要几天后才去工地。如果运气不好，您可能会提前被带去工地。"

"什么工地？"唐飞隐约觉得自己了解到了什么秘密。

鸭子道："去挖国王的坟墓，就在地底下。"

"国王的坟墓？"唐飞吃惊地说。

"×，这才是你吃惊的表情。"鸭子笑道，"你以为风暴城是为什么建立的？你又以为风暴监狱养那么多人是做什么？"

唐飞道："我还真不知道……"

"这小子到底是怎么进来的？你是什么星球的人？"鸭子撇嘴道。

石豹道："他是本地人，得罪了银牛角。"

"本地人啊。×，本地人很难入我们紫星。"鸭子说。

"他可不只是本地人，"疤脸基恩经过他们身边，不轻不重地补了一句，"他还是未知罪案调查科的警察。"

"什么……"石豹和鸭子同时道。

唐飞骤然有一种身处90年代警匪片的感觉，而自己是不是得像影片中那样，跟大家说"对不起，我是警察"或者"对不起，我是卧底"？唐飞看着自己此时的境遇叹了口气，他知道真遇到这种事，说对不起肯定是没用的。

"我是被银牛角陷害的。"唐飞说。

"这么说你不是条子？"鸭子问。

"我……是未知罪案调查科的人，但我不是警察。"唐飞苦笑道。

"我闻到了条子的味道。"不远处的桌子几个人走了过来，为首的是个皮肤黝黑、虬髯豹眼的大汉。

"他是铁甲帮的林肯。"石豹小声道。

"你是在给条子告密吗？"林肯冷笑说。

"他只是告诉我你的名字"唐飞站直身子，身高只到对方的肩膀。

"我叫林肯，条子。"林肯挥手就是一拳。

唐飞张手抓住对方拳头，其他人突然涌上将他抱住，一把按下桌子。石豹想要帮他，却被推到一边。

因为距离太近，唐飞无法抽身闪避，能做的就是护住脑袋和要害部位，挺过这一顿暴打。雨点般的拳头落下，唐飞闷哼一声，忽然如灵蛇扭动，从人缝里挤出。他一记冲拳打在林肯的下巴上，然后绕过桌子奔向大门。

砰！一条板凳丢在他的腰上，有人又快又准地踹在他的身上。唐飞一个趔趄，仍不放弃继续向前跑。左右两个狮子头的家伙冲过来，把他撞飞出去。

唐飞苦着脸站在墙角，扫了眼远端看热闹的守卫以及蜂拥而至的三十多个囚犯。尽管所有囚徒都戴着重力手铐，但他一双手无法对付那么多人。

林肯大吼一声，带人冲上前去。唐飞咬牙上前，又是一拳击中对方眼眶。紧跟着唐飞挨了三脚五拳两凳子，疼得半跪下来。

先前踢他的囚犯旋风而至，一把将他举起砸在墙上。唐飞全身骨头都痛得呻吟了一下，手腕一翻抓住对方另一只手，身子旋动把敌人推出去。与此同时，他头上挨了一长凳，砸得眼前一黑。就在失去知觉前，唐飞斜着一脚把敌人踢翻。

其他人趁机涌上。

"等一等。"忽然有人喊。由于发出叫声的人身份特殊，很多人都不禁住手，只有林肯红着眼睛，咆哮着从半空落下，膝盖顶向唐飞的腰眼。

砰！有人斜刺里踢出一脚，把林肯踢飞出去。

"你！"林肯摔得脑袋发晕，愤怒地叫道。

"我怎么？"说话的是被叫作地狱犬的狱警，他举起机械臂，阴沉地目光扫视四周，傲然道："老板说了，这个人可不能死得那么容易。"

他也不管别人如何，甚至不理其他守卫，径直把唐飞背走。

疤脸基恩在联络器里说："老狗，你这是做什么？"

地狱犬道："我知道你想要18056死，但这才第一天你急什么？我把他丢在禁闭室，你等他出来再做吧。"

基恩皱起眉头，看着二层道路远端的禁闭室。

第二十章

监 狱 皇 帝

"我是那上京应考而不读书的书生，来洛阳是为求看你的倒影。水里的绝笔，天光里的遗言。挽绝你小小的清瘦。一瓢饮你小小的丰满……"地狱犬忽然沙哑着嗓子念道。

唐飞难以置信地转过身，沉声道："你说什么？"

独囚禁闭对普通人来说是极为难熬的，即便唐飞不是普通人，也还是觉得孤独，所以他就在墙上随意写着什么。虽然写字不是他的强项，但他并不认为这里有谁会来评论，所以写得很放松。

三天时间仿佛三个月一般漫长，唐飞的嘴边胡楂儿满满，脸上也积了厚厚一层油腻。他看着满墙的诗抄，想着小时候听过的传奇英雄的事迹。也许那些都是真的啊，只有在这种环境，人才会格外需要精神上的支持。在这种封闭的环境里，那些曾经照顾他的兄长，那曾经山盟海誓的女子以及痛彻心扉的仇恨，将回忆的潮水推过来，泛滥成灾。

地狱犬有时会来看看他，唐飞并不同他说话，对方也同样不发一言。唐飞有时也会多看狱卒一眼，眼里面满是我不信你能看得懂的嘲讽。

"我是那上京应考而不读书的书生，来洛阳是为求看你的倒影。水里的绝笔，天光里的遗言。挽绝你小小的清瘦。一瓢饮你小小的丰满……"地狱犬忽然沙哑着嗓子念道。

唐飞难以置信地转过身，沉声道："你说什么？"

"我还是那不应考而为骑骏马上京的一介寒生。秋水成剑，生平最乐。无数知音可刎项。红颜能为长剑而琴断，宝刀能为知己而轻用……"地狱犬没有看墙壁，径直继续念道。他那并不标准的汉语，听着有些滑稽，但又有种特别的感觉。

"你知道《黄河》？你到底是谁？"唐飞问。

地狱犬道："你认识诸葛羽吗？很久以前，在伦敦我看管过一个犯人，他喜欢在墙上写这个。和你一样，他也是在关禁闭的时候写。"

"你是在奥隆戈遇到他的？"唐飞问。

"是的。"地狱犬道，"你是他什么人？"

"我……我是他的兄弟，也是他的徒弟……"唐飞说。

"老鹰还好吗？"地狱犬问。

唐飞眼中闪过些许黯然说："他在波士顿受了重伤，我不知道他现在在哪里。"

"这样啊……"地狱犬靠近笼子低声道："我原本是看在失落者的身份上拉你一把，现在你可以交代我做任何事。"

"任何事？"唐飞说。

"是的。二十多年前，我欠了诸葛羽一命。"地狱犬指了指机械手，"我会为他做任何事。"

唐飞想了想，慢慢问："那你是否同样认识一个叫杨梦的人？"

"当然了。要不然，我为何替失落者做事？杨梦也是在奥隆戈待过的人。"地狱犬理所当然地道。

唐飞道："这里有没有一个叫凯斯·格林的人？"

地狱犬道："这一层有八百二十九个犯人，下一层还有两百人。我想你打听的人，不会用真名登记吧？"

"也许他不是犯人，是狱卒。"唐飞说，"有没有狱卒是三个月前来这里的？"

"这一层没有，下一层的我可以帮你查一下。"地狱犬眯起眼睛问，"这个人很重要吗？"

"非常重要，他是我们未知罪案调查科的敌人。"唐飞并没有说格林和波士顿事件有关。

"我会替你查一下，还需要我做什么？"地狱犬道，"你还有八个小时就要出去了，外头要杀你的人有很多。你有没有什么办法？我肯定不能公开支持你。"

唐飞道："让我和这里失落者的头头见面。然后……我还有几个同伴，你能不能打听一下，看他们有没有被抓。"

"你的朋友肯定没有被抓来这里，如果抓来了我会知道。"地狱犬想了想，挠头道，"光是失落者，恐怕保不住你。"

"你能打开重力手铐吗？"唐飞问。

地狱犬皱了皱眉，没有说话。

唐飞笑道："你不是说，能为我做任何事吗？"

地狱犬笑道："手铐只是你面临的一个小问题。别着急，那么多事一件件做。"

八小时以后。

基恩看着囚犯资料，皱眉道："唐飞离开禁闭室后转了笼子？他靠近了欧阳的笼子？老狗，你在做什么？"

"你知道我平时收失落者保护费。这是欧阳的要求。"地狱犬理所当然道，"啧啧……别这个表情，你要这小子死，这是十拿九稳的事。早点晚点而已，让我赚点外快嘛。"

"你最好别耍花样。有大人物要这小子死，挡路的没有好结果。"基恩说。

"你放心吧。我只是赚点外快。"地狱犬笑嘻嘻地说。

"他关禁闭是因为打架，三鞭子不能少。"基恩冷笑了一下，转身拨打起电话。

唐飞离开禁闭室，被换到了大牢的另一片区域，这里的地板是暗青色的，囚犯人数少，看守数量却更多。

在他的牢房里，坐着一个额头上刺有"杀"字的男人，那家伙淡定地抽着烟，烟蒂已经很长。那人拿着烟屁的左手上，有一枚和他手背上相同的刺青。

"欧阳风华，如果不是你坐在这里，我真以为要被那条老狗坑了。"唐飞揉着脑袋笑道，"你什么时候成了失落者？"

"杨梦什么也没对你说？这可真是他的风格。"欧阳风华说。

这两人在很久以前就认识，时间可以追溯到十年之前。他们曾经在天下竞技场上展开对决，那时候自然是初出茅庐的唐飞输了。

欧阳风华极为年轻就出道打地下拳，不仅是搏击圣地西伯利亚老营的格斗导师，还是世界最厉害的恐怖组织神之刺青的成员，可谓是世界风云人物。

时至今日，他们各自的组织，异现场调查科和神之刺青都已不存在了。

"你也成了失落者，真是讽刺啊。"欧阳风华继续道。

唐飞摇了摇头道："不，我只是带着刺青，并不是失落者。"

欧阳风华笑道："搞不清楚的是你，带着刺青就是失落者。杨梦算无遗策，送你来的时间真是及时。"

"我代表未知罪案调查科来追查一个叫凯斯·格林的家伙。他属于银牛角，地球人。"唐飞说，"杨梦只说这里有失落者可以帮我，但没有细说。"

"杨梦做事向来如此，只告诉你需要知道的，至于别的……"欧阳风华略带自嘲地笑了笑，"当事情发生时，你就明白了。你说的人我没听说过，不过他的画像老狗交给我了，我已经让手下去查。"

"你需要我做什么？我希望我们之间坦诚一些，也希望事情的进展能快一些。"唐飞问。被对方一说，他也觉得杨梦给他失落刺青的目的并不简单。

"老狗既然把你转来我这里，说明之后的事情一定很快。"欧阳风华看了眼因笼外的时钟，沉声道，"你既然在我的地盘，就少安勿躁听我慢慢解释。"

唐飞道："我的确有很多疑问要问你。"

"风暴角是外星人在地球最早落脚的地方。据说几百万年前，第一艘宇宙飞船降落的时候，人类还不知道在哪里。外星人开化了地球生物的智力，而我们人类不是地球上的第一个文明……之前还有爬行动物文明和昆虫文明，然后才轮到猿人。"

"能不能说点有根据的事？"唐飞笑道。

欧阳风华举手道："我在这里时间久了，自然就把这个城市的传说当真了。"

"我原谅你。"唐飞道。

欧阳风华道:"这座城市的新城建立于两百年前,他们说的传说的地方位于城市的下方,大约一万米的地方。"

"地下一万米?"唐飞皱眉。

"这不是传说,这是真实的情况,因为我去过那里……"欧阳风华吸一口烟,指了指自己,"五年前,波士顿大爆炸时,我不在现场,你也不在。"

唐飞道:"是的。"

欧阳风华道:"大爆炸后,异能者联盟的星空教授接管了世界权柄。异现场调查科解散,我们神之刺青成为了世界通缉犯。我们和E科斗了那么久,鹬蚌相争后,半路竟然杀出个星空教授。"

"恕我直言,你们本来就被世界通缉。"唐飞道。

"压力是不一样的。"欧阳风华眼中闪过一丝痛苦,"当时刺青老大发出的最后一条消息是叫我们幸存者各奔前程。我那时在杨梦身边,于是和他一起回到风名城。我们当时只想着复仇,但身边的同伴一个接一个战死。你了解这种感觉吧……这也是我信任你的原因之一。你我有同样的经历,你我拥有共同的朋友。若是其他人来风暴角找我,我需要给他更多考验,而你不用,因为你是诸葛羽身边的唐飞。"

唐飞听到这里,眼睛也微微发红。

"有一天,杨梦跟我说,有一个极为危险的任务需要去做。那件任务和复仇无关,但他手边除了我已经无人可用。我纠结了三天之后,接受了他的安排,前往风暴角的风暴监狱卧底。"

"你接受任务,是认为短时间内已经无法复仇了?"唐飞问。

"是的,但这只是一个原因。另一个原因是杨梦当时庇护了一大批亡命之徒,我们欠他的。"欧阳风华认真道,"我的命已经是他的了。"

"你来这里做卧底是为了?"唐飞问。

欧阳风华道:"你也许不知道,这座城市是一座超大的金字塔,而城里有许多大大小小的金字塔。这座监狱虽然接近城市的中心,但是在城市的地底。"

"我还真不知道。"唐飞苦笑道。

"我也是用了很久才弄明白的。"欧阳风华在地上画了简单的示意图，"这座城市位于海底，在空间外围有一层屏蔽层制造了假的天空，也就是乘坐飞行器进入的位置。在城市中央的中心广场地下是风暴监狱，风暴监狱分三层，你所见到的用来关押罪犯的三层监狱其实只是风暴监狱的地下一层，被称为"普通监狱"。在普通监狱下面一层的是地下二层工作区，地下三层是机密区。我的任务是调查这个城市的机密……"

"你从一开始就卧底做囚徒？"唐飞问。

"如果我不是从一开始就是囚徒的身份，如何能在这里卧底那么久？如何能够被人放心地安排地下工作？"欧阳风华冷笑反问。

唐飞道："你选了个让自己失去自由的职业。"

欧阳风华苦笑道："其实是当时这里出了一场大事故，所以风暴角官方对外寻求劳力帮助。杨梦和这里的官方有合作，就提供了人手给他们，我混在两百名苦力里头来到这里。当时一起来的人，现在只剩下不到十人。"

"任务完成了吗？"

"这个很难回答。"欧阳风华摇头道，"我的确进入了地下工作区，并且潜入到机密区，但我不清楚他们在修什么……"

"有照片吗？"唐飞问。

"怎么可能有……"欧阳风华苦笑。

这时，地狱犬靠近了囚笼，他拿出一张照片，小声道："你要查的人有线索了。是不是这个人。我根据你说的，查询了我们监狱的数据库。"

"看着不太像，而且有大胡子。"唐飞皱眉道。

地狱犬说："五官描述一致，血型匹配，身高相同。他是三个月前进入系统的新人，现在在工作区做头目，时间点也是对的。要知道很少有人能一进入系统就去工作区的。他现在的名字是西蒙·凯恩。"

"这就对了……这是他曾经用过的卧底名字。"唐飞说。

"为什么明明隐藏行踪，还要用能查到的名字？"欧阳风华皱眉说。

唐飞道："每个人都有难以割舍的过去。真名假名并不重要，用过了自然就成了你生命的一部分。"

"少年，你这几年果然成长了，我很欣慰。"欧阳风华笑道。

"滚蛋……"唐飞骂道。

地狱犬道："这个人的职位不高不低，大约是队长级别。即便查到了，你也没办法靠近。在下头工作的人，除了正常换班是不会上来的，他下一次正常换班是三个月后。"

"有没有办法让我下去呢？"唐飞问。

欧阳风华道："去地下二层工作区，必须要经过典狱长的批准。我听说下面一直很缺人，你如果运气好，也许真能熬到我们这层派人下去。"

"有没有办法把这个人调上来？"唐飞还是不死心。

地狱犬说："调人上来也是要典狱长批准的。"

唐飞说："我有个想法……但必须和外头联系上才行。我要联系我的组员，老狗，你能不能……"

地狱犬道："我一个月可以离开监狱一次，距离下次休假还有七天。在出去之前，我也不能和外头联系。我的电脑也只能使用监狱系统……"

"你们总有能连接外头的系统吧？"唐飞说。

地狱犬道："典狱长的电脑可以，他助理的电脑也可以，但我没有权限去他的办公室啊。"

唐飞道："如果我们用典狱长办公室的电脑，就能联络到外头的人！我们用一封邮件说明这里的情况，接下去就不用孤军作战。"

"你这是要我拼命？一旦被抓，我就和你一样是囚犯了。"地狱犬说。

"局势所迫，拜托。"唐飞摆出无辜的表情。

地狱犬沉默不语，欧阳风华忽然道："我知道你只是不知怎么做，而不是胆小。"

"我既不知怎么做，也胆小。"地狱犬怒道。

欧阳风华说："夏无敌长时间在地下二层，普通监狱主要由基恩他们几个队长管事。基恩做事冲动不细致，我们只要计划周详，你一定能接触到典狱长的电脑。"

"比如说该怎么做？"唐飞说。

欧阳风华笑道："因为基恩这几天会对付你，所以我们只需要在他们对你出手的时候，把事情闹大就行。如果监狱里爆发了大规模骚乱，基恩一定没法注意老狗的去向。"

"具体要怎么做？"地狱犬问。

欧阳风华眯起眼睛，慢慢道："你只需静待时机，我想你不需要等二十四小时。这细节，你知道得越少越好。在这段时间，别让基恩找到机会对付你。"

"你是说？"地狱犬皱眉道，"我是狱警，他不会那么毫无顾忌吧？"

"别天真，他可是银牛角。"欧阳风华笑了笑道，"我们等着瞧。唐飞，过半个小时就是放风时间，基恩是个没耐心的主。接下来，放风时间、晚餐时间、熄灯时间，他有三个时间点可以对你动手，他会尽快动手的。"

"所以我先假装一个人，为他制造动手机会。然后，你会把水搅浑？"唐飞心领神会地说。

地狱犬想了想，疑惑道："即便我今天和外界联系上了，可基恩不杀唐飞不罢休，我们怎么保证他在今天杀不死唐飞？就算未知罪案调查科的人接到通知，今天也来不了吧？"

"这是我和唐飞操心的事，不是你。"欧阳风华笑道。

"不能说吗？"地狱犬皱眉。

"君不密则失臣，臣不密则失身。"欧阳风华笑说。

唐飞道："你以为自己是皇帝……"

"监狱皇帝。这是他在这里的名头。"地狱犬认真地说。

"皇帝，你手下有多少失落者？"唐飞问。

"算上你十三个人。"欧阳风华淡然道。

"神啊，他不是觉得自己是皇帝，而是以为自己是耶稣。"唐飞抱头道。

"你别是犹大就行。"欧阳风华说。

地狱犬揉了揉脑袋，低声道："唐飞，基恩说你因为打架关的禁闭，所以你还要挨三鞭子。这可能是他杀你的手段，好在我也在行刑室，他不会那么容易得手。为了后面能正常进行，你少不得……"

唐飞的眉毛挤成山字，苦笑点头。

唐飞被地狱犬带到行刑室，等了大约二十分钟基恩才姗姗来迟。

"今天很忙，你来打吧。"基恩甩下这么句话。

地狱犬目送对方离开，笑道："从早上开始就忙东忙西，也不知是在忙什么。看来你运气不错，我做主你自然就不用皮肉受苦了。"

唐飞看着基恩的背影，隐约觉得有些不对。难道是在酝酿什么阴谋？

时间一分分过去，终于到了下午放风的时间。出于安全考虑，牢里的放风是按批次进行，并不大的操场上稀稀拉拉地站着一百多人。

这一百多人里，星海帮、铁甲帮、紫星帮以及一干小帮会的人都有。星海帮里有个身高三米的巨人，脸盆大的脑袋上长着三只眼睛。铁甲帮那边站着三个紫色皮肤的枯瘦老者，即便在监狱里仍旧穿着改过的长袍。紫星帮那边齐刷刷一群光头恶汉，正捉对摔跤。

有人悄悄过来和欧阳的手下耳语了什么。两边交流了几分钟各自散去，远端各帮派也在讨论。

唐飞看着周围仅有的那十多个"失落者"，小声道："如果他们联合起来进攻，你的人就太少了。"

欧阳风华说："我在这里，他们不敢。"

"我觉得你有事瞒着我。"唐飞顺着欧阳的目光，望向远处电网外的高大水箱，"你是不是有别的计划？现在说比等下闹开了再说要好。"

"这件事有点纠结，你稍等……"欧阳摆开棋盘，摆起了自制的象棋。又过了二十分钟左右，身边一个高大清瘦的男子递上一张条子。

唐飞记得这个人名叫林琅琊，是失落者在这里的二号人物。他发现只有欧阳和林琅琊的手背上，有和他一样的失落刺青。

欧阳风华看了看纸条道："差不多了。各就各位。"

失落者们漫不经心地散开了去。

欧阳风华笑道："刚才是基恩派人来联系，他说只要我把你交出去，他能给我们囚犯们更大的好处。比如每周多休息两天，每个礼拜加餐一次。"

"所以，心动了？"唐飞说。

"被关得久了，自然就会没出息。你也怪不得他们。"欧阳风华看着人造的天空道，"我在这里卧底五年，终于接近了地下三层的真相。那是一个外星中转站，他们在下面转运一些神秘技术和不可告人的货物。近三年来，他们似乎在建造一个设施，虽然不知道是什么，但我确信那东西造好以后对地球会有很糟糕的影响。但凡有机会，我们必须毁掉它。"

"你是想？"唐飞问。

"看到那个水箱了吗？在那个大水箱后，有一座能源塔。"欧阳风华道，"从我们这里到那座能源塔大约五百米，我需要你的帮助来摧毁那部机器。"

"怎么做到？你能打开重力手铐？"唐飞问。

"不能。"欧阳淡定地说。

唐飞正有些愠怒时，欧阳拍着手背又说："我们有别的法子。我和林琅琊有失落刺青，这东西里暗藏着强大的力量，据我的估计，我和他两个人的力量加一起足够击破水箱。现在多了你，我相信我们可以毁去那座能量塔。一旦能量塔受损，包括重力手铐在内，监狱的许多装置会失灵，那将产生极大的骚乱。当骚乱开始，我们就能去地下三层。"

"你从一开始，就不觉得地狱犬去联系未知罪案调查科有什么意义。"唐飞皱眉道。

"是的，而且我也没有告诉他这个计划。狱卒就是狱卒，难说他听到我们要毁掉监狱会有什么想法。"欧阳风华笑道，"做恐怖分子是我的老本行，嘴巴紧是很重要的。"

"如果我拒绝呢？"唐飞道，"毕竟我的目的是抓住格林，而一旦风暴监狱发生骚乱，这么多犯人越狱可不是小事。"

"不仅不是小事，那将是超级麻烦的问题。你这辈子一直都是执法者，难免有这样那样的顾忌，但是这和银牛角在下面造的东西比起来，就几乎不算是问题了。"欧阳风华笑道："这和我们之前说好的计划并没有太大变化，无非就是我们主动杀向地下三层罢了。况且，也只有这样，才能让你争取活过今天。"

"如果造成骚乱，有人能直接越狱吗？"唐飞问。

"不，监狱有备用能源机，能源恢复只需要三分钟，而混乱被镇压不会超过十分钟。最重要的是，压制囚犯的可不只是重力手铐。即便手铐短时间内被切断，但在这集中营一样的监狱，正面越狱是没有可能的。这可是建立了一百年的古老监狱，它能抵御魔法、超能力乃至黑暗物质等任何你想象得出来的攻击。"

"说得那么夸张做什么？"唐飞笑着的脸忽然有些僵住，他拧眉正色道，"毁了地下三层，你可准备有退路？"

"我不想骗你，没有退路。"欧阳风华笑道，"我们是失落者，执行的本就是死亡任务。"

唐飞说："可是……"

欧阳风华笑道："所以你来吗？"

唐飞沉默了一下，摸着胡楂儿说："我可以帮忙，只是我在纠结该怎么处理格林。"

"你搞错了。你只需要配合我击破能源塔，然后我会陪你去抓格林，至于自杀任务，不用你管。"欧阳见唐飞一脸错愕，笑道，"尽管你也有事瞒着我，但我能为你做的就是那么多了。"

唐飞挠头道："其实我只是在头疼，抓住格林如何带他出去。"

"得到你想知道的情报，就不用带他出去了吧！"欧阳风华压低声音说。

"我来这里，是要让罪犯接受法律制裁。"唐飞扬眉注视对方。欧阳风华冷笑道："随你的便！不过，现在你最好站远一点，你靠我太近，他们就不敢对你动手了。"

地狱犬躲在角落里，小心翼翼地抽着烟。他之前对唐飞说的愿意做任何事，只是尽力保护对方安全的意思，而并没有想过要做得那么复杂。他想起很久以前在英国奥隆戈监狱发生的事。那时监狱里关着的都是跺一跺脚就会天下震动的角色，那时候也是一群亡命徒要越狱。对大人物来说，他这种小人物是无关紧要的，但杨梦和诸葛羽照顾了他。这次呢？说实话他弄不清欧阳要做什么，从风暴角越狱是绝无可能的……

"小人物也有自己的价值，小人物可以发起惊涛骇浪，历史上没有多少英雄是败在同样的英雄之手。"杨梦如此说。

"只要不死，就有价值，所以，活下去吧，老狗。"诸葛羽笑着说。

放风时间接近尾声，操场上传来叫骂声。地狱犬看了眼窗外，唐飞正和铁甲帮的几个人厮打。因为戴着重力手铐，他们的动作更像街头斗殴，没有一点高手风范。操场远端的守卫也没有上前干涉的意思。

地狱犬注意到基恩坐在专属的角落，手里的咖啡仍旧四平八稳。地狱犬慢慢朝普通监狱三层的典狱长办公室走，走到二层拐角处大楼突然一晃，而后外头传来震耳欲聋的一声巨响，楼道灯全部熄灭。

地狱犬探出头去，看到靠近操场边缘，欧阳风华、林琅琊、唐飞三人并肩而立，手掌一起指向远处的能源塔。几百米外的能源塔已轰然倒塌，闪起冲天火光。

这是发生了什么？地狱犬深吸口气，十秒钟后备用电源启动，楼道灯恢复正常，周围警铃大作。他知道，监狱里许多管控设备是无法那么快恢复的……比如说重力手铐。

出大事了，各层楼道都有守卫匆忙飞奔，地狱犬逆向而行来到典狱长办公室。

典狱长办公室空着，地狱犬这才意识到夏无敌已有三五天没出现在这里了。大门虚掩着，里面空无一人，就连那个迷人的助理也不见踪迹。

地狱犬小心地推开门，里头一个人也没有，这让他松了口气。他小心地激活电脑屏幕，但屏幕上的密码锁让他精神紧张。

"需不需要帮忙？"典狱长助理莉莉忽然出现在不远处。

"啊……这个……基恩让我来拿份资料。"地狱犬说。

"什么材料？"莉莉问。

"就是那个新来的囚犯的材料，18056的。"地狱犬说。

"是吗？楼下乱成了一锅粥，你还来拿材料？"莉莉说。

"你……"地狱犬咬牙上前一步，大手抓向女人，但他的攻击被女人轻盈地躲过。

"下面的混乱和你有关？"莉莉笑道，"你是唐飞的什么人？要这么拼命地帮他？"

地狱犬皱起眉头，只觉眼前的女子和从前不太一样。

"我需要发一封邮件，你来帮我发。"地狱犬掏出警棍重重砸了一下桌面。

"发给谁？"莉莉问，她不动声色地坐在电脑前，打开了邮箱界面。

"发给这个地址……"地狱犬把一张写了地址的纸条放在桌上。

"抱歉！先生，玩笑就开到这里。"莉莉收起纸条，转而面对地狱犬。她手指按在面庞上，脸上五官光影闪动，变成了一张有着性感嘴唇的美丽面孔："我现在可以信任你了。我是唐飞在未知罪案调查科的同伴，我叫老鲨。"

"我 ×。"地狱犬被吓了一跳，他小心地看看四周。

"这层楼只有我，也许你没有看到楼梯口那个请勿打扰的提示。典狱长有大事处理，已经五天没有回来了，所以这层楼归我管。"老鲨侧耳听了听嘈杂的喧闹声，笑道，"连枪也用上了，唐飞他们这是要做什么？你能告诉我吗？"

"我，我不知道。"地狱犬说。

"你不说我怎么帮你？难道就发一封邮件？"老鲨说。

地狱犬道："我帮他们发邮件，是为了告诉未知罪案调查科，格林在地下三层。他现在的名字叫……"

"叫西蒙·凯恩。我也查到了。"老鲨说。

"那么我的任务是不是变得无关紧要了？"地狱犬觉得有点好笑，原来他并没有贡献什么，却冒了极大的风险。

"不，你帮我把这个带给唐飞。"老鲨取出一个背包。

"这是他入狱时身上的物品。"地狱犬眼睛一亮。

"重要的是那枚未知罪案调查科徽章，如果你不知道他们的计划，我就只能自己问他了。"老鲨说道。

"你可以自己给他……"

老鲨沉声道："不，目前这里很安全。我留在这里总揽全局，对你们比较有利。快去。"

地狱犬接过背包道："他们虽然砸掉了能源塔，但一旦备用能源启动，还是没有什么用。你如果能管控系统，就想办法拉掉监狱的管控总闸。"

"谢谢。"老鲨点点头，轻声道。

第二十一章

暴 动 开 始

女人深吸口气，眼中闪过宝石般的光华，喃喃自语道："一边是罪犯，一边是银牛角的狱卒，我其实两边都不想帮，但还是必须要做点什么才行……"

唐飞看着三人手背飞出的光芒，在半空凝结出一盏油灯的光影，依稀感到似乎有个金甲神将在天空中一闪而逝。紧接着那座能源塔就轰然倒塌。

"这就是杨梦的力量……"他自语道。再看手背那块刺青，已经化作一片瘀青。

"别发呆了，向前冲。"欧阳风华拉了他一把。

"我们不应该是去地下二层吗？"唐飞说。

"所有囚徒都在朝操场正门冲，我们也得装装样子。"林琅琊笑骂道。

"那么多人……行动真是统一。"唐飞怔了怔，"你们刚才是在串联各个帮会做这个，不是在劝他们不要杀我。"

林琅琊笑道："你以为呢？欧阳大哥在这里那么多年，要保你两天会做不到？你知道他们这几年欠了我们多少人情债吗？"

"现在他也欠了。"欧阳风华说，"人情债是最难还的。"

258

唐飞笑道："神之刺青貌似最擅长做的就是合纵连横。"

欧阳风华冷着脸道："我不是刺青很久了。"

天空中彩色华光缓缓散去，身体感受着力量的回归，唐飞看着周围涌动的人群深深吸了口气。

能源塔崩塌后，所有人的重力手铐瞬间解锁。大家仿佛同时接到攻击的信号，狂吼一声各显神通，有的展开双翼飞掠在半空，有的张手召唤雷电，有的徒手变化出利剑，有的幻化成古怪的残影。包括石豹、鸭子在内，他们全奔向操场北门。

狱卒守卫见到这场面纷纷后退，有个头目鸣枪示警，但那身高三米的三眼巨人两步就到了他面前，一拳把他击飞出去。

只用了半分钟，操场的北门就告失守。巨人拆下道旁的路灯，作为武器高举怒吼。

"还有两分半钟。"欧阳风华站在北出口，看着前头五十米处的那堵高墙，高墙上站着三十多个守卫，纷纷手持高压水枪和自动步枪。

遮天蔽日的水柱喷射下来，最先到达高墙下的光头囚徒纷纷倒地。

铁甲帮那边三个紫色皮肤的枯瘦老者同时抬起手掌，一阵强光化作六芒星，笼罩向水柱，水柱瞬间凝结成冰……

三眼巨人提着路灯冲到墙下，墙上子弹倾泻而至！巨人发出怒吼，路灯脱手而出，把三四个警卫砸翻。

砰！远处忽然抛射来多发激光弹，其中一发正砸在巨人的头上。三米多高的大家伙晃晃悠悠地撞在墙上。

紫色皮肤老者再次抬起手，他们手心闪起奇光，那些光芒好像无形大手拨弄着激光弹，把那些炮弹全部送了回去。

砰！砰！砰！高墙砸开数个大窟窿，囚徒们狂吼着冲出第一道围墙，但他们还没冲出多远，倒三角的火力已经封锁住前方道路，二十多人瞬间倒在血泊中……

唐飞忽然飞掠出去，把中弹的石豹救了下来。林琅琊表情古怪地看着这一幕，并没有阻止。唐飞再出手，又救下了鸭子。

"好好照顾自己，你们冲不出去的。"唐飞叮嘱道。

"一分半钟……"欧阳风华嘴角微微泛苦，因为狱方的反应比他想的要快。

忽然，另一边的高墙也随之倒塌，各种各样的猛兽突破而至！为首的是个长着大象头的怪物，长大的鼻子，蒲扇般的耳朵，两手各提着一块磨盘般大的窨井盖。他和三眼巨人合力到一处，奋勇冲破了第二道围墙。

"一分钟。"欧阳风华叹了口气，"我们时间不多了，去地下二层！"

"可是他们……"唐飞说。

"我们有更重要的事。"林琅琊同样面无表情道。

十三个失落者悄无声息地拐过办公楼，奔向地下通道。

迎面一个有着机械臂的狱卒急匆匆赶到，他见到唐飞远远抛出一枚徽章。

"你见到了谁？"唐飞激动道。

"你自己联系她。"地狱犬苦笑道。

唐飞一面戴上徽章，一面脚步不停："老鲨……"

"你这算什么语气？我在线你不开心吗？"老鲨怒道。

唐飞道："当然开心，但是你们如果都潜伏进来了，我们怎么出去？"

"我会有办法的。现在你不许插嘴，认真按我说的做。你把我的话调成公放，让欧阳风华也听一下。"老鲨飞快地道，"我听说你们要去抓格林，很好，这符合我的构想。今天中午我发了换班信息给格林，让他下午上来办公室开会，算时间他只要没弄清楚状况，这时候一定是在地下二层等着上来。你们在地下二层中转台，就可以抓住他。"

"我们不仅仅是要抓他……"

"我说了，认真听我说。现在出了一件突发事件，总部发来消息，今天凌晨暗星桥剩余配件被盗。"

"什么……"

"我们认为是芬克或者某些外星人做的，所以我们要尽快离开这里，因为暗星桥大于所有事。说回这里，在研究了整个监狱的建筑结构后，我认为囚犯是无法正面越狱的。"

"我也是这么想的。"欧阳风华说。

"不要打断我。"老鲨道，"结合这里的建筑构造和我这几天对监狱运作的观察，我认为地下三层应该有一个离开的通道，但具体是什么要你们去弄清。欧阳，这和你想要做的矛盾吗？"

"不矛盾。我本来是要做一次自杀式袭击，现在能走当然更好。"欧阳风华说，"说到暗星桥，我怀疑他们在地下安装的就是这玩意儿。"

老鲨想了想道："的确有这个可能，那你一开始的想法是对的，必须毁了地下三层。"

欧阳风华笑道："我向来都是对的。"

"很好，那么先抓格林，然后去完成你的自杀式袭击。"老鲨说，"至于能不能离开……"

"离开并不重要。"欧阳风华笑道。

老鲨道："如果能活下来，就不要随便死。唐飞，斯库利说了，如果不能把格林带回去，就地处置也行。"

"哥舒信呢？"唐飞问。

"他化妆成狱卒，正在上面指手画脚呢！你们放心，哥舒信会帮你们拖住上头的守卫。"她话音未落，远处响起沉闷的爆炸声。

"他们摧毁了第三座高墙，距离备用能源塔只有一百米了。"欧阳风华叹了口气，"可惜没时间了。"

"如果对方恢复了重力手铐的作用，你们怎么办？"老鲨问。

欧阳风华说："地下二层需要犯人做工，手铐对我们的控制程度会减小，所以我们的实力会提升一些，不过遇到强敌就没用了，我们只能尽量小心。"

唐飞皱眉道："我以为你有计划。"

欧阳风华道："相信我，刚才那点时间地下二层工作区一定也是一片混乱。我们现在下去，被人盯上的可能不大。"

"也许会出现奇迹的。"老鲨道。

"你是说……"欧阳问。

"我什么也没保证，只会尽力给你们提供支持，毕竟事在人为。地下二层的动静有点奇怪，他们在把守卫朝里调动。"老鲨挂断了联络器。

"这个女人和我真契合，唐飞，她不是你女人吧？"欧阳问。

"当然不是。"唐飞说。

"等我自由了就去找她。老狗，你自由了，该干吗干吗去。"欧阳风华带头进入向下的通道。唐飞拍了拍地狱犬的肩膀，紧跟其后。

一阵怪异的旋风卷来，他们被不知名的力量拖入地下深处。地狱犬看着失落者们消失，感到一阵迷茫。自己该做什么呢？

老鲨盯着监控屏幕，大批的囚徒正冒着枪林弹雨冲锋，只是重力手铐重新启动完成，他们都变成了凡人。女人深吸口气，眼中闪过宝石般的光华，喃喃自语道："一边是罪犯，一边是银牛角的狱卒，我其实两边都不想帮，但还是必须要做点什么才行……"

重新被封锁实力的囚犯们在荷枪实弹的守卫呼喝下，灰头土脸地朝监狱走。一如欧阳风华预测的那样，重力手铐恢复启动用了九分钟，囚徒被镇压一共用了十二分钟。基恩依然眉头紧锁，因为那么大的事情，典狱长却一条命令也没发回来，而他也没看到唐飞他们。

随意下了几个命令，基恩小心地绕到办公室后，朝地下通道走。

"你这是要去哪里？"编号10013的矮个子囚徒从暗处绕了出来。

基恩道："我去见典狱长。出了那么大事必须有人向他报告。"

"典狱长没时间见你。"十三笑道，他的眼睛眯成一条缝，仿佛狡猾的老狼。

"你怎么知道？"基恩怒道。

"你的面具不错，很精致。说吧，基恩在哪里？"十三亮出腰间的短剑。

"那么乱的情况下，你为什么单单要盯着我呢？"假基恩摘下面具，露出哥舒信冷峻孤傲的面孔。

十三道："因为在这个监狱里，典狱长负责下面两层，而我替他管上面的事。基恩是表面上的负责人，而我是暗影里那个人。这么解释能清楚吗？"

"我怎么听基恩说，你就是个收钱做事的杀手。"哥舒信不屑道。

十三道："要这么说也可以，我的确喜欢钱，只可惜你出不起银牛角给的那么多钱。"

"那，杀了我，你能得到多少钱？"哥舒信道。

"你的人头，值半颗资源星球。"十三说。

哥舒信皱眉道："连一颗都不到吗？"

十三认真说："只有银河级才值一颗。你，半颗已经很多，下辈子记得做有钱人。"

"有钱果然可以为所欲为，不过我不需要出钱，我可以自己杀了你。"哥舒信说着张开双臂，杀气凛然。

十三冷笑拔剑，斗气、杀气、剑气瞬间爆发，无边无尽……

哥舒信迎风而起，在剑光中不断闪避。他左手的刀意凝而不发，因为他找不到对方剑气的中心。

十三深吸口气，剑气昂扬再长，灿烂无垠的星空瞬间爆炸！剑风肆虐，组成滔天银河吞噬而至。边上的建材被剑风扫过，削去一角，钢筋水泥像豆腐一般滑落。

哥舒信看似卷入了剑风银河，但他又仿佛一片树叶飘荡飞出……任他惊涛骇浪，只是不断地随性摇曳。

十三眼中精光爆闪，剑意陡然一凝，剑锋再振，仿佛一头咆哮的怪兽，所有攻击杀向哥舒信的右边。

哥舒信苦笑了一下，心底默念"八风不动"，悍然迎上剑锋。就在敌人的杀意试图将他吞没的同时，他的左手扬起晶莹的光泽，仿佛一群珠宝里最不起眼的珍珠突然爆发出宝石般璀璨的光华！手刀后发而先至，直取敌人的头颅。

锵！两人身影交错，发出兵器碰撞的声音。十三的脖子上出现一道三寸长的刀口，而哥舒信的右半边身体则中了有五剑之多。

十三的脖子不断有绿色鲜血滴下，他苦着脸，慢慢道："真是想不到。如果你右手还在，我刚才就死了。"一边说着，一边吐出一口绿血。

哥舒信冷笑着甩了甩右臂，寒声道："你并不比那个芬克厉害，还说什么银河级！"

十三按了几下脖子，鲜血流淌的速度变缓，他哑声："我不会再轻敌了。"

"那你接我这一刀。"哥舒信长发遮住面颊，左手张开又握拳，低声自语道："少年十五二十时，步行夺得胡马骑……"随着这诗句，他整个人透出一种长河落

263

日般的苍凉，凛冽苍茫的杀意让对方心头生出莫名的惊怖情绪。

十三突然跨出一步抢先出剑，整个人散发出诡异的气势，背影里透出一个深不可测的旋涡。这一剑让附近的建筑骤然一暗，所有的能量和生机全被剑锋带走。剑锋仿佛一步越过一个星系，这一剑好似魔鬼的獠牙，带着大地雷霆，震天撼地，星辰碎裂！

哥舒信大喝一声，左手晶莹的刀芒遍布全身，人若刀锋昂扬而起，挟着狂野不羁的刀意冲向敌人。难以言喻的力量从他身上炸裂而出，整个人化作青红的刀芒，刀意漫天，磅礴如狂风，浩荡如暴雨，斩首若秋风……

砰！十三的人头冲天而起，哥舒信亦喷出一口鲜血……鲜红鲜红的鲜血。

"能接我全力一刀，你死而无憾。"他身上萧索的刀意慢慢褪去，佝偻着身子缓慢去往地下。

唐飞、欧阳风华等十三个失落者，下降到监狱地下二层。

电梯门打开，前方是一片赤红的岩浆地带。一座不知什么材质的浮桥架在上头，两端各站着一个守卫。林琅琊飞身扑倒附近的那个，远端的守卫刚要叫喊，就被另一个白发失落者击倒。

欧阳风华道："阿越，留活口！"

白发失落者比画了一下表示晚了。欧阳皱了皱眉，又望向林琅琊。

林琅琊笑道："我的反应比小哑巴快，这个还活着。"

欧阳打了个手势，两个失落者换上守卫的服装假装巡逻，他们则到僻静角落审问那个幸存者。

欧阳风华道："老实回答就不杀你，你只是普通守卫，打卡上班而已，不用逞英雄。听明白了就点点头。"

幸存的守卫猛点头。

"很好，你叫什么名字？什么职位？"

"伦纳德。我负责守卫浮桥。"守卫回答。

欧阳风华问："这里怎么只有两个人？你们不知道上面囚犯暴动了？"

伦纳德说："下面也发生了突发事件，但影响不大。典狱长说，为了保证地下三层的安全，把守卫集中在二三层的通道口。"

"下头出了什么事？"欧阳风华问。

"我们怎么会知道。"伦纳德苦笑说。

"有见到西蒙·凯恩吗？"唐飞问。

伦纳德说："他刚才还在这里，本来准备回上头，但因为有了突发事件，所以他又回去岗位了。"

欧阳风华摘下对方的通讯器，一掌劈晕对方，起身道："这里去往地下三层入口只有一条路，追。"

他们没走多远，唐飞的联络器就收到老鲨发来的信息。那是一张地下二层的地形图，图上显示有个红点正在移动。

欧阳风华和林琅琊同时交换眼神，挥动了一下胳膊，能量手铐再次被解除了！

老鲨道："战况通报，你们十三人的能量手铐已被我解除。一楼的暴乱已被镇压。哥舒信毁去了二号和三号入口，他会在一号入口，也就是最大的向下通道拦阻支援的狱卒。"

林琅琊道："他一个人行不行？"

"他说尽力而为。"老鲨说。

唐飞说："他应该没有问题，那些狱卒除了装备先进外并无过人之处。老鲨，告诉他少杀人。"

欧阳风华道："风暴监狱屹立百年，绝对有你想不到的东西。"

老鲨说："风暴监狱的系统我正在逐步破解。你们击倒狱卒就带上他们的通讯装置，我会给你们设一个加密频道。"

"非常感谢！"唐飞说。

"我锁定了格林的通讯器，他们每个守卫的通讯器有唯一编码，这个红点代表他的位置。"老鲨飞快解释道："我很快会破解地下三层的地形图。"

"你是我见过的最强大的计算机专家！"欧阳风华夸赞说。

"这可不一定。"唐飞没来由地心里一痛，冷笑快步冲起。

"你发什么疯？"欧阳风华紧追其后。

老鲨摸摸额头，嘴角浮起一丝莫名的微笑。

第二十二章

异 神 之 门

在传送门中央有个"怪物"悬空而坐，那个"人"长着蜥蜴的面孔，如同恐龙般的脑袋，两颗尖利的獠牙露在嘴外，身上皮肤有着细微的鳞片，手掌是利爪的样子，只不过背后没有尾巴。

"虽然我知道你能得手，但真的拿在手里，仍旧难以相信。"夏无敌手拿装着暗星桥组件的盒子，激动之色溢于言表。

芬克笑了笑道："没有那些碍事的家伙，当然不会有问题。"

边上有人低声道："他们杀下来了，已经通过第一层。"

夏无敌看着屏幕道："这几日我忙着建造暗星桥，没有理会他们，这些家伙果然麻烦啊。"

芬克道："人还不少，但好像少了个关键人物，那个用刀的不在。"

"先不用管，他们没有那么容易抵达地下三层。我们手边的事才是最重要的。"夏无敌看着前方差不多一个篮球场大的巨大传送门，慢慢露出微笑，"等碎星稳定住暗银河的能量源，我们就把你带来的配件安装好。组织筹备了二十年的大事一旦完成，你我都算立下大功。"

"夏鸿恩一定很想见证。"芬克笑道。

夏无敌道:"谁说不是,但因为碎星不喜欢他,所以他不能出现在这里。"

在传送门中央有个"怪物"悬空而坐,那个"人"长着蜥蜴的面孔,如同恐龙般的脑袋,两颗尖利的獠牙露在嘴外,身上皮肤有着细微的鳞片,手掌是利爪的样子,只不过背后没有尾巴。

芬克显然对这样的外表习以为常,他问道:"他们有什么过结?"

"夏鸿恩想要加快这里的进程,结果被训斥了。"夏无敌摆手道,"其实是他太心急了。碎星在地球已经几千年了,这里的工程也已进行了一百年,对他而言,我们这些难民潮时代才过来的家伙是没有资格催促他的。"

"几千年……他在地球做什么?"芬克问。

"风暴角很久以前有一个海上文明,那个文明不知用什么技术把他请了过来。而后,因为科技高于时代,所以该文明不可避免地被毁灭了,整个城市落入海底深处。最近这一千年,他安顿好了国王的墓穴,并且修复了墓穴周围原本就存在的空间之门。他拓宽了这地下三层的空间,然后联系了外部世界。"

"你是说这个地下金字塔是他建的?"芬克吃惊道。

"确切地说,他是在原有金字塔的基础上做了疏通,但因为缺乏力量来源,所以做得很慢。等到两百年前,新的城市出现在风暴角,他才与外界取得联系。又过了大约一百年,他联系上了银河深处的银牛角。银牛角给他提供了暗星桥计划,并且承诺会供应他需要的一切。"

"这些我还真不知道……这是上头谁做的决定?"芬克问。

"你既然不知道,我就真不能说了。"夏无敌笑道,"总之,我们这种大难民潮时代才来到地球的家伙,是没有资格对他指手画脚的。虽然我们给他带来了更好的技术和更多的劳力,但他才是这里的主人。"

"看样子……就快完成了。"芬克自觉地不再多问。

星门笼罩着一层淡淡的光影,据说当整个星门被这层光影包裹,就是连通暗星桥的时候。那层光影仿若星河,又不是星河,只有见多识广的星际漂流者才会知道,那是在遥远的银河边际才能看到的暗银河世界。

这时守卫又上前报告:"大人,暴乱已被镇压,但支援地下二层的狱卒,被人阻挡在一号入口。"

芬克又道："真不用管入侵者？"

夏无敌说："这伙入侵者有点本事，似乎无声无息地侵入了我们的指挥系统，但你要说他们能怎么样，我觉得是不用担心的。"

芬克道："我和他们交过手，那些地球人看似弱小，但隐藏的能量爆发出来极为可怕。"

夏无敌笑道："地下二层有一个我们的实验品。这个实验在银河联盟违法，我们就拿到地球来做了。当然，这种事在地球也是违法的，所以我们把实验室放在了地下二层。这些入侵者正好可以拿来做实验。你别担心，万一他们真能来到地下三层，你再出手不迟。"

欧阳风华他们前进一公里，通过值班室，进入了岩浆区。

"这里你们来过？"唐飞问。

林琅琊说："我们下来过不止一次。这里的守备并不严格，下来做事的囚犯主要是在这个区域做一些苦力，挖个地下水道或是开通一些路。再有一公里就是试验区，每年都会有一些倒霉蛋被拉去实验室做测试，那些人没有一个能回来的。"

欧阳风华沉声道："今天这里明显感觉不对，似乎有特殊的敌人在附近，大家注意警戒。"

边上的岩浆里不时有水泡泛起，他们走在浮桥上，能感觉到岩浆下的震动。

突然，一条红影从岩浆里蹿起，唐飞侧身让过，后退两步扫视四周，原本在周围的同伴居然全部消失不见。

面前是一个赤红色的鬼魅身影，在唐飞端详对方的同时，也注视着唐飞。而后，这条赤红的身影迅速变成了和唐飞相似的身形。

"这是什么鬼？"唐飞足尖点地，侧身踢向对方头颅。

红色身影同时也是一个侧踢，两人腿脚一碰势均力敌，各退三步。唐飞身形转动，连换多个方向，对方也做出一样的动作。在几个回合后，那红色身影连五官也和他有七分相似。

唐飞掌心多了一枚钢针，对方掌心也多了一枚钢针。两人同时击发，连续五枚钢针相撞，一起落在地上。唐飞加快脚步，忽然将两人的距离从两米拉开到五米。红色身影也和他拉远距离，这样一来他们就隔着十米。

唐飞突然打出一枚匕首！但是匕首飘忽，飞越五米就歪斜失去准头。

"这不是客舍青青刀……"红影抬手接下匕首，神情冷漠地重新望向唐飞。

红影突然出手！钢针仿佛难以遏制的滂沱大雨呼啸而出……有的旋转，有的摇摆，有的有如天街的灯火忽明忽暗……

是漫天花雨……这家伙为什么会？唐飞左躲右闪，暗叹是什么傀儡术能这么厉害？

红影手法再变，各种不同的暗器层出不穷地打向唐飞，其中有些东西唐飞身上都没有。

不论什么游戏，总有破解之法。唐飞突然凝住身子，任凭身体接下所有的暗器。

"啊！"那些打在唐飞身上的暗器仿佛全都打在红影的身上，那暗影深处的光芒难以察觉的亮度一闪而逝，红影发出凄惨痛苦的叫声。

唐飞嘴角挂上一丝冷笑，突然纵身上前，掠过那红影，冲向他背后的岩浆……

红影挣扎着一把抓住唐飞脚踝，唐飞奋力一挣，居然跳到了岩浆里！

剧痛传来，唐飞觉得身上每寸肌肤都在被岩浆撕碎吞噬，但他无力跃出岩浆。失去意识前，唐飞忽然生出一种似曾相识的感觉。

红影受到同样的打击，亦是剧痛倒地，整个人燃烧起来。

没多久，红影成了一片焦黑的东西，原本两人争斗的空间里，悄无声息得仿佛什么也没发生过。

哥舒信站在一号入口处，身边倒下的狱卒多达六七十人。这些人大多数是昏厥状态，也有少部分被他打断了腿脚。

"少杀人……说起来容易，你来试试啊。"哥舒信望着远处赶过来的更多狱卒，以及十余头仿如狮虎的机械兽微微摇头。

"哥舒信，情况紧急。唐飞他们进入岩浆区后，丢失了信号，已经失联三分钟。"老鲨的声音从他徽章传来。

"你要我下去支援？上头怎么办？"哥舒信问。

"下面更重要。"老鲨道，"他们距离地下三层只有两公里，以你的速度一定赶得及！我看了地下通道的结构，你只需毁去下降通道，他们一时半会下不去。"

说话间，那些机械兽已扑了上来。哥舒信张手抓住那机器怪兽咬过来的獠牙，一把将三米长的机甲按翻在地。

砰！狮子头应声爆裂，哥舒信转身一闪，掠入一号入口。

老鲨飞快地道："他们是在进入岩浆区大约五百米后失联的，也就是通过值班岗哨后。你进入那个区域后，立刻共享徽章的智能视角，我来分析那边出了什么事。"

哥舒信并不答话，一路向下以接近音速的速度急降，然后果断毁去下降通道，直奔岩浆区。一直跑到空档的值班岗哨前，他打开了智能视角。

"前头有四个透明的熔岩镜像，看上去像四团火焰。"老鲨分析道。

"更像是四块寒冰？隔着那么远，我也能感觉到寒意。"哥舒信说，"但我很确定那个区域并没有人。哎……四块变三块了！"

"的确没有人形生物。更类似于元素结界。"老鲨说。

哥舒信道："有没有办法让我安全进入那个区域？"

"可以一试。你穿上隔离服，在距离那个区域三十米外，打开徽章的原子干扰波。干扰波释放六十秒后，用冷冻枪击碎火焰。"

"那么麻烦？"

"希望不用更麻烦，我这里能感觉到空间波动。"老鲨忧心忡忡，"你进去后打开搜索器，我会加大搜索信号，格林和唐飞的编号定位会被放大。"

哥舒信调动徽章，把所有的步骤完成，然后大大咧咧地走入岩浆区。那三团"寒冰火焰"出现了明显的龟裂，然后分成数十块散落一地。

欧阳风华、林琅琊、阿越先后从碎片中爬出，唯独没有唐飞，而失落者其他的人也不见踪影。

"哥舒信……"林琅琊皱眉，来自风名岛的他在关入风暴监狱之前就认识哥舒信。

"就剩下你们几个了？这里发生了什么？"哥舒信问。

欧阳风华简单说了一遍到这里的过程，但他们也是毫无征兆就被吸入方才的空间。他们同样遇到了一个和自己一模一样的傀儡，不仅外形接近，连战力也是一样的。后来，他们一直在和"自己"战斗，没有办法脱离空间。欧阳风华说话时，表情有些颓丧，他在那个空间回忆起了少年时期的事，那时候他在香港参加格斗赛，而父亲卷入了凶杀案。

"我亲眼看到一块寒冰火焰化作灰烬。其他人会不会……"哥舒信说到这里又摆手道，"别人怎么样我不知道，唐飞一定不会。你们能坚持到我来，他一定也行。"

"你说得没错。我们继续前进吧，必须毁了地下三层。"欧阳风华道。

"阿信，好好找找唐飞。"老鲨颇有些坐立不安。

"你们先行一步，我继续在这里找一下菜鸟飞。"哥舒信说。

欧阳风华对另两人道："开始了弟兄们！"

"好！"林琅琊和阿越轰然领命。

"其实我对暗星桥有个疑问。"芬克轻声道。

"什么疑问？"夏无敌笑道。

芬克小心问道："我们通过暗星桥打通这座星门，迎接暗银河的力量。这对我们银牛角有什么好处？"

夏无敌道："那时候两个银河将爆发空前的战争，而我们自然大有可为。"

"大有可为？我们和暗银河那边不算是一个物种吧。"芬克皱眉说。

夏无敌道："暗银河的力量很神秘，但他们做不到灭绝我们这边。高层早就评估过对方的实力，他们认为引发战争才能把利益最大化。"

"所以我们才帮碎星。"芬克说。他了解银牛角一贯是通过星际战争发财的，但是今天的行动还是让他有点担心。

"哎……他们过关了。"夏无敌看着监视器，眼中闪过杀机。

"你的实验品算失败了？"芬克问。

"不能算失败，只是有点不对劲。"夏无敌看着屏幕摇头。他曾经亲自当过一次实验品，在三天的时间里，他都无法脱离出镜像空间。而即便外力关闭了镜像空间，但空间内的镜魂应该有残留，今天怎么消失得那么彻底？

远处传来交火的声音。

"不能让他们进入地下三层。"芬克说着，大步当先地去往三层入口。

夏无敌注视着巨大星门前那个盘膝而坐的蜥蜴人，微微锁紧眉头。他感到有一些不妥，又说不出是什么。

森林、石屋、雪山、冰河、星海、故乡……唐飞面前的景物不断变换，立足之地最后成了老家后山的那片竹林。

"为什么会是这里？"他扶着额头苦笑，"这表明什么？"

"不说明什么，只是你又回到了十年前的地方。看到你十年来都没有什么变化，我很欣慰。"一个声音在天地间响起。

"我见过你？"唐飞问。

"你可以好好回忆一下，不着急。"那个声音笑道。

唐飞深吸口气看着四周，抱着头沉默了片刻，才说："这里我来过，在十年前奥隆戈战斗的尾声，我进入了这座异神之门。那场战役里，我们异现场调查科只有我进入了这座星门。"

"不错。"那个声音道。

"这是一场梦吗？所谓的十年并没有发生，我没有离开那里？"唐飞眯起眼睛问。

"不，当时我让你离开了，因为那时你还不够坚强，不能承担那份责任。"

"所以……这十年我受的苦都是真的。"唐飞苦笑了一下，"真是……日了狗了。"

"不要说脏话。"那个声音沉默了一下，慢慢道，"世上从没有白吃的苦。"

"我为什么会回到这里？我应该是在风暴角。"唐飞认真问道。

"你说呢？"

唐飞看着四周的竹林，笑道："十年前，位于英国奥隆戈集中营的异神之门受到攻击，我们在诸葛的带领下前往支援。机缘巧合下，我在那座星门关闭之前闯了进去，先是看到那些石屋，然后就回到了四川老家，也就是眼下的场景。我们跳过这一步吧，我已经适应了。"

周围场景一变，那是空空荡荡的一片星空，唐飞面前是数十个光点，每个光点的颜色不同，大小如拳头般。

唐飞皱眉道："我记得你应该像河流那么大，仿佛天上的银河，怎么只有这么点了？"

"因为他。"光影投影出一个画面，那是蜥蜴人碎星坐于星空之间。他背后的暗影正在吞噬光点，那片暗影的规模漫无边际，让人心生绝望。

"十年前，我对你说的话，你还记得吗？"光影轻声说。

唐飞冷笑道："忘记了十年，这一刻忽然全部想起来了。本事大就能随意剥夺别人的记忆吗？一个个居然都是喜欢这样。"

光影沉默不语。

"你当时说，你是一个守星者，来自银河深处很远的地方，在地球的上一个文明时代就来到了这里。在很久很久以前，银河文明已在地球落脚，而一场曾经的银河战争，几乎毁去了地球上所有的高级生物，比如恐龙和龙族。而后，你成为了这座银河古战场的守护者……整个地球，对你而言只是一个巨大的坟场。"说到这里唐飞揉着额头，苦笑道，"我们称之为异神之门的东西，其实是地球和银河里高级文明的联接口，只不过被加了封印，所以长久以来从不曾开启。你说，你尝试过联系一些强大的生命体，能感觉到危险即将再次降临。"

"这虽然不是全部的真相，但信息已经够多了。"光影轻声道，"我当时说，你拥有特殊的体质，可以收藏我的能量，但是我们试了三次全部失败。"

唐飞点头："你每次尝试都会消耗很多时间，而我当时急着回到同伴身边，所以你就封闭了我的记忆，把我赶出了空间。"

"我不确定你是不是我等的那个人。我也没有经验。"光影笑道，"但是再见到你，我很高兴。这说明我们缘分未尽。"

唐飞道："十年前，我无法成为你能量的承载人，现在难道就可以了？十年对你们而言，只是很短的时间，能改变什么？"

"我也不知道，如果我知道……还需要在地球等待几万年吗？试试看吧。总好

273

过被那家伙吞噬。"光影的话不带一丝情绪。

唐飞隔着一个空间注视着那个蜥蜴人，皱眉道："你拥有星际文明的力量，却奈何不得他吗？"

"在之前的漫长岁月里，他那点力量的确微不足道，但今次他不知从何得到了暗星桥，引来了暗银河的力量，"光影无奈道，"而我这里只有一潭枯竭的死水。"

"暗银河到底是什么？"唐飞问。

"那件事说起来，就会说很久。"说话间，光影组成了一柄长剑的形状，低声道，"来吧，时间紧迫，若你能提起来这把剑，就是成了。"

地下三层的广场上，战局正是难分难解。夏无敌一人大战林琅琊和阿越两人，芬克则被欧阳风华牵制着。其余狱卒守卫空拿着武器却插不上手，不少狱卒甚至纷纷撤退。

夏无敌赤手空拳，林琅琊和阿越也是。林琅琊擅长用腿，脚下生风，腿若风车。阿越擅长用掌，掌做剑状，剑气森寒。夏无敌只是用着普通的搏击招式，一拳一脚，一肘一膝，就平稳挡住两人的联手攻击，不仅稳稳守住，时不时一拳打出，还能将二人其中一个击退。

林琅琊和阿越吃同一口牢饭多年，配合默契，一人后退另一人强攻上前，夏无敌一时也无法胜之。

另一边欧阳风华和芬克，则打得惊天动地。

欧阳风华踏出一步，陡然变成两个，两个变四个，四个变八个……每个分身的力量速度并无强弱之分，这十多条桀骜凌厉的身影，从四面八方此起彼落地攻击芬克。尽管不断有卫兵上前，却没人能阻挡他片刻，反而被他夺下武器。一时间分身越来越多，手里的武器也层出不穷，从激光枪到光剑，应有尽有。

芬克身上散发着冰冷气息，常常打出匪夷所思的招式。欧阳风华的分身冲到近前两米之内，就被他一拳击破，幻影散去。

欧阳风华的分身层出不穷，不仅没有变少反而越来越多，很快多达三十六人。周边的狱卒几乎被他斩杀一空。

芬克露出凝重的表情，冰晶铠甲布满全身，脚步不断游走试图冲出包围，但是才过了半分钟，对方分身就多达一百零八个……

砰！芬克胸口挨了一击重腿，紧接着后背连中十多拳。他被打得一个趔趄，旋动起身子才逼退敌人。

"德文，没找到本尊？"他在联络器里问。

狙击手德文并未回答，欧阳风华的分身多达两百个，其中五十多个冲向了夏无敌。

夏无敌终于支持不住，连续挨了林琅琊几腿，胸口肋骨也断了几根。阿越从斜刺里杀出，从后勒住夏无敌的脖子。

夏无敌大吼一声，整个身体血肉涌动，从后背诡异地生出一张血盆大口，把阿越拦腰咬断。林琅琊大惊后退，胸口中了那怪物一爪，顿时血肉模糊。他这才看清夏无敌的原形模样，那是一只八条腿的黑色蜥蜴。

林琅琊并无惧色，晶莹绿色布满他胸口，伤口迅速收口。他和欧阳风华的分身一起再次进攻，黑色蜥蜴被他们瞬间切成八段。

忽然，隐蔽的角落闪起一道亮光，整个空间气流涌动，两百多个欧阳风华同时消失，而场地正中的那个欧阳风华，胸口一个拳头大的窟窿。林琅琊大吼一声，猛扑向狙击手。德文扭头就跑，地上突然冒出两根青色的藤蔓，一下将他刺穿。

芬克冷笑扬手，一团寒芒打中林琅琊的背部。林琅琊如断线风筝被高高掀起。芬克打出这一击，全身的血管都开始疼痛。在开元大桥上受的伤到今天也未痊愈，所以他真不想全力出手。

看着林琅琊身上晶莹的绿光逐渐变淡，芬克冷笑道："银河里也有林间族，你们的祖先拥有许多绿色的星球，只可惜你没机会去见识了。"

林琅琊喷出一口鲜血，挣扎不起。芬克又道："若你是纯血，那么血也该是绿色的，你不可能站起来了，至于你……"他深吸口气，体内剧烈的疼痛慢慢平息，才对欧阳说："异能者，我给你一个机会臣服于我，那样你会有机会去见识浩瀚的银河。"

欧阳风华吐了一口带血的唾沫，微笑道："我这辈子跟过几个老大，个个都比你强。"他双臂扬起，额头的"杀"字刺青变得猩红，身侧居然再次幻化出两个人影。只不过这次的人影是灰暗的，仿佛两个挥之不去的影子。

砰！芬克的下巴挨了一拳，肋部挨了两拳，小腹中了一脚，耳门处被劈了一掌，直挺挺地向后飞去。在半空后移时，芬克诡异地重新站稳，一把抓住欧阳紧追过来的拳头。

"破！"

欧阳风华被按回地面，那两道灰暗色的人影一个护住他的脑袋，另一个从侧后方杀向敌人。

体内的旧伤再次躁动，芬克狂吼一声，将欧阳风华的两道人影打散，一拳砸在他的面门。欧阳的本尊倒飞出去二十多米。

芬克凌空而起，双拳做擂鼓状全力击下！

突然，一声清脆的刀鸣在他前方响起，紧接着让人无法察觉的刀风从芬克后背掠过。

芬克大惊急闪，后背的冰甲被破开，滴滴答答的鲜血不断从后背滴落。让芬克感到困惑的是，原本该自愈的伤口，此刻居然凝结不住。

"又是你。"他心里生出一丝不安，冷笑起来，"上次没打完，这次做个了结吧。"

哥舒信没有理他，直接对欧阳道："把那块地方劈开了也没找到唐飞，抱歉，我过来晚了。"

欧阳风华撇了撇嘴，注意到对方身上满是血污，又转而略带哀伤地看了眼地上的林琅琊。

"上头修好了通道，有不少追兵下来，我心情不好，所以就多杀了几个。"哥舒信多解释了一句，然后对芬克道，"里面好像有个比你更值得杀的人，所以，别挡路好吗？"

他们说话间，四周剩余的守卫纷纷向外逃。因为场面太混乱，哥舒信已无法寻找那个西蒙·凯恩。

"你说笑吗？"芬克露出獠牙，手里凭空出现一柄大剑，和从前的黑色大剑不同，这是一柄普通的光剑。

"哥舒信，里头情况不妙。这怪物交给我！"欧阳风华看着那即将被暗影笼罩的巨大星门沉声说道。

"交给你了。"哥舒信一跺脚，突然凭空出现在了巨门之前。

"站住！"芬克大吼。

欧阳风华暴喝一声，手背上的油灯刺青隐约亮起，他由一化二，一黑一白两道人影交替杀向敌人。

芬克大剑一斩，将黑色人影一分为二，但黑色人影迅速恢复原状，一拳正中他的后背。芬克疼得一皱眉，剑锋护住身子。

欧阳风华并不追击，只是不许对方靠近巨门。

芬克眼中闪过一丝嘲弄，低声道："你以为我担心里面？你知道什么是银河级吗？"

哥舒信靠近了巨大星门，那蜥蜴人依然没有睁开眼睛。周围的空气显得更为纯粹，但是纯粹里透着一股邪恶的味道，或者说，这是一种纯粹的邪恶。

"我在地面上就闻到了这股子味道，原来源头是在这里。"哥舒信打量着对方。

蜥蜴人虽然是盘膝坐着，但目测身高在两米三十以上，整个人看着很是修长挺拔。较特殊的是，他的爪子有着六根手指，肤色里隐隐透着紫色。

对方闭着眼睛，毫无动静。哥舒信左手抬起，霸道凌厉的刀风毫无征兆地卷向敌人的脑袋。

砰！层层叠叠的气浪在星门前荡漾开，那叫碎星的蜥蜴人微微扬眉，依旧一动不动。

哥舒信傲然站在那里道："我找一个叫唐飞的人。"

碎星并不理睬他。

"你搭建了祭坛，要夺取这座星门的使用权。"哥舒信打量着周围的暗星桥。

六块配件被安放在各不相同的法阵里，形成了一个能量转换阵。看着六枚配件之间幻化出一层金色的龙纹，哥舒信轻轻吸了口气，"看来就快成功了。"

碎星仍旧沉默。

哥舒信笑道："相信我，你这个阵法和很多妖魔的法事是一样的。我隔着很远就能闻到妖魔的味道，所以，我绝对不会让你成功的。"

碎星依然闭着眼，保持原来的坐姿，低声道："滚。"

一股前所未有的黑沉气浪涌动而来，隆隆仿若入海的惊涛。哥舒信眯着眼睛，纹丝不动，淡定而立。

"八风不动！"碎星诧异道。

"你居然知道？"哥舒信奇道。

"好！好！好！"碎星冷笑道，"地球上居然有人会八风不动。"

哥舒信摆手好笑道："看你说的，这难道是什么高深的东西？我们地球比我厉害的人……茫茫多。"

碎星嘴角浮起轻蔑，抬手向前一指，空间瞬间凝固。

哥舒信扬起冰冷的刀芒，居然硬受对方一击，他感觉到眉心撕裂一般的剧痛。他看到对方动手时背后星门毫无变化，黑色气浪仍在吞噬星辰。

哥舒信轻叹口气，突然凭空出现在碎星的头顶，身子甩出一道弧线，双腿就是刀锋，整个人仿佛长刀劈了过去。

碎星抬起右手拦在哥舒信腿上，碰撞出金属般清脆的敲击声。哥舒信翻出三个跟头，退到五米外，碎星则稳如磐石。

嗯？碎星的手指划开一道伤口，滴出暗黑色的血液。

"平生第一次见到黑血，厉害。"哥舒信冷笑道。尽管他被刚才那一下震得全身发麻，可是仍旧摆出满不在乎的样子。

"攻击不错，不比芬克弱。不过，也就如此而已。你杀不死我。"碎星的伤口慢慢愈合，"我现在做的事，对地球来说并不是坏事。"

"做哪种好事需要躲在地下一万米？"哥舒信身子微微倾斜，左手做出拔刀的姿态，沉声道，"不管什么妖怪，砍了头那就会死。"

哥舒信足尖点地，地面为之爆裂，人化作一片残影，仿佛咆哮的箭矢激射而出。那一点寒芒到碎星面前时，化作旗帜大小的刀锋，以力劈华山之势斩向对方头颅。

碎星嘴角挂起冷笑，向天一拳！空气发出刺耳的回响！

刀锋突然从凌厉的刀意化作跋扈盖世的大锤，哥舒信变掌为拳，力量陡然变强，拳若奔雷泥沙俱下！

砰！磅礴的气流在星门前爆裂开来！

原本虚空而坐的碎星被这一拳砸得下降三米，直接落在地上，双腿陷入地面半米。碎星陡然睁开双眼，眼中射出两道红色精芒，右拳以迅雷不及掩耳之势砸向哥舒信。

　　哥舒信只来得及一侧身，脑袋让过拳头，肩头却挨个正着。他人如大鸟般盘旋而出，落回地面时猛地一晃，全身的骨头噼啪作响。哥舒信深吸口气，吐出一口鲜血才稳住脚步。

　　"现在可以认真动手了？"哥舒信瞥了眼星门，其被吞噬的速度似乎放缓了。他看着落回地面、睁开眼睛的敌人，傲然道："要不然，被杀了，你也有借口不服我。"

　　碎星表情肃穆，任星门的黑光在他身上聚拢。他微微向前一步，就到了哥舒信面前，带着毁天灭地的压力直冲而来。

　　哥舒信身子朝左一侧，人若刀锋绽放将敌人的攻击全部接下，两人在一瞬间互换一百多招，刀芒照亮星门，将席卷一切的黑光一刀劈开！

　　咔啦……哥舒信的左臂被碎星的双臂搅住，碎星大喝一声将哥舒信掀起，肘部重击在对方的心口。尽管哥舒信每次都能重新站起，但碎星的打击一次比一次加重，他的意志开始渐渐迷失。

　　我一定能站起来……敌人越强，斗志越强……黑色的气流蔓延全身，哥舒信重重撞在星门上……

　　唐飞握紧那柄光剑不知多久，终还是无法将其挥动。

　　光影悠悠地叹了口气，说道："你成长了很多，可惜你并不是冥冥中的守星者。"

　　唐飞气闷地拍了拍光剑，层层光辉从剑上溢出，化作灿烂的星辉散落周围。

　　"这把剑承载着一颗星球的力量，对你来说也许太重了。"

　　唐飞捞了一把星辉，像发暗器一样弹了出去。他看着星门外陷入苦战的哥舒信，苦笑道："我能否成为守星者并不重要，关键是现在怎么办？"

　　"你……刚才做了什么？"光影愣了一下，"再做一次！"

　　"我说关键是现在怎么办？"唐飞重复道。

"我说的是动作。你刚才弹了什么？"

唐飞拈起一缕星辉，然后如弹飞针一般发出，问道："这样？"

"费力吗？"光影问。

"还行……"唐飞眼睛一亮，激动道，"你是说，这东西有用？"

"这是浩瀚银河亘古就有的星光，会对那碎星造成极大的杀伤。若是你能用这个，也许我们有办法。只是，这星辉要让你带出去也不容易。"

"不管机会多小，我们也得试试。"唐飞坚定地说道。

"那你就试试吧，毕竟你外面的朋友能坚持的时间不多了。"光影闪烁了一下，沉声道，"现在跟我一起呼吸，去把握天地间难以寻觅的一。"

撞在星门上的哥舒信，还来不及站起，就又被抓住大腿抛了出去。这次他直接被丢出数十米，摔在芬克和欧阳风华的边上。

芬克受了大大小小二十多处伤，连眼睛也瞎了一只，终于用大剑把欧阳钉在地上。他见哥舒信被抛到附近，立即冲上去就是一剑。

哥舒信左手一把扣住剑锋，芬克奋力前刺，剑锋虽然刺破哥舒信的心口，却半点也不能向前挪动。哥舒信眼中扬起孤寂、冰冷、寂寞的杀意，狂澜般的气势骤然暴起。他右臂猛地向前探出，碎裂星辰的刀风呼啸斩下。

芬克大惊，果断弃剑后退，用冰甲护住全身，然而那滔天杀意已笼罩了他。远处鸣起一声枪响，芬克的人头冲天而飞，躯干却是凝结了一下就骤然崩溃。这个连暗光雷也炸不死的外星人，居然一刀毙命。

哥舒信咬着牙顺势一刀扫开了德文的子弹，他的刀锋所指，刀意狂野地斩向狙击手的藏身之处，德文顿时被斩为两段。

尘埃中，哥舒信缓缓站定，他原本空荡的右臂赫然生出一截一米长的黑色刀锋，这黑色的铁刀仿佛从地狱走来的魔兽，居然在大厅中发出一阵雷鸣。

痛彻骨髓的感觉从手臂直通心脉，哥舒信左手轻抚刀锋，低沉着声音，呢喃说道："天雷、地火。白云、苍狗。大道如天，魔心嗜血……男儿到死，心如铁。"

那把断刃般的刀锋这才慢慢平息下来。

"我早就说过，有铁刀在手，一刀就取你首级。"哥舒信目光从芬克的尸体移向碎星，将刀锋扛在肩头，微笑道，“你的爪牙都死了，痛快地打一场吧！”

碎星眯着眼睛看着哥舒信的右臂，饶是他见多识广，也不明白这是什么武器。

哥舒信漆黑的刀锋绽放起青红的刀芒，刀风狂放张扬，他长啸一声，带着千军万马奔腾的杀意斩了出去。

碎星手掌握拳，星门中的黑光在他掌心聚拢，他以难以言喻的速度打出一拳，一个世界的力量在空中炸裂!

哥舒信的铁刀毫不停歇，刀锋掠过所有的黑光，仿佛蛟龙破开海面。碎星倒吸一口冷气，向后退了一步，双臂横于胸口挡下刀锋。

这一次，两人各退三步，势均力敌。

“你还不够强啊。”哥舒信冷笑说。

碎星眼里狂意大作，有些不甘地看了眼星门。他恨声道:“我的确有许多力量需要用于和星门融合，不能用来解决这场战斗，但是，剩下的用来对付你已经够了！”

周围的一切光明都化作黑暗，每一寸空间都有拳意炸裂。一个世界的力量似乎化作沸腾的湖水，地面出现大面积的龟裂，地底的岩浆四处蔓延。

哥舒信咬牙向前，仿佛一千个太阳在手，刀锋炽烈涌动。山在前，我破之！水在前，我斩之！神魔在前，我一力屠之!

砰！哥舒信的胸口中了碎星全力一拳，碎星的肋部则被刀锋贯穿，黑色和红色的鲜血洒了一地。

碎星难以置信地看着腰间的刀口，嘴角浮起诡异的弧线。他深吸一口气，刀口迅速愈合，又一拳擂在哥舒信的左肋。

哥舒信中拳横刀转身，刀锋灵动仿佛无须他的操控，直接划破时空，颠倒沧海。

刀锋切入碎星的喉咙，黑沉的鲜血从碎星的脖子溢出，他闭着那口气又是一拳将哥舒信重重击飞出去。

哥舒信想要挣扎起身，那外星人一个虎跳，跃到他的头顶。双拳若锤，铺天盖地砸下。哥舒信铁刀向前，想要玉石俱焚。

碎星做到一半的动作却突然停止，整个人向右侧扭动，似乎要躲避什么，但他的动作还没展开，左肩就爆炸开来。

一道不知来自何处的星芒从无尽的黑暗里闪现，突破茫茫黑幕击中他的肩头。近乎悄无声息又并非石破惊天的一击，似乎只是来自亘古的正义星辰，轻轻闪烁了一下。

哥舒信的铁刀趁势破开敌人的防御，斜肩铲背将碎星的身体破开。

碎星发出凄厉的叫声大步后退，他的肩头尝试着愈合，但是短短三息过后，他的半边身体就破碎消散。黑光透出躯体，他整个人失去控制地不断颤抖。

哥舒信手起刀落，当刀锋落在对方身上，那些原本在星门里徘徊的黑光同时包裹住碎星的身体。砰！沉闷的撞击声震得哥舒信脑袋一沉，他眼前掠过无数惨烈的场景。

一个来自遥远黑暗的声音，喃喃自语道："你们什么也不明白！"

这才是对方该有的力量？那又如何？哥舒信勉力支撑起身体，奋力再次出刀。

碎星握起拳头，黑光笼罩在这个压抑的空间。忽然，一层层星芒从"星门"中闪出，迅速融合到黑光里面。碎星握起的拳头出现龟裂，无所不能的身体似乎猛然被封印住。

"阿信！"唐飞的叫声这才响起。

哥舒信扬起铁刀，一刀将对方斩为两段。这一次，这一刀，没有遇到丝毫抵抗。

在地球上存活了数千年的外星人，终于死在刀下。他的尸体在接触到地面的瞬间化为一片焦土。

轰隆！巨大星门里的黑暗之力失去控制，使得整个空间发生巨变，大块的砖石纷纷落下。一缕缕黑光仿佛地狱里的冤魂迅速渗透到各个角落。

"唐飞！""唐飞！"一个是哥舒信在叫，另一个则是联络器里的老鲨在叫。

唐飞看着四周道："你们可有找到格林？"

"我想他已经逃掉了。"老鲨回答，"他的定位在风暴角外城。"

哥舒信用手扶着腿，痛苦地道："这里要塌了，我们冲出去！"

老鲨道："我怕你们来不及，通道已经完全坍塌！"

这时，星门里传来光影的声音："你们可以进入星门，在这里毁灭前，我可以随机传送你们去地球的任意地方。"

"老鲨你怎么办？"唐飞问。

老鲨笑道："放心，我绝对能安全离开。"

唐飞和哥舒信一点头，一起奔向异神之门。

忽然，不远处欧阳风华发出微弱的声音："哥舒信……"

哥舒信吃惊地回头，唐飞顺手捡起一个"暗星桥"的配件，和他一同架起重伤的欧阳。周围的巨石不断落下，星门里射出一道光幕将他们卷了进去。

轰隆！

随着他们消失于此地，这座由碎星一力打造在地下一万米的世界完全崩塌。

尾 声

老鲨收拾好东西，淡定地走出办公室，一边走一边化作基恩的样子。

他走到广场上，大声叫道："典狱长出事了，现在听我指挥。三队四队迁徙囚犯，五队警戒监狱外围，十一队、十二队随我撤出监狱，到风暴城待命。十二队的西蒙·凯恩出来了吗？来我这里集合。"

不多时，西蒙·凯恩急匆匆地过来报到："十二队在下面损失惨重，眼下只有十多个人了。"

"不要着急。凯恩先生，不要着急。"基恩笑道，"我会照顾你的，放心吧。"

光影闪动，唐飞、哥舒信、欧阳风华在下一秒出现在汹涌澎湃的海边。先前说话的光影再也没有发出一点动静，周围也没有什么传送门的痕迹。

唐飞尝试联系老鲨无果后，只得联系未知罪案调查科总部。斯库利虽然懊恼他们毁了风暴角监狱，但还是努力平静地告知他们，目前的位置是在太平洋的一座小岛上。未知罪案调查科的飞行器，将在三十分钟后到位。

"你不多联系联系老鲨？"哥舒信问。

唐飞没好气地道："你担心就自己联系，别说我没提醒你，老鲨可看不上你。"

"什么叫看不上我？我也没看上她啊。"哥舒信好气又好笑道，"不过话说回来，你有没有发现这次老鲨变得特别厉害？"

"没有。"唐飞说。

"你……"哥舒信欲言又止，他本想告诉唐飞，在他被关的时候，老鲨整个人都变了。那种转变，即便他算是见多识广，也从没在别人身上看到过。

唐飞看着对方恢复成空荡荡样子的右臂，想到那截凭空出现的刀锋，不由皱眉道："这算是什么情况？"

"我早就说过，那些外星人不经打。"哥舒信答非所问，同样看着对方右手，"不然你怎么会那么准？"

"我的手的确受了伤，"唐飞举起右手，"但是从小练就的功夫，哪会那么容易丢了。我在寻找当年波士顿事件的幕后黑手，为了对付他，我当然有一些秘密。"

"那你之前装得倒是真像，几次很危险的战役都保留了实力啊。"哥舒信稍作停顿，慢慢道，"我当年被抓捕前，也有过一场生死搏斗。"

"比今天更恐怖？"唐飞笑道。

"不是同一种恐怖。那是一种更让人绝望的背叛。"哥舒信看着夜空道，"打到最后我的铁刀断了，而我在那一瞬间仿佛也进入了另一种状态。有人跟我说过，那就是刀灵合一。"

"这就算交换秘密了。"唐飞笑了笑，"虽然不用磕头拜把子，但这事情我们肯定不告诉任何人。"

"包括老鲨？"哥舒信问。

唐飞说："包括老鲨。"他看了眼一旁昏迷不醒的欧阳风华。

"我不会杀人灭口。我是警察。"哥舒信说。

"我只是感叹一下，我认识欧阳已经十年了。"唐飞换了话题，"这次原以为，能解开波士顿事件之谜，结果居然被那家伙跑了。你说我们忙里忙外地拼命算怎么回事？"

哥舒信挠了挠头道："还是那句话，我们是警察，我们只是做了该做的。"

"×！和蛰伏千年的外星妖怪拼命，绝对不是警察该做的事。"唐飞低声骂道，"而且我才是警察，你是个刀客，贼强的刀客。那个碎星……比芬克强多少？"

"芬克如果是大河，他就是海洋。"哥舒信回答，"今天很侥幸啊。他有大半的能量被锁死在异神之门里。"

"那么变态的家伙一下就搞死了。"唐飞忽然笑道，"我们岂不是很了不起？"

"对！对！你最了不起。"哥舒信笑了笑，问道，"异神之门里头的生物到底是什么？他给了你什么东西？如果是秘密你可以不讲。"

唐飞道："异神之门里的生物，也是外星人。他来自一个古老的银河文明，有多强大我还不知道。能告诉你的是，他自称守星者，是我们这个星球的守护者。"

"我不知道地球还有守护者，而守护者居然是外星人。"哥舒信好笑道。

唐飞道："他在几十万年前就来到地球了，在上个文明的大战后，几乎耗尽了能量，所以他制造了异神之门。异神之门主要有两个作用，一个是封印地球的坐标，让外星人找到这里的机会大大降低。因为地球的内核有种特殊物质，高等文明对此比较感兴趣，而且暗银河试图将这里作为入侵大银河的跳板。那个碎星在地球那么多年，就是为了完成这个任务——贯穿异神之门，打开星系之间的桥梁。"

哥舒信道："是因为最近守星者的力量弱了，所以越来越多的外星人来到这里？另一个作用是什么？"

"是的。"唐飞道，"另一个作用是力量的传承。守星者把自己仅剩的能量存储在异神之门里，如果他确认那人拥有合适的灵魂，就可以继承他的力量，成为下一代守星者。"

"那么厉害！既然你可以进入异神之门，那你是新的守星人？"哥舒信重新打量唐飞。

唐飞道："如果是我，就一下爆掉那个蜥蜴的脑袋了，还用你来砍？"

"所以你去异神之门转了一圈，却没得到那个力量？"哥舒信幸灾乐祸道，"白忙活一场啊……"

"其实我进去过两次……之前的确有点失望，但现在我觉得自己能活下来就很好。我一直坚信，力量要靠自己修行。"唐飞说到武道，立即自信满满。

"说得也是，走捷径的容易死。"哥舒信全身仿佛碎裂一般的疼痛，他慢慢道，"你有没有想过我们的遭遇？"

唐飞道："什么遭遇？"

哥舒信道:"我们从小就练就一身本事,但是每次得到什么都要付出极大的代价,每次拥有什么又很快会失去。"

"比如说?"唐飞问。

"比如说我曾经有一把锋利的破刀,已经断了。比如说我曾经和一条龙做朋友,后来他不见了。再比如说我曾经有不止一个爱我的女子,"哥舒信皱眉按着伤口道,"最后她们都……都离去了。"

"我也差不多。"唐飞点头。

"你说我们会不会是活在别人的小说里,我们只是里面一个普通的角色。我们的一切,其实根本无法掌控。"哥舒信慢慢道,"如果是这样,那我们从小到大那么拼命的意义在哪里?"

"别人小说的主角,可以有后宫数百,有毁天灭地的能力。能够主宰一个世界,可以一不高兴就屠戮一个星球。可惜……那只是别人的小说。"唐飞骂道,"他娘的,我们这个一定是假小说。"

"假得不能再假了。"哥舒信道。

"不过我已经不去问什么生命的价值,生活的意义。"唐飞慢慢道,"我十岁的时候觉得自己老爸是天下最厉害的人,我长大了要像他一样,争取在天下最厉害的竞技场留下名字。我十八岁的时候,觉得他整天窝在老家一点出息也没有,而我在外面做警察抓坏人就很威风。我自认是个相信正义,并且能伸张正义的超级警察,还觉得人这么活着才最过瘾。后来我遇到了老大,破了许多似是而非的案子,杀了很多也不知该不该杀的人,我忽然觉得十八岁之前的我就是个白痴。现在我已经二十八了,身边的女人和朋友一个个离开……"他停顿了一下,握拳道,"我仍然相信正义,仍然想做个热血的警察,可我真的已经很难相信别人。"

哥舒信想要说点什么,但眼中闪过一丝迷茫,终是没有插嘴。

"我不是十年前的自己了。"唐飞继续道,"现在我只求问心无愧,努力做好我可以做的事。对于是非对错,我再也不想随意论断,因为这世上的人都认为自己比较有道理,所以弄到最后,谁也说服不了谁。"

哥舒信道:"也许再过十年,你对事情又会有另一个看法。"

唐飞笑道："或许。"

"不过，讲到问心无愧，你的心里有没有对不起的人？"哥舒信问。

唐飞道："我对不起的人很多。比如苏七七，我很爱她，可是她在我身边的时候，我总是让她生气。我对不起父亲，他养我教我，可我成年后在他身边照顾的时间却很少。我对不起老大诸葛羽，至今为止我也没找到让异现场调查科覆灭的幕后黑手。但是，我们毕竟还要活下去。生活的意义只有吃饱了没事干的人才会多想吧。我的时间很珍贵，不能浪费在胡思乱想上，不能浪费在说服别人上……"

"不愧是比我大那么几岁，听君一席话……胜读几天书。"哥舒信舔了舔嘴唇，叹息道，"有酒就好了。今朝有酒今朝醉，才是世间真理。"

"你若一定要那么理解，那肯定是不对的。"唐飞好笑道。

哥舒信笑了笑道："怎么都好，我坐牢的时间可比你久。"

唐飞道："我承认，你吃的苦比我多。"

哥舒信道："你想的这些东西，我也都考虑过。可惜我们普通人都是屁股决定脑袋，一度以为自己想明白的事，换了个时间和位置，想法就又变了。所以，滚蛋去吧，我不多想了。"

唐飞躺在沙滩上，看着星罗棋布的夜空，脑海里浮现出异神之门里光影和他最后的对话。

"唐飞，你要记住，地球从诞生开始就是宇宙大家庭的一部分。暗银河和大银河的联系，远比你认为的要密切得多，而地球对于银河系而言，也远比你想象的重要。"

唐飞问道："地球和暗银河有什么关系？"

"到时候你就会知道。地球是问题的源头之一，这关系到宇宙的真相，我只能告诉守星者。"光影慢慢道，"你可以带两缕银河星辉离开，但是未来你要帮我找到下一代的守星者。如果银河里其他的强者知道地球没有守星者，那未来的百年千年，地球将会很危险，而在此之前，你就是这个星球的守星者。"

地球是问题的源头之一……说话说一半，真叫人无奈。唐飞在心里叹了口气。那一点星芒在指尖悠然闪烁，和天上的某一颗星星交相辉映。只有一缕了，要我怎么守护？

"你去哪儿？"他看到哥舒信忽然朝远方有灯火的地方走去。

"找酒喝！"哥舒信回答。

"还有五分钟飞机就来了。"唐飞叫道。

"让他们等着！"哥舒信举起拳头，用力挥了挥，"不等也行！"

格林坐在密室里，迷惘地看着四周。

女人并不说话，面无表情走出屋子，掏出一盒香烟。

"你把他交给我，我是不会让他见到唐飞的。"一头银发的赵东临拿走她的香烟，"小孩子抽什么烟？"

女人道："本来就没有什么意义，这个格林知道的很有限。"

赵东临道："有限吗？据我们所知，他接触过银牛角的高层，也参与了黑暗物质武器的运输。他知道的事，远比他们以为的要多，他可是星空教授遗漏的棋子。"

"星空教授和很多组织都有交易，比如银牛角的死对头机械手。在波士顿决战之前，他已布置好一切，当所有人进入星辰学院的时候，他悄无声息地发出致命一击。"女人把打火机收了起来。

赵东临道："那枚暗物质炸弹就是最致命的一击，可惜当时没人注意到他。那些有名的智者，杨梦、令狐步、白先生在内，都没有发现他。如果时间可以倒转……"

"时间是不能倒转的，至少不能随心所欲。我们请了时间能力者来试过，结果甚至变得更糟。"女人沉默片刻道，"格林的口供虽然价值不大，但作为人证非常重要。老爷子，你可一定把他看好了。"

"你放心吧。我会把他这辈子所有的事情都挖出来。"赵东临笑道。

"大清算的时间，还要等多久？"女人又问。

赵东临道："我们需要找到所有的幕后头脑，一个星空教授可不够。还需要点时间，耐心一点。"

"那我回去了，省得那边的人有多余的想法。"女人按动徽章换好制服，慢慢朝外走。

"你准备什么时候对唐飞说出真相？"赵东临问。

"老大其实是把 E 科托付给我，而不是托付给他。"女人笑道，"这有什么好说的。我只是更擅长阴谋诡计做卧底，可他是正义的热血警探。"

"你知道我问的不是这个。不过随便你吧。"赵东临自己点上烟斗，慢慢道，"你还是这个样子比较顺眼。"

女人嫣然一笑，容貌慢慢变成老鲨的样子。她手扶徽章联接上系统，呼叫道："有新案子了。18056 别偷懒，快回总部来！"

外面的天空云淡风轻，谁能想到天外有那么多稀奇古怪的生物呢？

（全书完）

后 记

　　唐飞，异现场调查科清场人，上海小组最有前途的探员，蜀中唐门少掌门，读者口中的菜鸟飞。在我开始写《异现场调查科》的时候，他十八岁。

　　哥舒信，风名东城昌龄营第五队的新丁，昌龄甲士新人王，第四代刀君传人，读者心里无所不能的热血阿信。在我《妖孽速成手册》开始的时候，他十六岁。

　　而今，在波士顿事件五年后，唐飞已经二十八岁，而哥舒信则是二十一岁。

　　二十岁只有一次，不论你有多大的本事，不论你吃了多少苦。对阿信和唐飞来说，就是这样，哪怕他们的人生已经千疮百孔，于是就有了这个故事里的两个男主。

　　每个人都会长大，但不是所有人都会成长。好在，这两个少年在我的笔下成长了。如你们所见。

　　写妖孽系列的时候，在写"十万大山"那个故事的后记时，我提到过阿信这个人物的人设，从一开始就是悲剧的。我设定他在高一的时候进入风名城，拿着铁刀斩妖除魔，刀锋变利了，本事变大了，但仍旧要经历成人世界的尔虞我诈，仍旧要体会俗世的纷纷扰扰。世上事本就如此，没有人能够例外……小说里的人生若是太过完美，那才是作家的遗憾。

　　哥舒信会和生命里的女人发生一些情孽，会和他的兄弟发生原则上的冲突。所谓"难得一身好本领，情关始终闯不破"，就像小李飞刀一样，毕竟谁没有在青春期爱上过不该爱的人？谁没有在少年时，做一些该做，又不能做的事？这是我创作的初衷。

　　很多读者把自己的人生寄托在了"阿信"的身上，读者们说"我们完不成的事情，阿信可以"，让我产生了犹豫，所以我一度写不出那样的结局。

时隔几年，当我重新审视旧作，而展望新作时，我决定把那个"残酷的人生"，放回阿信的生命，于是有了杀人王哥舒信。

唐飞呢？在我们"未知罪案调查科"的初稿时，这个故事是到陈月平离开地球就结束的。编辑告诉我，希望能多一些感情戏，于是在风暴角的故事里，我加了一些内容。回头看，或许有点画龙点睛的味道。因为原本若有若无、平淡无味的感情戏，忽然变得……变得让人有所期待。我们这段爱情谈不上天雷地火，但是绝对有所期待。

波士顿大战的最后，诸葛羽的异现场调查科，杨梦的失落者，欧阳风华的神之刺青，西伯利亚老营的艾哲尔，以及其他系列的大人物们在星辰学院决战，原本查理诺兰也可能因此而复活，世界异能力量将重新组合。

好吧，我承认这个故事我没有写过，所以在异现场旧作里并不存在"波士顿事件"。但是，就如从前1993血族革命一样，会有那么一天，会有那么一个故事的。

星辰学院决战之时，遭遇神秘人物"星空教授"的突袭，那些大人物全军覆没。世界异能力量的确重组了，但并不是我们最初想象的样子。世界，发生了翻天覆地的变化。

在这样的背景下，如何继续故事？关于上海小组的结局，是我最为头疼的问题。是做"杀人王"君天，把这些旧角色都杀了，还是继续操控这些人的"人生"？谁的名字应该出现在死亡名单上？

唐飞的女友苏七七，一度最早出现在死亡名单上，直到我们这个新故事的诞生。

大战结束，唐飞身受重伤，他苏醒的时候，第一个看到的就是变幻成"老鲨"的苏七七。因为短期记忆被抹去，而且唐飞在受伤前，苏七七还在病床上处于植物人状态，所以他理所当然地接受了女友死亡的"事实"。

拥有变形能力和计算机大脑这双重能力的苏七七，就在这个"新世界"，以新的身份活了下来。她接受了诸葛羽出事前的安排，谋划着异现场调查科的东山再起。她出现在未知罪案调查科，默默守护着心爱的人。

如果正文里"老鲨"苏七七的背景交代的不够清楚，这里我们算是官方确认一下。

而在之后的故事，唐飞和苏七七两人，就在身份并不公开的情况下，进行着一场新的、感动天地的爱情。

这是我们现在的故事。

我知道你们还会问我，其他的结局呢？不要急，一个一个来。之后的故事，我会让他们一一出场。

少年终于长大，虽然不是用大家期待的方式，但我想，唐飞和阿信之后的人生才能更壮丽吧。借此，也与读者朋友们共勉。

最近外面很流行说"漫威宇宙""DC宇宙""怪兽宇宙"什么的。虽然之前君天的作品本就是自成体系，是一个独立而开放的世界，但在拥有了"未知罪案调查科"后，这个世界冠上宇宙的叫法，就真的实至名归了。

从异现场调查科到未知罪案调查科，我们的超级英雄故事进入了银河纪元。我试图构建一个融汇众多超能元素的多元宇宙，因为世上所有的光明和黑暗都是交织在一起的。

在最后一稿修改的时候，我试图加一些可以长久回味的东西到故事里。关于银河和暗银河，我有一个思考了很久，但还不成熟的想法。我希望在未来可以在这个系列里实践出来。

2017年的时候，君天生了一场大病，至今旧疾仍在。对人生有了很多新的明悟，也因此越发珍惜自己的创作生涯。

毕竟，人就是以有限的生命，同无限的时空作斗争。我相信，未来会在我们的手中。

君天

2018年6月28日黄昏大雨前

图书在版编目（CIP）数据

未知罪案调查科：外星重案组 / 君天著 . -- 北京：
北京联合出版公司，2019.3
ISBN 978-7-5596-2981-4

Ⅰ.①未… Ⅱ.①君… Ⅲ.①长篇小说—中国—当代
Ⅳ.① I247.5

中国版本图书馆 CIP 数据核字（2019）第 045542 号

未知罪案调查科：外星重案组

作　　者：君　天
选题策划：一未文化
版权统筹：吴凤未
监　　制：魏　童
责任编辑：徐　鹏
封面设计：苏艾设计
内文排版：大观世纪

北京联合出版公司出版
（北京市西城区德外大街 83 号楼 9 层　100088）
北京联合天畅文化传播公司发行
天津中印联印务有限公司印刷　新华书店经销
字数 307 千字　710 毫米×1000 毫米　1/16　19 印张
2019 年 4 月第 1 版　2019 年 4 月第 1 次印刷
ISBN 978-7-5596-2981-4
定价：48.00 元